Melanie Kleinloh
Ada, wo bist du?

www.fontis-verlag.com

Melanie Kleinloh

Ada, wo bist du?

Der Roman
einer Familiengeschichte

fontis

MIX
Papier aus verantwortungsvollen Quellen
FSC® C014138
www.fsc.org

Bibliografische Information der Deutschen Nationalbibliothek
Die Deutsche Nationalbibliothek verzeichnet diese Publikation in der Deutschen Nationalbibliografie; detaillierte bibliografische Daten sind im Internet über www.dnb.de abrufbar.

Umschlag: Spoon Design, Olaf Johannson, Langgöns
Bild Frauenporträt: Anastasiia Popova/shutterstock.com
Bild Hintergrund: Christian Holzinger/unsplash.com
Bild U4: ShotPrime Studio/Shutterstock.com
Satz: InnoSet AG, Justin Messmer
Druck: Finidr
Gedruckt in der Tschechischen Republik

ISBN 978-3-03848-197-3

Happy times together we've been spending
I wish that every kiss was never-ending
Oh, wouldn't it be nice?
– *The Beach Boys*

— 1 —

März 2017

Während **Ada** in den Spiegel schaute, verschwamm das Bild vor ihrem Gesicht, und für einen Moment strahlten ihr die Augen eines achtzehnjährigen Wildfangs entgegen. Die Wangen braungebrannt und voller Sommersprossen. Die langen, lockigen, ungebändigten Haare von der Sonne in vielerlei Blondtönen gesträhnt. Das tiefe Grübchen im Kinn, das immer dann zu sehen war, wenn sie der Welt ein Lächeln schenkte.

Überrascht und gerührt sog Ada das Bild ganz tief in sich auf und schloss dann rasch die Augen, bevor die harte, mitleidslose Realität ihr klarmachen konnte, dass dieses Counterfeit aus einer anderen Zeit nicht das Geringste mit ihrer Gegenwart zu tun hatte. Hinter ihren geschlossenen Lidern nahm sie die Umrisse der jungen Frau noch immer wie eine Silhouette wahr.

Ein graues Schattenbild, das mehr und mehr mit dem schwarzen Hintergrund verschmelzen und bald nicht mehr sichtbar sein würde.

Doch Ada weigerte sich, diesen unerwarteten Besuch aus der Vergangenheit so einfach ziehen zu lassen. Noch einen kurzen Augenblick wollte sie dort verweilen und das Glück und die Unbeschwertheit ihrer eigenen Jugend nachempfinden. Und so begann sie, leise ein Lied zu summen:

Wouldn't it be nice if we were older?
Then we wouldn't have to wait so long ...

Wider Erwarten verschwand die Silhouette nicht in der Dunkelheit, sondern sie wurde klarer und deutlicher und erwachte zum Leben.

✦✦✦

August 1977

Ada sah sich selbst, mit glänzenden, aufgeregten Augen im Schein eines Lagerfeuers, tanzend mit der Liebe ihres Lebens.

In der guten Stube ihrer Erinnerung war es Johan, der das Lied leise sang, während sich beide im Takt dazu hin- und herwiegten.

And wouldn't it be nice to live together
In the kind of world where we belong ...

Ada war achtzehn und Johan zwanzig Jahre alt gewesen, als sich die beiden während eines diakonischen Einsatzes in den Sommerferien kennenlernten. Beide hatten ihren Schulabschluss gerade hinter sich gebracht. Ada ihre Mittlere Reife und Johan das Abitur. Sie kamen aus ganz verschiedenen Ecken Deutschlands.

Ada war als Mitglied einer großen Familie in einem kleinen, beschaulichen Ort im Schwarzwald aufgewachsen, während Johan seit seiner Geburt mit der alleinerziehenden Mutter in einer spärlichen Wohnung im Zentrum Berlins lebte.

In vielen Bereichen unterschied sich die Kindheit und Jugend der beiden grundlegend. Doch trotzdem hatten sie nach kürzester Zeit den Eindruck, jemanden gefunden zu haben, den die Seele schon lange gesucht hatte.

Beide waren sie mit einer Jugendgruppe für vier Wochen in Berlin stationiert, um dort bei einem Hilfsprojekt mitzuarbeiten. Ein Pastor der Heilsarmee, Alexander Schneider, oder der «Bahnhofs-Pfaffe», wie er von seinen Schäfchen liebevoll genannt wurde, setzte sich seit ein paar Jahren mit viel Herzblut und Leidenschaft für die berühmt-berüchtigten Kinder vom Bahnhof Zoo ein: blutjunge Menschen, die auf der Straße lebten, kokainsüchtig waren und sich das Geld für ihren nächsten Schuss durch Prostitution und Kriminalität beschafften.

Pastor Schneider hatte ein kleines Café in Bahnhofsnähe eröffnet, in dem die Kinder und Jugendlichen sich wärmen und stärken konnten. Einen Ort, an dem sie immer ein offenes Ohr für ihre erschütternden Sorgen und Nöte fanden.

Nun war es die Vision des «Bahnhofs-Pfaffen», im Nebengebäude des Cafés eine kleine Kapelle zu errichten. Dort könnte mit den Straßenkids regelmäßig Gottesdienst gefeiert werden. Viele der Junkies waren auf der Suche nach Sinn und Hoffnung, die wenigsten jedoch trauten sich in ein gewöhnliches Kirchengebäude, um sich dort unter die piekfeinen Damen und Herren in ihren eleganten Sonntagsroben zu mischen, nur um von ebendiesen argwöhnisch beäugt und leichtfertig verurteilt zu werden.

In dem vierwöchigen Hilfseinsatz sollte es also zum einen darum gehen, den alten, sanierungsbedürftigen Nebenraum des Cafés in eine einladende Kapelle umzufunktionieren. Zum anderen sollte die Gruppe den Cafébetrieb am Laufen halten, da viele der ehrenamtlichen und vollzeitlichen Mitarbeiter derzeit in ihrem wohlverdienten Sommerurlaub waren.

Ada hatte einen Artikel über die Arbeit der Heilsarmee am Bahnhof Zoo gelesen und war gleich Feuer und Flamme für das Herz und die Vision des «Bahnhofs-Pfaffen». Als im gleichen Zeitschriftenartikel über den geplanten Hilfseinsatz mit freiwilligen Ehrenamtlichen berichtet wurde, wusste sie mit Sicherheit, dass sie daran teilnehmen wollte.

Und so eröffnete sie an einem regnerischen Donnerstagabend ihrer schmatzenden und schlürfenden Großfamilie am Abendbrottisch ihre Pläne.

«Du, Papa, ich werde im August für 'ne Weile nach Berlin gehen.»

Ihr Vater verschluckte sich an der würzigen Gulaschsuppe und hustete unkontrolliert. Seine Frau und die jüngste Tochter Salome, die rechts und links von ihm saßen, schlugen ihm mit Eifer auf den Rücken, um den Hustenreiz zu mildern. Nachdem Herr Weingärtner wieder Luft bekam, schaute er seine Tochter prüfend an.

«Was hast du gesagt?»

«Ich werde im August für 'ne Weile nach Berlin gehen», wiederholte Ada geduldig.

«Junges Fräulein, das heißt nicht *‹Ich werde nach Berlin gehen!›*, sondern *‹Darf ich bitte nach Berlin gehen?›*. Nur weil du seit ein paar Tagen achtzehn bist, heißt das noch lange nicht, dass du jetzt selbst bestimmen kannst.»

«Doch, das heißt es!», kicherte Ada vergnügt. «Das ist sogar so ziemlich die exakte Definition von Volljährigkeit.»

Herr Weingärtner begriff, dass der Versuch, seine Autorität geltend zu machen, bei seiner eigensinnigen volljährigen Tochter nicht viel bringen würde. Also räusperte er sich ausgiebig und versuchte es mit einer anderen Masche.

«Töchterchen, schau mal. Du bist in einem 500-Seelen-Dorf aufgewachsen. Wenn du nach Freiburg zum Einkaufen fährst, leidest du zwei Tage lang an einer Reizüberflutung. In Berlin findest du nicht eine einzige Kuh, die dir den Handrücken abschleckt, ganz zu schweigen von einer grünen Wiese, auf der du rücklings liegen und den Himmel betrachten kannst.»

«Kühe gibt es da höchstens in Form von amerikanischen Buletten in Schnellrestaurants», pflichtete Frau Weingärtner ihrem Mann eifrig bei.

Ada schaute ihre Eltern amüsiert an und zuckte mit den Schultern.

«Spart euch die Überredungsversuche!», kam Theo seiner großen Schwester zur Hilfe.

«Schaut euch mal ihren Blick an. Den kennt man doch schon. Und ihre roten Backen. Und die blaue Ader um ihr rechtes Auge, die sich bei Aufregung verdunkelt. Ada hat ihre Entscheidung längst getroffen.»

Dankbar knuffte Ada ihrem Bruder in die Seite, und es brach begeistert aus ihr hervor:

«Da wohnen dieser Pastor Schneider und seine Frau. Ich hab einen Bericht von denen gelesen. Die sind selbst noch total jung. Die waren erst voll bürgerlich drauf: schickes Reihenendhaus im Berliner Westen, guter Job, polierter Mercedes. Aber dann haben sie sich dazu entschlossen, alles aufzugeben, um stattdessen am Bahnhof Zoo mit den Straßenkids zu arbeiten. Die leben mittendrin, sag ich euch. Sind in 'ne schäbige Wohnung gezogen, direkt neben einem alten Abbruchhaus. Die lassen die Straßenkids sogar bei sich wohnen, und manchmal nehmen sie welche bei sich auf, die dann 'nen *cold turkey* probieren.»

«Cold turkey?», fragte Frau Weingärtner interessiert. «Ist das was zu essen?»

«Nein, Mama!», belehrte Theo sie altklug. «Das ist ein kalter Entzug. Wenn Süchtige von heute auf morgen mit den Drogen aufhören, dann nennt man das so.»

Frau Weingärtner wich die Farbe aus dem Gesicht, und sie zog laut hörbar die Luft ein.

«Ach du meine Güte, Ada», rief sie erschrocken aus.

Herr Weingärtner lehnte sich in seinem Stuhl zurück und wischte sich den Mund und die Stirn mit dem weißen Baumwolltaschentuch, das er immer in der Tasche seiner grünen Cordhose aufbewahrte.

Dann schaute er seine älteste Tochter streng an, doch Ada sah, wie sich seine Mundwinkel zu einem Lächeln verzogen.

«Danke, Paps. Das wird super!»

Sie sprang auf und quetschte sich auf seinen Schoß, wobei sie beinahe sein Weizenbier-Glas umwarf.

Herr Weingärtner strich ihr über den Lockenschopf und murmelte kopfschüttelnd vor sich hin:

«Du verrücktes, verrücktes Huhn. Nichts als verrückte Ideen im Kopf. Und immer mit dem verrückten Lockenkopf durch die Wand.»

Johan, der selbst in Berlin und damit quasi in der Nachbarschaft wohnte, hatte durch einen Bekannten von dem Projekt am Bahnhof Zoo gehört. Eigentlich wäre er gerne ins Ausland gegangen. Am liebsten in ein Waisenhaus in Kenia, das sein großer Freund Benjamin vor Jahren dort gegründet hatte. Doch seinem relativ knappen Budget war es nun geschuldet, dass er stattdessen direkt vor der Haustüre aktiv wurde.

Für Ada und für Johan ging ein Traum in Erfüllung. Endlich konnten sie die Schulbücher zur Seite legen und sich ganz praktisch daran beteiligen, die Welt zu einem besseren Ort zu machen. Wie oft hatten beide genau davon geträumt, während sie Nachmittag für Nachmittag chemische Formeln auswendig gelernt und mittelalterliche Dramen analysiert hatten.

Schon im Zug nach Berlin hatte Ada die schüchterne Irene kennen gelernt. Durch Zufall erfuhr Ada, dass auch Irene an dem sozialen Einsatz in Berlin teilnehmen würde, hatten sie doch kurioserweise im gleichen Abteil gesessen und waren miteinander ins Gespräch gekommen. Die beiden verstanden sich von Beginn an blendend.

«Tut mir leid, dass ich so viel quassele. Das tue ich immer, wenn ich aufgeregt bin», ließ Ada mehrmals verlauten.

Für die stille Irene war sie genau das richtige Gegenüber.

Später hatte Irene Ada gebeichtet, dass sie vor Angst kurz davor war, kehrtzumachen, bevor sie Ada im Zugabteil getroffen hatte. Auch während der ersten Tage in Berlin war Irene Adas ständige Begleiterin. Eine neue Freundschaft war geschlossen.

Der offizielle Beginn des Einsatzes war an einem Mittwochabend. Die achtzehn Gruppenmitglieder waren in der Jugendherberge, die für die nächsten vier Wochen ihre Unterkunft sein sollte, angekommen. Nach einem gemeinsamen Abendbrot wurden alle von Markus, dem Einsatzleiter, begrüßt und in die Planung für die bevorstehende Zeit eingeweiht.

Zu Adas Enttäuschung informierte Markus das Team darüber, dass Pastor Schneider und seine Frau aus persönlichen Gründen nicht am Einsatz teilnehmen würden. Sie erwarteten ein Baby, und es hatten sich Komplikationen in der Schwangerschaft eingestellt. Alexander Schneider hatte entschieden, die Einsatzleitung an Markus zu übergeben, um für seine Frau und das ungeborene Kind da sein zu können.

Ada seufzte. Sie hätte das dynamische Ehepaar gerne kennen gelernt und sich von ihnen inspirieren lassen. Doch während Markus den Ablauf der nächsten Wochen erläuterte, stellte sich schnell wieder die aufgeregte Erwartung und Vorfreude ein, die sie schon seit Wochen in ihrem Inneren verspürt hatte.

Es würde ein Renovierungsteam, ein Küchenteam und ein Café-Team geben. Gleich am nächsten Morgen sollte es losgehen.

Den Rest des Abends verbrachte die Gruppe im Aufenthaltsraum, und Ada war hellauf begeistert von den vielen netten Menschen, die sie bereits am ersten Abend kennen gelernt hatte, und den zahlreichen inspirierenden Gesprächen, die sie hatte führen können.

Johan hingegen hatte erst mal aus einer Beobachterposition heraus alles in sich aufgenommen. Dennoch war sein Resümee am Ende ähnlich positiv wie Adas.

Am dritten Tag nach ihrer Ankunft beschloss die komplette Truppe, nach getaner Arbeit gemeinsam zu einem nahe gelegenen See zu fahren. Ein paar Leute aus dem Team waren schon am Vorabend dort gewesen und hatten eine wunderschöne Stelle am Ufer gefunden, an der es sogar eine provisorische Feuerstelle gab. Außerdem war die Verkehrsanbindung günstig. Sie konnten den Bus nicht weit vom Café nehmen, und auch abends spät gab es noch einen Bus zurück zur Jugendherberge.

Es war Anfang August, die Temperaturen hatten inzwischen ein Rekordhoch erreicht, und alle freuten sich auf eine kleine Abkühlung im erfrischenden Nass.

Im Bus angekommen, ergab es sich, dass Irene nicht wie gewöhnlich neben Ada Platz nahm. Sie musste noch eine Einkaufsliste mit Markus, dem Einsatzleiter, erstellen. Am nächsten Tag fand eine Veranstaltung im Café statt, und man rechnete mit einer großen Anzahl von Gästen, die alle verköstigt werden sollten. Da Irene sich innerhalb des Küchenteams in den ersten Tagen sehr geschickt angestellt hatte, wollte Markus ihr die Verantwortung für das Einkaufen und das Zubereiten der Eintöpfe übergeben. So setzten die beiden sich auf der Fahrt zum See nach hinten in den Bus, um dort in Ruhe planen zu können.

Der dadurch entstandene freie Sitzplatz neben Ada wurde von Johan in Beschlag genommen.

Im Nachhinein hatte Johan ihr lachend gebeichtet, dass diese Aktion, sich so ungeniert neben Ada zu setzen, der wohl riskanteste und unvernünftigste Schritt seines damaligen Lebens gewesen war. Er hätte Angst gehabt, sein Herz würde ihm im Brustkorb zerbersten, als er sie anschaute und ein möglichst ungezwungenes

«Hallo, ich bin Johan» über die Lippen brachte.

Ada hatte von all der Aufregung nichts gemerkt. Sie war froh, einen Sitznachbarn zu haben, da das Alleinsein sie immer etwas nervös machte. Dies mochte daran liegen, dass sie aus einer Großfamilie stammte.

Ada hatte Johan in den Tagen vorher ein paarmal zur Kenntnis genommen, auch wenn er in einer anderen Gruppe mitarbeitete als sie. Johan war vor allem beim Renovieren der Kapelle aktiv, während Ada sich zumeist im Café aufhielt und dort mit den Gästen Gespräche führte.

Wann immer Ada die Kapelle passierte, um auf die Toilette zu gehen oder etwas im Abstellraum zu holen, war Johan konzentriert bei der Arbeit gewesen und sah dabei sehr ernst aus. Aufgefallen war ihr Johan auch dadurch, dass er schon kräftig am Schuften war, wenn sie morgens im Café ankam, und noch immer Balken schleppend oder Werkzeuge aufräumend durch die Gegend lief, als sie schon längst Feierabend gemacht hatte und es sich mit ein paar anderen Teilnehmern und einer kräftigen Tasse Kräutertee draußen auf der Bank gemütlich machte.

Dort im Bus, der über die schmalen Schotterwege in Richtung See zockelte, begannen Ada und Johan ihre erste längere Unterhaltung. Und sie mussten von den restlichen Gruppenmitgliedern angestupst werden, als das Ziel erreicht war, da sie sonst den Ausstieg verpasst hätten. Und sie redeten auf dem Weg zum See, und dort angekommen setzten sie sich auf eine Bank und redeten weiter.

Irgendwann kamen Markus und Irene an ihnen vorbeigerannt. Sie hatten sich bereits in den urigen, blaugestrichenen Umkleidehütten umgezogen und wollten gerade ins Wasser spurten, als sie bemerkten, dass Ada und Johan in ihrer kompletten Arbeitsmontur in der prallen Sonne saßen und nicht mal auf den Gedanken zu kommen schienen, sich in den erfrischenden See zu stürzen.

Widerwillig unterbrachen Ada und Johan schließlich ihr Gespräch und schwammen mit dem Rest der Gruppe zur nahegelegenen Insel. Abends wurde ein Feuer entzündet und Stockbrot gebacken, und schon bald fanden die beiden sich erneut in einen intensiven Dialog verwickelt, bei dem sie alles und jeden um sich herum zu vergessen schienen.

Da es für das ganze Team ein wundervoller Abend gewesen war und die Tage so heiß blieben, verbrachte man beinahe alle folgenden Feierabende in gleicher Weise am See. Wenn die Dunkelheit hereinbrach, wurde ein Feuer entzündet, und oft war es Mitternacht, als das letzte Grüppchen den Bus zur Unterkunft nahm.

Keiner wunderte sich inzwischen mehr darüber, dass Ada und Johan nur noch aufeinander fixiert waren und für niemand anderen ein offenes Auge oder Ohr hatten. Bis auf ein paar kleine freundschaftliche Sticheleien und Seitenhiebe hier und da wurden sie weitestgehend in Ruhe gelassen.

Zu Adas großer Freude und Erleichterung wurde sie von Irene nicht sonderlich vermisst, da diese neuerdings oft und gerne ihre Zeit mit Markus verbrachte.

Und so saßen Ada und Johan nach Feierabend zusammen und redeten und redeten. Wenn Johan etwas erzählte, konnte Ada förmlich sehen und schmecken und riechen, von was er da sprach. Alles schien ihr so absolut vertraut.

Und je mehr sich Ada öffnete, ihm Dinge zu erzählen, die sie nie zuvor einem anderen Menschen anvertraut hatte, desto überraschter war sie von der Tatsache, dass Johan sie nicht etwa befremdlich nickend anschaute und versuchte, seine Verwirrung über ihre Gedanken zu vertuschen. Stattdessen nickte er eifrig und begeistert und erwiderte etwas, was für sie wiederum absolut Sinn machte und ihren Gedanken genau da aufgriff, wo sie stehengeblieben war.

Es erschien ihnen seltsam, dass sie sich so gut verstanden, obwohl sie sich in ihrem Wesen und Charakter so stark unterschieden.

Selbst die Teamteilnehmer, die die beiden ja erst seit ein paar Tagen kannten, wunderten sich hinter vorgehaltener Hand, was denn die quirlige Ada und der besonnene Johan aneinander fanden.

Und dann kam der Abend ziemlich am Ende ihrer gemeinsamen Zeit, an dem ein paar Jungs aus der Gruppe ihre Gitarren dabei hatten.

Nach einer bewegenden Zeit, in der einzelne Teilnehmer von ihren Erlebnissen und Erfahrungen während der vergangenen Wochen berichtet hatten, ein paar bedeutsame Gebete gesprochen und einige tiefsinnige Choräle gesungen waren, saß die Gruppe noch bis spät in den Abend am Lagerfeuer und musizierte zusammen.

Um Mitternacht packten die Letzten ihre Sachen zusammen und machten sich auf den Heimweg – bis auf Ada und Johan. Da es Freitag war, fuhr noch ein späterer Bus um 1 Uhr, und obwohl von ihnen erwartet wurde, dass sie am nächsten Morgen um Punkt 9 Uhr bei der Arbeit zu erscheinen hätten, wollten die beiden die Zeit am See so lange wie möglich auskosten.

Markus, der seine Verantwortung als Gruppenleiter sehr ernst nahm, hatte zunächst Bedenken, die beiden unbeaufsichtigt alleine zurückzulassen. Doch da sie die Volljährigkeit bereits erreicht hatten und er meinte, sich auf sie verlassen zu können, ließ er sie mit ein paar gut gemeinten Ratschlägen schließlich zurück.

«Sollen wir tanzen?»,

fragte Johan, als sie gemeinsam am Feuer saßen und in die zuckenden Flammen schauten.

Überrascht sah Ada ihn an. Für den sonst so ernsthaften und vernünftigen Johan war das ein sehr ungewöhnlicher Vorschlag.

«Klar»,

grinste sie und stand auf. Er stellte sich ihr gegenüber, nahm sie in seine Arme und begann leise zu singen:

Wouldn't it be nice
if we could wake up in the morning
when the day is new?
And after having spent the day together
hold each other close
the whole night through ...

Die beiden wiegten sich langsam zum Takt der von Johan gesummten Melodie.

✦✦✦

Nach einer gefühlten Ewigkeit erwachte Ada aus ihrem Tagtraum. Sie stand noch immer vor ihrem runden Schlafzimmerspiegel und hatte sich mit beiden Händen an der alten Eichenkommode abgestützt, auf der all ihre Parfümflaschen, ihr Schmuck und ihre Haarbürste liebevoll arrangiert waren.

Ada schaute sich lange im Spiegel an. Ihr Blick war müde, doch wenn man ganz genau hinschaute, erkannte man noch das abenteuerlustige Funkeln in ihren tiefblauen Augen. Ihre Haut war weich und ein wenig aufgeschwemmt. Doch noch immer zeichneten sich die hohen Wangenknochen ab und gaben ihrem Gesicht diese ein wenig exotische Form. Um ihre Augen herum tummelten sich zahlreiche Krähenfüße, die man mit ein wenig gutem Willen als Lachfalten bezeichnen konnte. Langsam hob sie ihre Hand und strich sich ein paar Mal die Haut um ihre Augen glatt:

«Das müsste Johan dringend mal bügeln», flüsterte sie und musste über ihre alberne Bemerkung kichern.

Johan war, seit sie sich kannten, im Haushalt für das Bügeln der Wäsche zuständig. Dies hatte er oft betont, wenn es darum ging, befreundete Männer zu erziehen, die mit ihren Macho-Sprüchen die Frauen an den Herd scheuchen wollten.

Ja, der gute Wille war bei Johan in jedem Fall da gewesen, amüsierte sich Ada. Wenn auch der Korb mit der Bügelwäsche so manches Mal in irgendeiner Ecke des Schlafzimmers vergessen wurde und schon mal mehrere Monate verstrichen, bis Ada den Leinenrock, den sie am liebsten sonntags trug, oder ihre blau-weiß gestreifte Bluse wieder am Kleiderbügel hängend vorfand.

Manchmal hatte sie die verschollenen Kleidungsstücke bereits vergessen und tat belustigt so, als ob Johan sie großzügigerweise mit einem verfrühten Geburtstagsgeschenk oder einem verspäteten Valentinsmitbringsel bedacht hätte. Für gewöhnlich schlich sie sich dann in ihrem verloren geglaubten Outfit von hinten an Johan heran, umarmte ihn und flüsterte ihm ins Ohr:

«Vielen Dank, Darling. Du hast mal wieder genau meine Größe und meinen Stil getroffen.»

Dann lief sie einmal wie auf einem Laufsteg vor ihm hin und her und drehte sich mit einem provokanten Schulterblick zu ihm um. In den meisten Fällen führte dies zu einer wilden Hetzjagd durch das gesamte Haus und manchmal auch durch das Außengelände, bis die beiden sich am Ende lachend und küssend in den Armen lagen.

«Jetzt aber Schluss mit dem sentimentalen Quatsch»,

schalt Ada sich leise und strich sich durch ihr noch immer schulterlanges Haar, das inzwischen mit vielen grauen Strähnen durchzogen war und, ehrlich gesagt, ziemlich störrisch und strähnig in alle Himmelsrichtungen abstand.

Entschlossen befestigte sie eine besonders widerspenstige Strähne am Hinterkopf, fixierte sie mit einer Spange und schlug beherzt mit den Handflächen auf die Kommode.

«Los geht's … Wo war ich stehengeblieben?»

Ada umfasste ihr Gesicht mit beiden Händen, hielt einen Moment inne und überlegte angestrengt. Dann hob sie in einer ruckartigen Bewegung ihren Kopf und schaute erschrocken auf die Kuckucksuhr, die sie durch die offene Schlafzimmertüre im Flur hängen sah. Eine Uhr, die schon in ihrem Elternhaus gehangen hatte. Mit einem Kuckuck, der schon in ihrer Kindheit für sie gerufen hatte.

«Verflixtes Großhirn!», rief sie aufgelöst.

Irgendwie war sie in letzter Zeit wirklich vergesslich geworden. Heute Morgen hatte doch Talia, ihre älteste Tochter, angerufen. Sie hatte um Unterstützung mit den beiden Zwillingen gebeten. Louis und Justus waren letzten Sonntag drei Jahre alt geworden, doch leider schalteten sich die «terrible twos» nicht immer termingerecht ab, und so gab es viel Gebrüll und Gezeter im Hintergrund, während sie mit Talia eine Verabredung ausgemacht hatte.

Sie würden sich heute Mittag zum Picknick auf der Kullerwiese treffen.

Ja, so war es gewesen … Moment noch gleich … Um wie viel Uhr?

Jetzt war es 11.30 Uhr. Es konnte also nicht schaden, wenn sie sich auf den Weg machte. Sie würde ja auch eine Weile brauchen, bis sie mit ihrem Fahrrad dort angelangt war.

Eilig zog Ada ihren alten Wanderrucksack aus der Dielenschublade. Meine Güte, wo hatte der sie schon überall hinbegleitet? Sie packte ihren Regenponcho und eine Picknickdecke ein, welche sich gleich in der darüber liegenden Schublade befanden. Anschließend trabte sie in die Abstellkammer neben der Küche und griff nach ihren Lieblingskeksen und einer Flasche Wasser.

Dann eilte sie ins Schlafzimmer, kramte in der hintersten Ecke des Spiegelschrankes eine vergilbte Kiste hervor, zog eines der alten Fotoalben heraus und verstaute dieses sicher in einem gesonderten Bereich des Rucksacks.

So, mehr würde sie nicht brauchen.

Schnell die Kiste zurück an ihren Platz, den Schrank schließen und noch rasch einen prüfenden Blick in den Spiegel. Dann konnte es losgehen.

Beherzt drückte Ada die Türklinke der Haustüre hinunter, nur um im selben Moment festzustellen, dass die Türe abgeschlossen war.

«Schakalaka!»

Diesen Ausdruck hatten sich Johan und Ada an einem lauen Sommerabend auf der Veranda ausgedacht, als Ada sich darüber beklagt hatte, dass sie ständig in Anwesenheit der Kinder «Scheiße» sagte. Und tatsächlich hatte sich das «Schakalaka» eingebürgert und war über Generationen hinweg als ein adäquates Alternativ-Schimpfwort innerhalb der Familie, und darüber hinaus auch in ihrem Freundeskreis, äußerst beliebt. Neuerdings wurde es sogar von Adas dreijährigen Enkelkindern benutzt.

Der Ausdruck «Scheiße» wurde im Hause Stratmann nur noch in absolut extremen Ausnahmesituationen benutzt, und wenn man ihn hörte, wusste man, dass die Kacke wirklich am Dampfen war.

Ada ruckelte erneut an der verschlossenen Haustüre.

Wo war bloß der vermaledeite Schlüssel?

So schusselig konnte man doch gar nicht sein. Sie suchte noch ein wenig kopflos, riss hier und dort eine Schublade auf, durchforstete ein paar Schränke und schüttelte einige Jacken, die an der Garderobe im Flur hingen.

Kein Schlüssel weit und breit.

Das konnte doch echt nicht wahr sein.

Sie machte sich gerade auf den Weg zum Wohnzimmer, um Johan auf der Arbeit anzurufen, als sie merkte, dass sie dringend zur Toilette musste. Hektisch stampfte sie ins Badezimmer. Während sie auf dem Klo saß, überlegte sie fieberhaft, wie sie ihren Mann zu überreden vermochte, schnell nach Hause zu kommen, um ihr die Türe aufzuschließen. Sie konnte seine genervte Stimme förmlich hören:

«Ada, ich hab jetzt keine Zeit, die Fehler auszubügeln, die du durch deine Schusseligkeit verursacht hast.»

Da haben wir es wieder: Nie hat er Zeit zum Bügeln!

Wenn es gut lief, würde er ihr vielleicht anbieten:

«Ich kann um 13 Uhr nach Hause kommen, wenn die Besprechung fertig ist. Früher nicht.»

Nein, das war keine Option! Um 13 Uhr musste sie ja bereits an der Kullerwiese sein.

Da fiel ihr Blick auf das kleine Fenster des Badezimmers, und eine Erinnerung durchzuckte ihre Gedanken.

Die Kinder hatten früher häufig draußen gespielt und nur selten einen Schlüssel dabei. Wenn Ada dann kurz zu einer Nachbarin oder in den Laden von Frau Schulze musste, hatte es sich eingebürgert, dass sie einfach das Fenster der Toilette offenstehen ließ, während sie weg war. Die Kleinen freuten sich immer, wenn auf ihr Klingeln keine Reaktion kam, denn sie hatten einen Riesenspaß dabei, sich an der etwa zwei Meter hohen Fassade hochzuziehen und ins Haus zu klettern. Meistens waren sie zu zweit, und dann war es gar kein Problem, dass einer mittels Räuberleiter auf die Schultern des anderen kletterte und sich dann nach drinnen hievte.

Spätestens jetzt erwachte Adas Abenteuerlust. Sie würde einfach durchs Fenster rausklettern. Zum Glück zeigte dieses zum Garten und konnte weder von der Straße noch von den Nachbarn eingesehen werden.

Ada musste bei dem Gedanken kichern, dass der alte Herr Meier von nebenan ihr dabei zusah, wie sie ihren fast sechzigjährigen, nun so gar nicht mehr athletischen Hintern aus dem Fenster wuchtete, während sie mit beiden Beinen Halt suchend in der Luft baumelte. Da Herr Meier einen Großteil seiner Zeit an seinem Küchenfenster saß und nach draußen schaute, war die Wahrscheinlichkeit groß, dass dieses Schauspiel etwas Farbe in seinen tristen Alltag bringen würde.

Doch glücklicherweise war das Fenster ihres Badezimmers so gelegen, dass es sich von Herrn Meiers Küche aus in einem toten Winkel befand. Vor Jahrzehnten, kurz nachdem das Bad eingebaut worden war, hatten sich Johan und Ada einen Spaß daraus gemacht, dies auszutesten. In diesen Zeiten hatten die beiden nicht oft gemeinsam lachen können. Die unbeschwerten Streiche und Neckereien der vorangegangenen Jahre waren zu einer Seltenheit geworden. Doch aus irgendeinem Grund hatte ihnen an diesem Nachmittag der Sinn danach gestanden, etwas Unsinniges zu tun. Ada hatte eine genüssliche Dusche im neuen Badezimmer genommen, welches damals als Gästebad fungieren sollte, während Johan Herrn Meier mit zwei leckeren Zimtschnecken besuchte, um diese dort am Küchentisch mit ihm zu verspeisen.

Sie hatten ausgemacht, dass Johan überprüfte, ob man Ada aus irgendeiner Perspektive der Küche heraus sehen konnte. Sollte dies der Fall sein, hatte Johan hoch und heilig versprochen, Herrn Meier so geschickt abzulenken, dass er das Schauspiel im Nachbarhaus auf keinen Fall mitbekam.

Zu Adas Glück (Herr Meier mochte das vielleicht anders beurteilen) gab es tatsächlich nichts zu sehen, und zufrieden verließ Johan nach einer halben Stunde den etwas verwirrten Herrn Meier, der sich nicht so recht erklären konnte, warum Johan an diesem Nachmittag so unruhig und fahrig gewesen war.

Einer Flucht durchs Fenster stand also nichts im Wege, und erst mal bei Talia und den Jungs angekommen, konnte sie sich ja den Schlüssel ihrer Tochter ausleihen.

Talia hatte den Schlüssel aus ihrer Jugend nach ihrem Auszug aus dem Elternhaus niemals abgegeben und trug ihn, gut organisiert, wie sie war, an ihrem dicken Karabinerhaken immer bei sich. Und so sauste Ada in den Flur, um den bereits gepackten Rucksack zu schnappen, und von dort aus sofort zurück ins Badezimmer, wo es ihr nach einigem Rucken und Zerren gelang, das Fenster zu öffnen.

Sie ließ zuerst den Rucksack auf den Rasen fallen und schob dann den Wäschekorb unter das Fenster, um diesen als Hocker zu benutzen. Unter größter Anstrengung und mit wild pochendem Herzen baumelte sie schließlich tatsächlich in der Luft und hielt sich nur noch mit ihren beiden Händen am Fensterbrett fest. Aus dem Inneren des Hauses hörte sie gedämpfte Musik.

«Mist. Ich hab vergessen, den CD-Player abzustellen», dachte sie noch.

Dann glitt ihr Blick nach unten, und sie sah, dass es nur etwa zwanzig Zentimeter bis zum Boden waren. Das würden ihre alten Knochen schon aushalten. Und so ließ sie sich los und landete einen Augenblick später etwas unsanft im Gras.

Sie rappelte sich auf, ungläubig den Kopf über sich selbst schüttelnd, zog den Rucksack auf ihren Rücken, schob ihr altes Hollandrad aus dem Schuppen und fuhr los.

Zuerst auf Kopfsteinpflaster durch die alte Gasse, in der ihr Haus stand, an der Dorfkirche und dem Laden von Frau Schulze vorbei. Freundlich nickte sie der alten Ladenbesitzerin zu, die gerade dabei war, die Obstkörbe im Schaufenster zu füllen.

Am Brunnen in der Marktgasse herrschte geschäftiges Treiben. Eine Schulklasse hängte zusammen mit ein paar Lehrerinnen den Osterkranz auf. Ada fuhr weiter, doch an der Sparkasse hielt sie inne und besann sich.

Moment mal.

Hier war sie völlig falsch.

Dies hier war der Weg zur Talsperre, die sie auch oft an heißen Wochenenden aufgesucht hatten.

Aber um zur Kullerwiese zu kommen, hätte sie einen komplett anderen Weg nehmen müssen.

Wo war sie nur mit ihren Gedanken?

Ada wendete ihr Rad. Diesmal würde sie die Parallelstraße zum Marktplatz entlangfahren, um zu schauen, ob ihre Freundin Jutta zu Hause war.

Da Juttas BMW nicht in der Einfahrt stand, sparte sich Ada die Stippvisite und radelte pfeifend weiter. Schon bald hatte sie das Dorf hinter sich gelassen und fuhr durch die Felder und Schrebergärten zum Wald.

Der Frühling war in diesem Jahr besonders zeitig ins Land gezogen, und so blühten schon die ersten Tulpen und Narzissen in den Gärten, obwohl es erst Ende März war. Auch die Magnolien, die Ada besonders mochte, zeigten sich bereits in ihrer vollen Pracht.

Ada genoss die kleine Radtour in vollen Zügen. Es fühlte sich an, als sei es Ewigkeiten her, seit sie das letzte Mal mit dem Fahrrad unterwegs gewesen war.

Es gab nicht viele Empfindungen, die Ada so sehr liebte wie dieses Gefühl, das jedes Jahr im Frühling erneut aufkam. Sie spürte mit allen Sinnen, dass die Natur zum Leben erwachte. Sie staunte darüber, wie aus dem kargen und tristen Erdboden plötzlich ein Farbenmeer von Blumen und Blüten herausbarst, so als hätte dieses satte, fröhliche, bunte Leben in der Dunkelheit darauf gewartet, hervorzuquellen und die Welt zu erobern.

Die Gerüche und Farben rings um sie herum, die fröhlichen Gesänge der heimkehrenden Vögel, die ersten warmen Sommerstrahlen, die sie an der Nase kitzelten – schon aus ihrer Kindheit kannte sie diese ganz besondere Energie, wenn sie all dies zum ersten Mal nach langer Kälte und Dunkelheit wieder wahrnahm. Das Gefühl, dass etwas Neues anbrach: neue Abenteuer, neue Entdeckungen, neuer Aufbruch.

Und so fuhr sie gut gelaunt und voller Vorfreude auf den Tag immer weiter.

Als die Kinder noch klein waren, hatten sie viele Sommersonntage auf der Kullerwiese verbracht. Ihre Tochter Amelie hatte der versteckten Lichtung im Wald, durch die ein kleiner sprudelnder Bach floss, diesen Namen gegeben, nachdem sie und ihre

Schwester Talia sich einen ganzen Nachmittag lang die kleine Anhöhe an der Seite hinuntergekullert hatten.

Es würde ihr doch mit Leichtigkeit gelingen, diesen so wohlvertrauten Ort wiederzufinden.

Into the great wide open
Under them skies of blue
Out in the great wide open
A rebel without a clue
– *Tom Petty and the Heartbreakers*

— 2 —

Johan bog müde und abgeschlagen mit dem alten Volvo in die Pflastersteingasse ein. Am alten Brunnen war der Osterkranz befestigt worden. Dies war eine feste Tradition in dem Dorf, in dem Ada und Johan vor etwa zwei Jahrzehnten mehr oder weniger heimisch geworden waren.

Johan mehr, denn er hatte durch seinen Beruf als Architekt und die vielfältigen Ehrenämter in politischen Gremien schnell Fuß fassen und die Bevölkerung kennen lernen können.

Ada eher weniger, denn sie war zu sehr mit anderen Dingen beschäftigt gewesen, als dass sie Kraft und Energie für neue Kontakte aufbringen konnte.

Der Osterkranz wurde in wochenlanger liebevoller Handarbeit von den Schülern der ansässigen Grundschule und ein paar engagierten Müttern zusammengesteckt, um dann in einer feierlichen Zeremonie, die eine Rede des Bürgermeisters, eine Andacht des Pfarrers und ein paar Gedichte und Lieder der Schüler beinhaltete, am Brunnen befestigt zu werden.

Das offizielle Programm war schon seit einer Weile beendet.

Die Schranken, die den Marktplatzbereich absperrten, wurden gerade zur Seite geräumt. Aber es waren immer noch viele Passanten versammelt, was für Johan bedeutete, dass er nur sehr langsam mit seinem Wagen weiterfahren konnte.

Ein Vater hatte sein kleines Mädchen auf die Schultern gesetzt und lief direkt vor Johan her. Alle paar Meter schlug der Mann einen Haken und machte einen überraschenden Sprung zur Seite. Dafür wurde er jedes Mal mit einem lauten Jauchzen von seiner Tochter belohnt, deren kleine Patschehände sich dann haltsuchend im Bart oder an den Ohren des Vaters festkrallten.

Skurril erschien es Johan, mit welcher Selbstverständlichkeit und Leichtigkeit dieses kleine Papa-Tochter-Spiel vonstattenging. Noch skurriler aber war, was es in Johan auslöste.

Würde Ada jetzt bei ihm im Auto sitzen, so dachte er, wäre die Wahrscheinlichkeit hoch, dass sie beim Betrachten des jungen Mannes, der mit seiner Tochter spielte, zu weinen anfinge.

«Sieh dir das an!»

Johan konnte in seinen Gedanken förmlich ihre bebende Stimme hören.

Wie ein stummer, leidender Beobachter würde Ada dasitzen und zuschauen. Ein Beobachter, der den anderen Menschen beim Leben zuschaut, selber aber keinen Anteil mehr daran hat. Als hätte das Leben sie hinausgeworfen. Als wäre sie nur noch ein Besucher, der nach bezahltem Eintritt nun das Geschehen von außen betrachten durfte. Gut getrennt durch Gitterstäbe, Sichtfenster und tiefe Gräben, wie in einem Zoo.

«Der hat keine Ahnung, wie gut es ihm geht!», würde sie leise vor sich hin flüstern. «Der weiß nicht, was für ein Glück er hat.»

Dann würde sie apathisch vor sich hinstarren, während ihr die Tränen in endlosen Rinnsalen die Wangen hinunterliefen. Sie hätte den Blick in die Ferne gewandt.

Spätestens jetzt würde Johan das Radio anstellen, um dieses verfluchte monotone Jammern seiner Frau nicht länger anhören zu müssen. Nervös würde er mit seinen Händen gegen das Lenkrad trommeln und dagegen ankämpfen, Ada anzuschreien.

«Halt doch endlich deine verdammte Klappe», das waren die Worte, die in seinem Inneren rumorten. Zum Glück hatte er sie noch nie ausgesprochen. Sie erschreckten ihn selbst zu Tode.

Oh, wie unglaublich zornig ihn diese niemals endende Trauer seiner Frau machte.

Oh, wie unglaublich wütend es ihn machte, dass dieser Vater einfach die Unverschämtheit besaß, so ungeniert in aller Öffentlichkeit sein Glück zur Schau zu tragen.

Konnte er nicht zu Hause im Garten mit seiner Tochter «Hoppe Reiter» spielen? Dort würde er niemanden mit seinem albernen Gehabe belästigen.

Oh, wie unglaublich zornig Johan auf seine eigene dumme, irrationale Wut war.

Johan atmete tief durch und versuchte sich zu entspannen. Ein Schwächling war er, wenn ihn eine so alltägliche Situation innerlich derart aus der Bahn werfen konnte. Schon lange nicht mehr hatte er so heftig reagiert.

Johan sah die Ursache seiner destruktiven Gedanken in der Tatsache begründet, dass die feierliche Einweihung des Osterbrunnens ihn in seiner Erinnerung in einen Lebensabschnitt zurückgeworfen hatte, der mit sehr viel innerer Not verbunden war. Irgendetwas an diesem Szenario hatte ganz tief in ihm etwas angestoßen. Und dieses Etwas kam nun mit tosender Wucht an die Oberfläche seiner Seele. Johan würde es schnell bezwingen und wieder einsperren müssen.

Früher waren auch er und seine Töchter Teil der kleinen Osterversammlung gewesen. Und die Teilnahme an diesen Veranstaltungen fiel in eine Zeit, in der Johans Seelenschmerz unfassbar groß gewesen war. Ein Schmerz, der unwiderruflich mit den ersten Jahren in Elbenraintal verbunden war. Die Jahre, in denen sie lernen mussten, das Leben wiederaufzunehmen, nachdem es geendet hatte.

Johan hatte es sich in harten Kämpfen antrainiert und inzwischen zur Routine gemacht, dem peinigenden Gefühl, das sich in seiner Magengegend ausbreitete, keinen Raum zu geben, und stattdessen durch geschickte, teilweise verzweifelte Ablenkungsmanöver seine Sinne in eine andere Richtung zu lenken.

Und so verweigerte er auch diesmal seinem Gedächtnis die Bilder vergangener Nachmittage, an denen er am Brunnen seinen Töchtern und ihren Klassenkameradinnen dabei zugehört hatte, wie sie Ostergedichte aufsagten und Frühlingslieder sangen.

Schluss jetzt mit den destruktiven Gedanken!

Um den überwältigenden Gefühlen durch ein anderes Ventil Ausgang zu verschaffen, schlug Johan mit frustrierter Vehemenz mehrmals auf die Lenkradmitte, wo sich seine Hupe befand. Eine Gruppe von gesprächigen Müttern mit Kinderwägen, die von einer Horde kleiner Jungs auf ihren Rollern in engen und weiten Bögen umfahren wurde, hatte noch immer nicht gemerkt, dass er die Gasse passieren wollte und im Schritttempo zunehmend näher an sie herangerollt war.

Erschrocken blickten sich die Frauen zu ihm um, packten ihre rollernden Jungs am Kragen und zogen sie und die Kinderwägen auf den Bürgersteig.

Freundlich winkten sie Johan zu. Dieser riss sich zusammen, schluckte seinen Ärger hinunter und winkte mit aufgesetztem Lächeln zurück.

Oft war es harte Arbeit, seinen Groll vor den anderen zu verbergen. Es erforderte ein enorm hohes Maß an Disziplin und Selbstbeherrschung.

Doch meistens gelang es Johan sehr gut, vor Außenstehenden

sein Gesicht zu wahren. Er hatte einen guten Ruf im Ort, und die meisten Bewohner waren ihm wohlgesonnen.

Nur sein engstes Umfeld, welches aus seiner Ehefrau, seinem besten Freund Markus, dessen Frau Irene und ein paar seiner Kollegen bestand, hatten seine cholerischen Ausbrüche das eine oder andere Mal mitbekommen.

Als sich seine Emotionen beruhigt hatten und er die Vergangenheit wieder gut in den hintersten Kammern seines Selbst verstaut und zurückgelassen hatte, überlegte Johan sich, dass er Talia fragen könnte, ob er im nächsten Jahr mit den beiden Jungs zur Eröffnung des Osterbrunnens gehen dürfte. Das würde Louis und Justus bestimmt Spaß machen, und gleichzeitig wäre es für ihn eine Möglichkeit, mit den jungen Familien aus dem Ort ein paar ungezwungene Gespräche zu führen.

Er musste Wege finden, gerade diese Altersklasse für seine Vision zu gewinnen. Bei der Verwirklichung seines Traumes, ein Mehrgenerationen- und Mehrkulturenhaus in Elbenraintal ins Leben zu rufen, brauchte es junge Familien, die sich vorstellen konnten, ihre Kinder in der Gemeinschaft mit Menschen verschiedenster Altersstufen und gesellschaftlicher Herkunft aufwachsen zu lassen.

Er würde sich gleich zu Hause noch ein paar andere Veranstaltungen überlegen, zu denen er mit den Zwillingen auftauchen könnte, um Beziehungen aufzubauen und Kontakte zu pflegen.

Als Johan in die Einfahrt bog, überkam ihn ein eigenartiges Gefühl in der Magengegend.

Er war spät!

Eigentlich hatte er Ada versprochen, gegen 13 Uhr zu Hause zu sein. Als Markus ihn dann nach der Mitgliederversammlung gefragt hatte, ob sie noch gemeinsam essen gehen, war das Angebot einfach zu verlockend gewesen. Es verlangte ihn danach, mit einem kühlen Hefeweizen und einer leckeren Pizza im Biergarten seines Lieblingsitalieners zu sitzen, die ersten Sonnenstrahlen des Jahres zu genießen und dabei von den offenen Ohren seines besten Freundes Gebrauch zu machen.

Er musste mal wieder Dampf ablassen. In letzter Zeit war er fast rund um die Uhr im Einsatz gewesen. Sowohl beruflich als auch privat. Viele seiner Projekte liefen nicht so erfolgreich, wie er sich das wünschte. Markus war der Einzige, dem er sich mit all dem Frust und den Sorgen anvertrauen konnte.

Kurz hatte Johan überlegt, Ada anzurufen, aber das hätte sie sicherlich nur unnötig aufgebracht. Sie hatten spät gefrühstückt, und Ada bediente sich beinahe jeden Vormittag mehrmals am Obstkorb. Er würde ihr, sobald er zu Hause war, die Linsensuppe vom Vortag aufwärmen, und sie könnte um 15 Uhr essen.

Vor ein paar Monaten wäre so eine grobe Zeitverschiebung im Tagesplan noch nicht möglich gewesen, aber die Zeiten änderten sich, und Johan hoffte, seine Unpünktlichkeit würde Ada gar nicht aufgefallen sein.

Trotz all der beschwichtigenden Gedanken, mit denen Johan sein schlechtes Gewissen beruhigen wollte, drehte er den Haustürschlüssel mit einem mulmigen Gefühl. Er verschloss diese Türe nun schon seit beinahe einem halben Jahr jedes Mal, wenn er das Haus verließ, doch gewöhnt hatte er sich immer noch nicht daran. Johan kam sich immer vor wie ein Verbrecher, der Rapunzel oder die kleine Gretel gegen ihren Willen in seinen Fängen hielt.

So ungekünstelt wie möglich setzte Johan ein Lächeln auf seine Lippen und rief mit allem Enthusiasmus, den er aufbringen konnte, nach seiner Frau.

«Ich bin zu Hause, Liebling.»

Niemals konnte er vorhersehen, welche Reaktion er auf seine Begrüßung erhalten würde. Er hatte versucht, Prognosen zu stellen, Muster zu erkennen, sich wiederholende Abfolgen zu bemerken. Doch Ada war so unberechenbar wie das Pferd aus dem alten Schwarzweiß-Schinken, den er mehrmals in seiner Kindheit gesehen hatte.

«Manche Dinge ändern sich eben nie», murmelte er vor sich hin.

Mit Fury war Ada schon immer gut zu vergleichen gewesen.

Auf Johans Begrüßungsruf kam keine Antwort. Dies ließ ihn innerlich ein wenig aufatmen. Keine Reaktion war zumeist ein gutes Zeichen. Er hörte lediglich leise Musik aus dem Wohnzimmer.

Ada hatte es sich zur Gewohnheit gemacht, eine ihrer Lieblings-CDs den lieben langen Tag als Dauerschleife zu hören. Heute war die Wahl auf «Tom Petty and the Heartbreakers» gefallen.

Entweder lag Ada schlafend in ihrem Lieblingssessel, oder sie war so in das Malen eines neu begonnenen Bildes versunken, dass sie seine Ankunft überhaupt nicht bemerkte.

Johan ging leicht angespannten Schrittes zur Garderobe und hängte seinen Mantel auf. Zwei Schubladen standen offen. Was mochte Ada darin gesucht haben?

Er setzte sich auf die kleine Bank, zog die Turnschuhe aus und schlüpfte in die Birkenstocks, die für ihn bereitstanden. Die Arme auf die Oberschenkel gestützt, richtete er sich schwerfällig auf und ging ins Wohnzimmer.

Der Ohrensessel stand unberührt und einladend in der Ecke des Raumes. Die Häkeldecke lag sorgsam zusammengefaltet über der Armlehne. Daraus schloss Johan, dass Ada den Sessel heute noch nicht benutzt hatte, denn sie legte sich immer sofort die Decke über ihre ewig kalten Füße und versäumte dann, sie wieder wegzuräumen.

Für Johan war es irgendwann ein liebgewonnenes Ritual geworden, die Decke abends, bevor er zu Bett ging, zusammenzulegen und für Adas nächste Ruhepause herzurichten. Meist sprach er dabei ein kleines Gebet für seine Frau.

Scheinbar hatte Ada sich keine Ruhepause gegönnt. Auch der Obstkorb auf dem Wohnzimmertisch schien unberührt, und die Küche, die sie vor Jahren mit dem Wohn- und Essbereich verbunden hatten, sah genau so aus, wie er sie morgens verlassen hatte.

Somit musste seine Frau wohl heute voller Schaffensdrang in ihrem Atelier zu Gange sein.

Bevor Johan den Raum verließ, schaltete er den CD-Player aus, gerade in dem Moment, in dem Tom Petty und seine Gang von der großen, weiten Welt sangen.

Into the great wide open
Under them skies of blue
Out in the great wide open
A rebel without a clue

Der Ausdruck «rebel without a clue» brachte Johan wider Erwarten zum Schmunzeln. Ein ahnungsloser Rebell. Wie sehr beschrieb dies doch den Zustand seiner lieben Ada.

Dankbar über diesen klitzekleinen entspannten Gedanken innerhalb seines ansonsten so angespannten Inneren ging Johan nach unten in den Keller, immer zwei Stufen auf einmal nehmend.

Leise öffnete er die Türe zu Adas Werkstatt. Überall lagen Pinsel und Farbpaletten. Das letzte Woche fertiggestellte Gemälde lehnte verdeckt an der Wand. Auf der Staffelei war eine noch unberührte Leinwand befestigt. Gestern hatte Ada mit einem Pinsel bewaffnet davorgestanden. Johan hatte mehrmals nach ihr geschaut. Ada hatte gewiss zwei Stunden reglos vor der Staffelei verharrt, bis Johan sie mit sanftem Druck dazu bewegt hatte, sich abzuwenden und nach oben zum gedeckten Abendbrottisch zu kommen.

Der Raum war kühl und leblos. Ada schien den ganzen Vormittag nicht hier gewesen zu sein.

Früher hatte Johan seine Frau damit aufgezogen, wie sie einen Raum dermaßen mit ihrer Gegenwart füllte, dass sie noch

Stunden nach dessen Verlassen förmlich in jeder Ecke zu spüren war. Sie hatte diese Beschreibung ihrer selbst nicht gemocht und ihn jedes Mal böse angefunkelt, wenn er es ihr zu erklären versuchte.

Langsam stieg ein ungutes Gefühl in Johan auf.

War Ada sofort ins Bett gegangen, nachdem er das Haus verlassen hatte?

Stimmte etwas mit ihr nicht?

War sie krank?

Mit klopfendem Herzen rannte er die Treppen zurück nach oben, bog zur anderen Seite des Flures ab und öffnete unsanft die Schlafzimmertüre.

Sein Blick fiel auf das leere Bett.

Auch hier war Ada nicht, und auch hier war sie nicht gewesen, seit er heute Morgen die Bettlaken aufgeschüttelt hatte.

Was war los?

Hatte sie sich versteckt?

Was für eine böse Überraschung wartete heute auf ihn? Was auch immer es sein mochte, er hatte keine Kraft dafür.

Laut rief er ihren Namen, öffnete jede Türe des Schlafzimmerschrankes, ließ sich ächzend auf die Knie fallen und spähte unter das Bett.

Dann lief er in den Flur, durchforstete die Garderobe, öffnete die Abstellkammer, knipste das Licht an und lugte in jedes Regal.

Nichts!

Sollte er die obere Etage absuchen?

Dort hatten sie und die Kinder früher ihre Schlafzimmer gehabt, doch vor ein paar Jahren waren sie nach unten gezogen und benutzten das obere Stockwerk kaum noch.

Da fiel Johan ein, dass er noch nicht im Bad nachgeschaut hatte. Er wandte sich schnellen Schrittes in Richtung Badezimmer.

Als er die Türe öffnete, kam ihm ein Luftzug entgegen, und er sah mit Entsetzen das offene Fenster. Die Vorhänge bewegten sich langsam im Wind, und die Sonnenstrahlen zeichneten sich in Bündeln an den weiß gefliesten Wänden ab.

In einem anderen Zusammenhang wäre dies ein friedliches Bild gewesen, doch nun lief es Johan eiskalt den Rücken hinunter.

Er machte zwei große Schritte zum Fenster, schob die Wäschetruhe achtlos zur Seite und lehnte sich ein wenig hinaus.

Ada war nirgends zu sehen.

Meter für Meter suchte er mit seinen Augen den Garten ab, während sein Herz wild pochte. Da sah er die offene Türe des Fahrradschuppens.

Er rannte hinaus, über den Hof durch die Gartentüre, hinters Haus und in den alten Fahrradschuppen.

Er sah sofort, dass Adas Hollandrad fehlte. Letzte Woche hatte er es generalüberholt und fit für die neue Fahrradsaison gemacht. Beim Flicken des Hinterreifens hatte er sich immer wieder selbst gescholten, warum er sich diese Mühe machte, wo Ada das Fahrrad doch sowieso nicht mehr benutzen würde. Doch er hatte es nicht über sich gebracht, das schöne alte Hollandrad achtlos seinem Verfall preiszugeben.

Johans Gedanken überschlugen sich.

Was war passiert?

Ada war, wenn er das richtig rekapitulierte, aus dem Badezimmerfenster gesprungen und mit dem Fahrrad weggefahren.

Wohin konnte sie gefahren sein?

Was sollte er tun?

Wie konnte er dieses Problem lösen?

Ein stechender Schmerz fuhr ihm in den linken Arm. Er presste seine Hand auf die Brust und lehnte sich gegen die Schuppenwand. Er kannte diesen Schmerz und wusste genau, dass es an der Zeit war, sich hinzulegen und auszuruhen. Doch er konnte dem Warnsignal seines Herzens jetzt keine Beachtung schenken.

Gebückt lief er zurück ins Haus und hielt sich dabei an jeder Wand und jedem Pfosten fest, die ihm in die Quere kamen.

Er eilte ins Wohnzimmer, setzte sich an den Tisch und schlug das gelbe Notizbuch auf, in dessen hinteren Teil alle wichtigen Telefonnummern verzeichnet waren.

Normalerweise kannte er Talias Nummer auswendig, aber sein Gehirn schien gerade nicht adäquat zu funktionieren, und sie wollte ihm einfach nicht einfallen.

Nach drei Versuchen hatte er die Nummer richtig eingegeben. Er überprüfte noch einmal jede Ziffer auf dem Display, bevor er die grüne Taste drückte.

Absichtlich hatte er die Telefonnummern nicht eingespeichert. So meinte er verhindern zu können, dass seine Frau völlig sinnlos in der Gegend herumtelefonierte, nur weil es so einfach war, die gespeicherten Nummern aufzurufen.

Es läutete viermal, bevor Talia mit ziemlich gestresster Stimme in der Leitung erschien:

«Mama? Was gibt's?»

«Hey, Mäuschen. Ich bin's, Papa.»

Talia rief einem ihrer Söhne zu, dass er sofort die Schere hinlegen sollte, bevor sie sich wieder ihrem Vater zuwandte: «Papa, was gibt's? Gerade ist es echt schlecht!»

«Sorry, Mäuschen. Nur ganz kurz. Hast du heute Morgen mit Mama telefoniert?»

«Nein, hab ich nicht. Seit dem kleinen Drama gestern Morgen hat sie sich nicht mehr gemeldet. Wieso fragst du?»

Johan schloss die Augen und atmete tief durch.

Was würde er dafür geben, dass seine Tochter in Ruhe ihren verrückten Alltag durchleben konnte.

Sie sollte ihre gesamte Zeit und Kraft in die beiden Zwillinge investieren dürfen.

Sie sollte ihren Mann morgens mit zerzausten Haaren und im Bademantel zur Arbeit verabschieden, mit einer Mischung aus Neid, dass er diesem Irrenhaus entfliehen durfte, und Dankbarkeit, dass sie den ganzen Tag mit den zwei süßen Rabauken verbringen konnte.

Sie sollte die Jungs mit marmeladenverschmierten Gesichtern ins Badezimmer tragen dürfen und darüber lachen können, wenn sie gemeinsam vor dem Spiegel Grimassen schnitten und Justus ihr mit seinen klebrigen roten Patschehänden in die Wangen kniff.

Sie sollte sich in Ruhe ärgern können, wenn die beiden in einem kurzen unbeobachteten Moment ihre teure Tagescremetube auf dem Badezimmerboden ausgedrückt hatten.

Sie sollte mittags erschöpft aufs Sofa fallen, nachdem die beiden Energiebündel endlich friedlich schmatzend in ihren Betten lagen.

Leider gab es seit geraumer Zeit jedoch kaum einen Tag, an dem Talia all diese Dinge tatsächlich unbeschwert und ungestört erleben durfte. Beinahe täglich kam ein Anruf aus ihrem Elternhaus.

Entweder war es ihre Mutter. Dann konnte man nie wissen, ob der nachfolgende Dialog vernünftig oder völlig absurd sein würde.

Oder es war ihr Vater, der Rat oder Hilfe brauchte oder schlechte Nachrichten hatte.

Johan hatte vorgeschlagen, das Telefon für Ada unzugänglich aufzubewahren, um dadurch seine Tochter zumindest vor ihren Anrufen zu schützen. Doch Talia wollte für ihre Mutter erreichbar sein.

Johan wünschte sich, er könnte Talia mehr Ruhe gönnen. Aber er brauchte ihre Hilfe so verzweifelt und schaffte es einfach nicht ohne sie.

Amelie, die jüngere seiner beiden Töchter, wohnte inzwischen fünf Stunden entfernt in der Universitätsstadt Heidelberg und war froh, ihr eigenes Leben in Ruhe genießen zu können. Sie hatte sich schon früh von ihrem Elternhaus gelöst und wollte frei und unabhängig sein.

Talia hingegen, als die pflichtbewusste Erstgeborene, hatte gerade in den letzten Jahren mehr und mehr Verantwortung für die Familie übernommen, und Johan konnte sich nicht vorstellen, die Herausforderungen des Alltags ohne sie zu bewältigen. Nur gemeinsam mit ihr war es ihm möglich gewesen, trotz seiner gesundheitlichen Probleme und der beruflichen Verpflichtungen Ada zu versorgen.

Es tat ihm unendlich leid, dass er Talia so in Beschlag nahm. Gleichzeitig war er unbeschreiblich dankbar, dass seine Tochter bereit dazu war, ihm zu helfen, trotz der Tatsache, dass sie mit ihrer eigenen Familie schon mehr als genug zu tun hatte.

Doch jetzt gerade gab es nichts, was Talia für ihn tun könnte. Wenn er ihr von Adas Verschwinden erzählte, würde sie sich fürchterlich aufregen, sofort einen Babysitter für die Jungs organisieren und zu ihm hetzen.

Am Ende wäre Ada vielleicht bereits heimgekehrt, bevor Talia überhaupt bei ihm wäre, und wieder einmal hätte er ihr den Tag versaut.

Johan beschloss, zunächst selbst nach Ada zu suchen, bevor er Haus und Hof verrückt machte.

Weit war sie bestimmt nicht gekommen.

Ihre Kondition war schließlich auch nicht mehr die beste.

Vergangen waren die Zeiten, in denen sie jeden Morgen ihre Bahnen im Schwimmbad zog.

Johan räusperte sich.

«Mäuschen, alles ist gut. Ich krieg das hier hin. Wir telefonieren später, wenn die Jungs im Bett sind.»

«Bist du sicher?», erklang Talias misstrauische Stimme. «Alles in Ordnung mit Mama?»

«Ja, ja. Alles ist gut», versicherte Johan.

Gott sei Dank konnte er sich weitere Erklärungen sparen, denn einer der Zwillinge fing im Hintergrund gellend zu schreien an. Schnell verabschiedeten sich die beiden, und Johan ließ langsam den Telefonhörer sinken.

Nachdenklich schaute er aus dem Wohnzimmerfenster. Sollte er sich mit dem Auto oder mit dem Fahrrad auf die Suche machen?

Seufzend entschloss er sich, zunächst mit dem Volvo durchs Dorf zu fahren.

Johan sprang auf und hastete zurück zur Garderobe, um seine Birkenstocks erneut gegen die dunkelgrauen Turnschuhe einzutauschen. Seinen Mantel ließ er diesmal hängen, denn draußen strahlte die Sonne, und die Temperatur hatte bereits beinahe die 20-Grad-Marke erreicht. So holte er nur noch seinen Schlüsselbund, den er auf den Wohnzimmertisch gelegt hatte, und verließ das Haus, um in seinen Wagen zu steigen.

Johan war angespannt und nervös. Beim Zurücksetzen des Autos hätte er beinahe die Hausfassade gestreift, und er schnaubte wütend, als er den Wagen erneut rangieren musste, um keinen Lackschaden zu verursachen.

Zunächst fuhr Johan den gesamten Ortskern ab. Vorbei an der Kirche und dem Laden von Frau Schulze.

Über den Marktplatz, der inzwischen wie leergefegt war, bis auf die Jungs, die wie kleine Duracell-Häschen noch immer mit ihren Rollern ihre Runden drehten. Nur umkreisten sie nicht mehr wie vorhin ihre Mütter, sondern den frisch geschmückten Dorfbrunnen.

Links durch die obere Gasse, in der sich die Bäckerei und die Metzgerei befanden.

Nirgendwo sah Johan seine Ada, und auch ihr Hollandrad war vor keinem der Läden abgestellt.

Als Nächstes fuhr Johan an den Häusern vorbei, in denen Ingeborg und Jutta wohnten. Beide waren Freundinnen Adas, und von Zeit zu Zeit hatte sie ihnen früher Besuche abgestattet. Doch auch hier war keine Spur von Adas Rad in der Einfahrt.

Nun zog Johan den Suchradius etwas größer und verbrachte die nächsten zwanzig Minuten damit, das Dorf zu umrunden und alle Nebenstraßen abzufahren.

Als auch dies erfolglos war, wollte er noch einige Feldwege absuchen. Bei ihren Radtouren hatten sie besonders oft den Weg am Friedhof vorbei genommen und waren dann rechts in den Wald abgebogen. Johan folgte dem engen Schotterweg so lange, bis er durch eine Schranke an der Weiterfahrt gehindert wurde. Nun musste er ein ganzes Stück mit seinem wuchtigen Volvo zurücksetzen, bis er den Wagen sicher wenden konnte.

Erneut schimpfte er laut, als er merkte, dass ihn das Gefühlschaos, welches sich in ihm aufstaute, immer mehr überwältigte. Eine Mischung aus Zorn, Angst, Verzweiflung und Müdigkeit machte sich in ihm breit.

Nachdem Johan auch auf den Feldwegen außer ein paar unbekannten Radfahrern weder Ada noch irgendein bekanntes Gesicht gesehen hatte, das er nach ihr hätte fragen können, entschloss er sich, nach Hause zu fahren, um sich den nächsten Schritt zu überlegen.

Er hatte inzwischen fast neunzig Minuten nach ihr gesucht.

Es war bald 17 Uhr.

Seines Wissens hatte Ada seit dem Frühstück nichts mehr gegessen. Vielleicht hatte das Hungergefühl sie nach Hause getrieben.

Mit klopfendem Herzen bog Johan in die Einfahrt, nur um im selben Moment festzustellen, dass Ada nicht wie erhofft auf der kleinen Bank vor der Haustüre hockte und ihn wütend anfunkelte, weil er sie nicht hereingelassen hatte.

Johan ging ins Haus, setzte sich an den Wohnzimmertisch und vergrub das Gesicht in seinen Händen. Er rieb sich die Bartstoppeln, bis seine Haut brannte. Was sollte er als Nächstes tun?

Er griff zum Telefonhörer und rief seinen besten Freund an.

Markus meldete sich nicht selbst, stattdessen ging seine Frau

Irene an den Apparat. Schon bei der Begrüßung bemerkte Irene, dass etwas nicht stimmte. Sie holte ihren Mann ans Telefon und stellte den Lautsprecher an.

«Was ist los, Johan?», meldete sich Markus mit seiner sachlich nüchternen Stimme. Erleichtert atmete Johan auf. Er war froh, dass er erzählen konnte, was geschehen war. Markus würde die Situation nicht überfordern. Er würde bestimmt wissen, was als Nächstes zu tun ist.

In knappen Sätzen schilderte Johan das Verschwinden Adas und die erfolglose Suche. Im Hintergrund hörte er Irene aufgebracht schimpfen.

Johan wusste, dass Irene der Meinung war, er arbeite zu viel und lasse Ada zu häufig alleine. Natürlich bewies ihr das Verschwinden Adas, dass sie Recht gehabt hatte. Doch wie erwartet blieb Markus' Stimme ruhig und besonnen.

«Ich mach mich auf den Weg zu dir. Bin in zwanzig Minuten da. Kannst du inzwischen zu den Nachbarn rübergehen und fragen, ob sie was mitbekommen haben?»

Es dauerte nicht mal zwanzig Minuten, bis Markus mit seinem Rennrad in die Einfahrt bog. Johan sah ihn kommen, als er gerade mit Herrn Meier noch ein paar Worte vor dessen Haustüre wechselte. Er hatte den Nachbarn aus seinem Wohnzimmersessel aufgeschreckt.

Herr Meier beteuerte, dass er Ada schon seit Wochen nicht mehr gesehen hatte. Bis 12 Uhr sei er an seinem Küchenfenster gesessen, habe sich dann etwas zu essen zubereitet und sei um circa halb zwei ins Wohnzimmer gegangen, um sich für eine Weile hinzulegen.

In letzter Zeit wurden seine Mittagsschläfchen immer ausgedehnter. Er war um halb vier aufgewacht und saß seitdem ziemlich regungs- und teilnahmslos auf dem grün-gemusterten Wohnzimmersessel. Der verschleierte Blick ruhte auf dem gerahmten Porträtfoto seiner verstorbenen Frau.

Als es klingelte, war er schon wieder halb eingenickt. Und so freute sich Herr Meier insgeheim, dass Johan sowohl ihn als auch seine Lebensgeister geweckt hatte. Er nahm sich vor, nach einem kleinen Abendbrot noch ein wenig durch die Gegend zu laufen und nach Ada zu suchen. Vielleicht würde er sogar ein paar neugierigen Dorfbewohnern begegnen, die er besorgt danach fragen konnte, ob sie Ada gesehen hatten. Diese würden sich dann nach dem Grund seiner Frage erkundigen, und er könnte ihnen im Vertrauen von Adas Verschwinden erzählen.

Nach außen hin ließ Herr Meier sich natürlich seine aufgeregte Vorfreude nicht anmerken. Mit mitfühlendem Gesichtsausdruck schüttelte er Johans Hand und wünschte diesem, dass Ada bald wieder auftauchen würde. Er versprach, Augen und Ohren offen zu halten.

Johan trabte aufgelöst auf seinen Freund Markus zu. Gemeinsam gingen sie ins Haus und setzten sich an den Wohnzimmertisch.

Er hatte bei allen angrenzenden Nachbarn geklingelt. Gegenüber war niemand zu Hause gewesen, und die Bewohner rechts und links von ihnen waren Ada schon lange nicht mehr begegnet.

Johan war keinen Schritt weitergekommen.

Markus holte einen Notizblock heraus und ließ sich von Johan detailliert den Ablauf der Ereignisse schildern.

«Hat sie irgendetwas mitgenommen?», fragte er schließlich.

Johan sah sich zerstreut um. Dann ging er ins Schlafzimmer, an die Garderobe und in die Küche. Er durchforstete Schränke und Schubladen nach vermissten Gegenständen.

Etwa zehn Minuten später gab er auf und setzte sich zurück an den Tisch.

«Ich weiß nicht. Scheiße, ich weiß nicht. Ich hab keine Ahnung. Wo ist sie hin? Warum tut sie das? Mir reicht es. Wenn sie zurück ist, werde ich sie in ein Heim einweisen lassen. Ich halt's nicht mehr aus.»

Wütend ließ Johan seine Faust auf den Tisch donnern.

Markus ließ sich davon nicht aus der Ruhe bringen. Sachlich verkündete er, wie es weitergehen sollte.

«Es ist jetzt Viertel nach sechs. Es wird langsam dunkel. Wir setzen uns nochmals in dein Auto und fahren durch den Ort. Vielleicht hat sich Ada an eine Bushaltestelle oder unter eine Laterne gesetzt und hofft darauf, abgeholt zu werden. Ich sag Irene Bescheid. Sie soll alle Freunde, Nachbarn und Bekannten anrufen, zu denen Ada vielleicht gefahren ist. Falls wir sie bis 20 Uhr nicht gefunden haben, informieren wir die Polizei und sagen Talia Bescheid.»

Um Viertel vor acht betraten Johan und Markus erneut das Haus.

Bis auf einen Anhaltspunkt war ihre Suche erfolglos gewesen.

Frau Schulze hatte die beiden in Schrittgeschwindigkeit vorbeifahren sehen und war winkend aus ihrem Laden gerannt gekommen. Herr Meier hatte sie kurz zuvor angesprochen, als sie gerade den Blumenstand zusammenräumte. Sie hatte also bereits gehört, dass Ada verschwunden war.

«Du, Johan, ich hab Ada vorhin gesehen», meinte Gisela Schulze aufgeregt, als die Fensterscheibe noch nicht komplett heruntergefahren war.

«Sie kam heute Mittag am Laden vorbei, so gegen zwölf war das. Sie fuhr mit ihrem Hollandrad auf dem Bürgersteig und sah recht fröhlich aus. Das alte Mühlental ist sie runtergefahren. In Richtung Friedhof. Ich hab mich noch gefreut, dass es ihr wieder so gut zu gehen scheint.»

Johan knirschte hörbar mit den Zähnen.

«Mensch, Gisela! Warum hast du sie nicht aufgehalten? Warum hast du mich nicht angerufen?»

Wütend schlug Johan mit der rechten Hand aufs Lenkrad.

Gisela Schulze war einen kurzen Augenblick völlig überrumpelt von dem unerwarteten Wutausbruch. Sie stammelte hilflos vor sich hin.

«Ich wusste doch nicht, dass sie nicht alleine unterwegs sein darf. Ich hab die Leute erzählen hören, dass es ihr nicht gut geht und dass sie fast nur noch zu Hause ist.»

Während sie sprach, fand sie ihre Fassung wieder und verschränkte die Arme vor der Brust. Ihr Ton wurde lauter und bestimmter. Sie wusste, dass sie sich nichts zuschulden hatte kommen lassen.

«Du hast mir nie erzählt, was mit ihr los ist. Hie und da sind Gerüchte rumgegangen, aber du weißt selbst, was man davon halten kann. Ada hat nicht so gewirkt, als bräuchte sie Hilfe.»

Markus meldete sich vom Beifahrersitz.

«Sie haben alles richtig gemacht, Frau Schulze. Vielen Dank, dass Sie uns Bescheid gegeben haben. Wir werden jetzt weitersuchen.»

Johan murmelte noch eine Entschuldigung vor sich hin. Dann fuhren sie weiter.

Mehr hatten die beiden Freunde bei ihrer Suche nicht herausfinden können. Jeder Radfahrer und Fußgänger war von ihnen auf Ada angesprochen worden, doch niemand hatte sie gesehen.

«Wir müssen die Polizei benachrichtigen», sagte Markus und griff bereits zum Hörer.

Er wählte die Nummer der Polizeistation des Nachbarortes, die er in seinem Notizblock notiert hatte, und hielt den Hörer Johan hin. Nach mehrmaligem Läuten meldete sich eine Frauenstimme.

«Guten Abend, ich … meine Frau … sie ist verschwunden …», stammelte Johan vor sich hin.

Als Markus merkte, dass Johan nicht in der Lage war, der Polizistin in zusammenhängenden Sätzen die Situation zu schildern, nahm er ihm sanft den Hörer aus der Hand und erklärte der Beamtin detailliert die Situation. Die Polizistin versprach, dass innerhalb der nächsten Stunde ihre Kollegen vorbeikommen würden, um die Vermisstenanzeige aufzunehmen.

Nun war es an der Zeit, Talia zu benachrichtigen. Es fiel Johan sichtlich schwer, seiner Tochter die Schreckensbotschaft zu überbringen, doch Markus wusste, dass er ihm diese Aufgabe nicht abnehmen konnte.

Talia reagierte, wie Johan es erwartet hatte. Sie regte sich furchtbar auf und fing an zu weinen. Zum Glück waren ihr Mann Anton bereits zu Hause und die Zwillinge im Bett.

Sie würde gleich rüberkommen. Johan konnte sie nicht davon abhalten. Und obwohl es nichts gab, was sie tun konnte, war Johan doch froh und dankbar, dass sie da sein würde.

Zeitgleich mit den Polizisten erreichte Talia das Haus.

Die Beamten nahmen die Vermisstenanzeige auf und stellten noch zahlreiche Fragen. Johan konnte sich daran erinnern, welche Kleidungsstücke Ada am Morgen getragen hatte. Eine blaue, kurzärmelige Bluse und ihre bequeme, schwarze Bundfaltenhose.

Ein Blick in den Schlafzimmerschrank bestätigte, dass sie in diesen Klamotten das Haus verlassen haben musste. Im Schuhschrank fehlten ihre dunkelblauen Halbschuhe.

Talia druckte die zwei aktuellsten Bilder ihrer Mutter aus. Eines war an Weihnachten aufgenommen worden. Das andere zeigte sie in Talias Wohnzimmer, mit Justus auf dem Arm.

Als die Polizisten merkten, dass sie die wichtigsten Informationen erhalten hatten und alle weiteren Fragen nur noch verzweifeltes Haareraufen und hilfloses Achselzucken hervorriefen, verabschiedeten sie sich höflich und versprachen, noch am selben Abend mit einem Einsatzteam die Gegend zu durchkämmen und die Vermisstenanzeige an alle Krankenhäuser der Umgebung weiterzuleiten.

Johan wollte sich mit dieser Information nicht zufriedengeben.

Mit festem Blick schaute er den Beamten an, der im vorangegangenen Gespräch die Leitung übernommen hatte.

«Was heißt das? Was werden Sie genau tun? Wie groß wird das Einsatzteam sein? Wo wollen Sie suchen?»

Johan wollte klare Aussagen.

Er wollte vergewissert werden, dass alles Menschenmögliche für seine Frau getan werden würde.

Der Polizist druckste ein wenig herum.

«Sehen Sie, Herr Stratmann. Die Suche nach Ihrer Frau hat nun oberste Priorität für uns. Wir werden alle zur Verfügung stehenden Einsatzkräfte mobilisieren und uns Verstärkung bei den lokalen Rettungskräften anfordern. Aber Ihre Frau ist mit dem Fahrrad verschwunden. Dies allein macht den Suchradius ziemlich groß, und es ist nicht auszuschließen, dass sie beispielsweise zu einem Bahnhof gefahren ist, um von dort aus öffentliche Verkehrsmittel zu benutzen. Sie hat kein Handy dabei oder andere elektronische Geräte, anhand derer wir sie orten könnten. Wir haben einfach keine Anhaltspunkte, wo wir suchen sollen. Doch ich versichere Ihnen, dass wir alles tun werden, was in unserer Macht steht. Da die Dame vom Obstladen Ihre Frau in Richtung Friedhof hat fahren sehen, gehe ich davon aus, dass wir einen Suchtrupp in die südlichen Waldgebiete rund um die Rappbode-Talsperre und den Schiltzerberg aussenden werden.»

Kommissar Oberschmidt schluckte schwer.

Johan wollte etwas einwenden, doch Markus legte ihm beschwichtigend die Hand auf den Arm.

«Wir danken Ihnen für Ihr Bemühen, Kommissar Oberschmidt.»

«Und was können wir tun?», fragte Talia schluchzend, während der jüngere Polizeibeamte ihr freundlich seine Hand entgegenstreckte.

«Versuchen Sie ruhig zu bleiben. Halten Sie hier die Stellung und informieren Sie uns über jede noch so kleine Neuigkeit. Hoffen Sie und beten Sie. Mehr geht momentan nicht. Die meisten Vermissten tauchen nach einer Weile wieder auf.»

Der Beamte umfasste Talias Hand mit beiden Händen und nickte ihr aufmunternd zu. Da er Talia flüchtig kannte und sie schon des Öfteren mit ihrer Familie im Gottesdienst gesehen hatte, konnte er es sich nicht verkneifen, seine Professionalität für einen Moment zur Seite zu schieben und ihr mit dieser menschlichen Geste zu begegnen.

Kommissar Oberschmidt unterbrach seinen Kollegen verlegen räuspernd:

«Wir wollen nicht davon ausgehen, aber falls Frau Stratmann morgen früh nicht wieder aufgetaucht ist, werden wir eventuell von einer Vermisstenanzeige über den regionalen Hörfunk Gebrauch machen. Wir werden Sie darüber in Kenntnis setzen, falls es so weit kommt.»

Schließlich verließen die Polizisten das Haus.

Die nächste halbe Stunde verbrachten die drei Zurückgebliebenen schweigend, ihren eigenen Gedanken nachhängend, in der Küche. Talia stand mit verklärtem Blick am Fenster und starrte in den Garten. Markus recherchierte, bewaffnet mit Kugelschreiber und Notizblock, mögliche Anlaufstellen im Internet. Johan lief rastlos hin und her und brummte mit einer Mischung aus Wut und Verzweiflung vor sich hin.

Dann klingelte es an der Türe.

Und meine Seele spannte
Weit ihre Flügel aus,
Flog durch die stillen Lande,
Als flöge sie nach Haus.
– Joseph von Eichendorff

— 3 —

Ada fand den Weg zur Kullerwiese problemlos. Sie musste zwar mehrmals absteigen und ihr Fahrrad die leichten Steigungen hinaufschieben. Doch nach einer Weile eröffnete sich hinter einer Wegbiegung der freie Blick auf eine riesige Wiesenfläche mitten im Wald.

Sie warf einen Blick auf ihre Armbanduhr und stellte selbstzufrieden fest, dass es 13 Uhr war.

Pünktlich wie die Feuerwehr!

Sie war also doch noch zu gebrauchen. Talia war allerdings noch nicht da.

Ada schob ihr Hollandrad über die Wiese hinunter zum Bach und schlug unter einer mächtigen Silberweide ihr Lager auf. Sie stellte ihren Rucksack ab, zog sich Schuhe und Socken aus, setzte sich auf eine knochige Wurzel, lehnte sich mit dem Rücken gegen den rauen Stamm des Baumes und ließ ihre nackten Füße im eiskalten Wasser baumeln. Sie atmete tief ein, schloss die Augen und genoss die Geräusche des Frühlings: das Zwitschern der Vögel und das Summen und Surren der Insekten um sie herum. Eine Weile schaute sie einer pummeligen Hummel dabei zu, wie sie emsig ihr Tagewerk verrichtete.

Der vergangene Winter hatte ganz Deutschland, und insbesondere den östlichen Gefilden, reichlich Schnee beschert. Ganze Dörfer im Harz waren aufgrund der Schneemassen für mehrere

Tage von der Außenwelt abgeschnitten gewesen. Die Schule in Elbenraintal hatte für eine Woche ihre Schotten dicht gemacht und den hoch erfreuten Kindern schulfrei erteilt. Den ganzen Januar hatte die Dorfjugend sich an den umliegenden Hügeln zum Rodeln zusammengefunden.

So kam es, dass der sonst so leise und langsam vor sich hin plätschernde Bach durch die Schneeschmelze viel mehr Wasser mit sich führte als sonst. Die Strömung war stark, und Ada fand Gefallen daran, wie ihre Füße durch den eiskalten Sog mitgerissen wurden.

Da saß sie und spürte, wie das Glück sich in ihrem Inneren ausbreitete. Dieses Glück, das nur noch ganz selten zu Besuch kam, sich dann aber mit Schwung aufs Sofa ihrer Seele fallen ließ und die Füße auf den Tisch legte, als wäre es genau hier schon immer zu Hause gewesen.

Was so ein Ausflug ins Grüne doch alles bewirken konnte.

Wahrscheinlich verdankte Ada es ihren Eltern, dass sie so naturverbunden war. Ihre ganze Kindheit und Jugend hindurch waren sie in den warmen Monaten beinahe jedes Wochenende auf Wandertouren gegangen und hatten abends ihre Zelte irgendwo im Nirgendwo aufgeschlagen. Nicht immer hatte Ada Lust auf diese Ausflüge gehabt, aber mit dem sanften Druck ihres Vaters, den bettelnden Blicken ihrer Mutter und dem Gruppenzwang, dem man automatisch ausgesetzt ist, wenn man die verantwortungsbewusste älteste Tochter einer achtköpfigen Familie ist, hatte sie bis zu ihrem Auszug aus dem elterlichen Heim beinahe jedem dieser Familienausflüge beigewohnt.

Später war Ada dankbar, dass ihre Eltern so viel Zeit und Energie in sie investiert hatten und sie dadurch nachhaltig prägen konnten.

Sie selbst hatte gemeinsam mit Johan dieses Erbe an ihre eigenen Kinder weiterzugeben versucht.

In dem fortgeschrittenen Alter, in dem sie nun war, hatte sich die Ehrfurcht vor Gottes Schöpfung noch verstärkt, und sie vermochte es, die ihr so vertraute Natur mit all ihren Sinnen wahrzunehmen.

Nun, da sie wusste, wie kompliziert und schwer das menschliche Leben doch war, staunte sie darüber, dass Tiere und Pflanzen alles Sein und Werden und Verwandeln und Sterben mit einer solchen Leichtigkeit und Würde vollbrachten.

Umgeben von der Ruhe und dem Frieden des beschaulichen Ortes verfiel Ada bald erneut in Tagträume und fand sich zurückversetzt in die Zeit, in der die Liebe zu Johan ihren Anfang genommen hatte.

✦ ✦ ✦

Johan war pflichtbewusst und dafür bekannt, dass man sich immer zu hundert Prozent auf ihn verlassen konnte. Er hatte sich wirklich und wahrhaftig vorgenommen, den Bus um 1 Uhr nachts nach Hause zu nehmen. Ein paar Mal hatte er verstohlen auf seine Uhr geschaut, während sich Ada in seinen Armen noch immer langsam zum Takt der nicht vorhandenen Musik wiegte und sie gemeinsam in den verheißungsvollen Sternenhimmel blickten. Doch sein Zeitempfinden an diesem Abend war völlig aus der Bahn geworfen, und so kam es, dass ihre romantische Zweisamkeit jäh von Johans Ausruf des Entsetzens unterbrochen wurde:

«Ach du meine Güte, Ada, es ist fünf vor eins. Der Bus kommt gleich.»

Hand in Hand rannten sie zur Haltestelle, konnten jedoch nur noch die Rücklichter des Busses in der Ferne verschwinden sehen. Ein wenig erschrocken schauten sie sich an, dann zuckte Ada die Schultern und rannte lachend, Johan mit sich ziehend, zurück zum Ufer des Sees.

Johan hatte das Feuer zwar hastig, aber gründlich gelöscht,

bevor sie aufgebrochen waren, und so musste er sich nun daranmachen, es erneut zu entfachen. Dann legten sie sich auf ihre Handtücher neben das Feuer und schauten in den Sternenhimmel.

So verbrachten sie die ganze Nacht. Arm in Arm lagen sie da und wunderten sich darüber, dass man so glücklich zu sein vermochte und dass das Leben so gut schmecken konnte.

In den ersten Morgenstunden, als die Sonne bereits über dem See aufging, hatte Ada sich auf den Steg gestellt, während Johan einige Scheite Holz auf das Feuer legte.

Als er sie dort stehen sah, wie sie zufrieden und lebenshungrig zu den ersten orangefarbenen Strahlen auf das Wasser blickte, wurde ihm klar, dass er nie mehr einen einzigen Tag ohne diese Frau verbringen wollte. Und in seinem Innersten entwickelte sich ein Plan, über den er selbst nur staunen konnte und den er ein paar Wochen zuvor niemals für möglich gehalten hätte.

Was war nur los mit ihm?

Wo war der rationale, vernünftige Johan geblieben, der selten spontan, aber immer gut vorbereitet war?

An der oberen Kante ihres Frotteehandtuchs hatte Ada ein paar ihrer Habseligkeiten deponiert: ihre goldene Halskette mit dem zierlichen Kreuz, das sie zu ihrer Konfirmation geschenkt bekommen hatte, ihre lederne Armbanduhr und ein schwarzes, dünnes Haargummi, mit dem sie für gewöhnlich ihren wilden Lockenschopf bändigte.

Er schaute erneut zu ihr hin, sprach ein kurzes Stoßgebet, zog sich das dünne schwarze Elastikband an den Arm und trat entschlossen und mit festen Schritten zu Ada auf den Steg. Dann nahm er all seinen Mut zusammen und ging vor ihr auf die Knie. Er griff ihre Hand und flüsterte mit sanfter Stimme:

«Ada! Du hast mein Herz und meine Seele und alles, was ich bin, auf eine Weise berührt wie nie ein anderer Mensch zuvor. Ich weiß, ich habe es viel zu eilig und bin naiv und unvernünftig. Und ich habe auch keinen Ring. Also kann ich nicht wirklich um deine Hand anhalten. Aber wenn du es mir erlaubst, möchte ich dir ein Zeichen geben und deinen Finger ... und dich ... quasi ... reservieren ... für eine zukünftige Verlobung, eine zukünftige Hochzeit und ein zukünftiges gemeinsames Leben.»

Mit einem Ausdruck des Erstaunens blickte Ada auf ihn herab. Gleich darauf erstrahlte ihr verschmitztes Lächeln, und mit einem frechen Augenzwinkern streckte sie ihm ihre Hand entgegen und ließ ihn gewähren.

Johan wickelte das Haargummi mehrmals um ihren Ringfinger, bis es gut saß.

Prüfend streckte Ada ihren Finger in das erste Licht des neuen Morgens, schaute ihn schelmisch grinsend an und flüsterte:

«Was um alles in der Welt soll das jetzt anderes als eine Verlobung gewesen sein?»

Dann rannte sie den Steg hinab, streifte sich im Laufen ihr Sommerkleid vom Körper und sprang, einen lauten Freudenschrei ausstoßend, ins Wasser.

Als sie wieder an die Oberfläche kam, sah sie, dass Johan sich keinen Zentimeter von der Stelle gerührt hatte. Er kniete wie ein verlassener Held auf dem Steg und hatte die Arme noch immer so ausgestreckt, als lägen Adas Hände in den seinen.

Ada tauchte erneut unter und kam prustend und schnaufend, wild mit den Armen rudernd, wieder an die Wasseroberfläche, nur um im gleichen Moment noch einmal unterzugehen.

Als sie das nächste Mal auftauchte, rief sie theatralisch: «Hilfe! Ich kann nicht schwimmen. Wo ist mein Verlobter? Mein Verlobter muss mich retten!»

Sprach es, tauchte ab und ward nicht mehr gesehen.

Johan zögerte nicht lange, stand auf und sprang mit einem gekonnten Kopfsprung ins Wasser. Einen Moment lang tauchte er vergeblich nach ihr, ging an die Wasseroberfläche und schaute sich suchend um. Ein panischer Gedanke überkam ihn:

Wo war sie?

Gerade als er erneut nach ihr tauchen wollte, kam sie laut prustend neben ihm an die Wasseroberfläche, schlang ihre Arme um ihn und gab ihm einen leidenschaftlichen Kuss, den sie jedoch verfrüht abbrechen musste, da ihr aufgrund des langen Tauchganges die Luft ausging.

Ada lächelte selig, als sie an diese ersten stürmischen Zeiten ihrer jungen Liebe dachte. Es waren glückliche, unbeschwerte Tage gewesen. Das Leben war ihnen freundlich gesinnt und unkompliziert. Die Schmetterlinge in ihrem Bauch gaben niemals Ruhe, und sie wollte die ganze Welt umarmen.

Zurück zu Hause, Johan in Berlin und Ada im Schwarzwald, schrieben und telefonierten die beiden täglich. Vor ihren Familien und Freunden machten sie keinen Hehl daraus, dass sie einander liebten. Sie besuchten sich häufig und bekamen einen Einblick in das Leben des anderen, das in vielen Bereichen unterschiedlicher nicht sein konnte.

Adas Familie schloss Johan sofort ins Herz, und auch wenn die Eltern die jugendliche Naivität der beiden und die rosaroten Brillen, mit denen sie einander anblickten, amüsiert belächelten, konnten sie doch von Herzen die Wahl der ältesten Tochter bejahen. Adas Vater bekreuzigte sich nach Manier seiner katholischen Kindheit jedes Mal verstohlen, wenn Johan beim gemeinsamen Abendessen seine sehr vernünftigen Ansichten vertrat und danach beim Abwasch mithalf, um während des gründlichen Polierens einer Gabel Ada zur Vorsicht zu mahnen, während diese mit ihren Geschwistern eine wilde Kissenschlacht durchs Haus veranstaltete.

Abends beichtete Herr Weingärtner dann seiner Frau, dass er immer der festen Überzeugung gewesen sei, seine älteste Tochter würde mit einem kiffenden Hippie nach Los Angeles durchbrennen und als sitzengelassene barfüßige Flower-Power-Gitarristin irgendwann zurück zu den Eltern in den Schwarzwald kommen, um auf dem Marktplatz des idyllischen Kleinstädtchens einen Hut zu legen und Joan Baez' Lieder zu trällern.

«Und stattdessen bringt dir deine Tochter den Traum aller biederen, kleinkarierten Spießbürger-Schwiegereltern ins Haus», kicherte Frau Weingärtner fröhlich, die insgeheim Ähnliches befürchtet hatte und genauso erleichtert über die Wahl ihrer Tochter war.

Die Sympathie des Ehepaares Weingärtner für Johan beruhte auf Gegenseitigkeit. Johan fühlte sich von Anfang an als Teil der Familie, und so zog das frisch verliebte Paar es an den meisten Wochenenden vor, sich im Schwarzwald zu treffen, anstatt bei Johan in Berlin zu sein.

Adas Eltern waren liebevoll und sparten nie mit Lob und Ermutigung. Man ging meistens höflich, aber immer ehrlich miteinander um. So konnte es auch einmal vorkommen, dass es zwischen einzelnen Familienmitgliedern lautstarke Auseinandersetzungen gab. Doch am Ende des Tages fand man immer wieder zueinander.

Man pflegte gemeinsame Rituale und Aktivitäten. Die Mahlzeiten wurden zumeist am großen Familientisch eingenommen. Frau Weingärtner besaß ein Büchlein, in dem für jeden Tag der Woche einige Bibelverse ausgewählt waren. Diese Verse wurden vor den Mahlzeiten vorgelesen und mit einem Gebet von Herrn Weingärtner komplettiert. Den Samstag verbrachte man in der freien Natur beim Wandern, Radeln, Kanu fahren oder Grillen. Manchmal brachen sie schon am Freitagabend auf und übernachteten in Zelten irgendwo im Schwarzwald. Am Sonntagvormittag ging man zusammen zum Gottesdienst in die kleine evangelische Kapelle auf dem Hügel.

Ada lebte wahrhaftig in einer heilen Welt. Sie wurde von ihrer Familie bedingungslos geliebt.

Der Glaube spielte im Leben der Weingärtners eine große Rolle. Adas Gottesbeziehung war ihr quasi mit der Muttermilch eingeflößt worden und mit all ihren Erfahrungen und Erlebnissen unmittelbar verknüpft. Ada glaubte intuitiv und emotional. Gott war präsent in der Liebe zu ihrer Familie, in der Freude über das Leben und in allem Guten und Schönen, was sie erleben durfte.

So war Adas Welt- und Gottesbild erfrischend einfach und unkompliziert.

Wann immer Johan im Zug gen Süden fuhr, freute er sich nicht nur auf Ada selbst, sondern auch auf ihre gesamte Familie und die heile Welt, an der er teilhaben durfte.

Ganz anders gestaltete sich die Situation mit Johans Mutter in Berlin. Wenn man es nett ausdrücken wollte, konnte man sagen, dass Johans Mutter etwas länger brauchte, um sich an die neue Frau an des Sohnes Seite zu gewöhnen.

Durch ihre eigenen traumatischen Erfahrungen stand sie der Liebe misstrauisch gegenüber.

Dorothea Stratmann hatte sich in den Fünfzigerjahren nach ihrer Ausbildung zur Kinderpflegerin unsterblich in einen amerikanischen Soldaten verliebt, der in West-Berlin stationiert war. Leutnant Steve hatte der schüchternen Neunzehnjährigen eine neue Welt eröffnet: heitere Tanzabende zu den aufregenden Klängen einer Swing Band, sonntägliche Kinobesuche, der Geschmack von Coca-Cola und Cheeseburgern. Dorothea liebte diese schillernde Welt, und so liebte sie auch Steve, der all dies für sie verkörperte.

Steve war romantisch und poetisch. Er versprach ihr das Blaue vom Himmel, und das auch noch auf Englisch.

Dorotheas Eltern, gutbürgerliche Staatsbeamte, die freitags Forelle und Kartoffelsalat aßen und samstags am Morgen ihr Auto wuschen, schauten mit offenen Mündern dabei zu, wie sich ihr folgsames, vernünftiges Mädchen in ein aufmüpfiges Frauenzimmer verwandelte. Sie verstanden die Welt nicht mehr, und sie verstanden ihre Tochter nicht mehr, die immer häufiger englische Floskeln in ihren Wortschatz einbaute.

Steve trug Dorothea auf Händen, bis er sie irgendwann in sein Schlafzimmer trug.

Kurz darauf stellte Dorothea fest, dass sie schwanger war, und Steve verschwand auf Nimmerwiedersehen.

Dorothea entschied, dass die Welt ein gemeiner Ort ist, dass man keiner Menschenseele trauen darf und dass alle Männer Schweine sind.

So schnell, wie sie sich in eine rebellische Ami-Braut verwandelt hatte, durchlief sie erneut eine rasante Metamorphose vor den Augen ihrer in Schockstarre im Fernsehsessel kauernden Eltern.

Dorothea entschied sich für ein asketisches Leben, indem sie allen weltlichen Freuden und Genüssen entsagte.

Sie verweigerte sich jeglicher Unterstützung durch ihre wohlmeinenden Eltern.

Sie allein wollte für ihre Einfältigkeit und Naivität und die damit entstandenen Konsequenzen geradestehen.

Sie allein würde dafür sorgen, dass sie die Fehler, die sie in ihrer Schwachheit begangen hatte, durch Disziplin und Aufopferungsbereitschaft wiedergutmachte.

Von ihren Ersparnissen mietete sich Dorothea im hochschwangeren Zustand eine kleine, saubere, kindgerechte Wohnung im Zentrum Berlins an. Als die Zeit der Geburt gekommen war, schritt sie hocherhobenen Hauptes und mutterseelenallein in die Entbindungsstation des St. Joseph Krankenhauses und brachte den kleinen Johan zur Welt.

Die Geburt war sehr schwer und zog sich über dreißig Stunden hin. Doch Dorothea weigerte sich mit stoischer Entschlossenheit, zu jammern oder zu klagen.

Als ihr Johan von einer jungen Hebamme in die Arme gelegt wurde, wusste sie, dass sie ihn liebte und für immer lieben würde, auch wenn sie dies niemals in Worten, zärtlichen Gesten oder sonstigen Gefühlsregungen zum Ausdruck bringen könnte.

Durch ihre Ausbildung zur Kinderpflegerin war es Dorothea möglich, als Tagesmutter tätig zu sein. Und so kam sie nach Johans Geburt schnell wieder auf die Beine, ignorierte die Schmerzen ihres Unterleibes und die Schwäche ihres Körpers und nahm bereits wenige Monate nach der Geburt vier Kinder zur Tagespflege in ihrer Wohnung auf. Der Tagesablauf war streng geregelt.

Frau Stratmann, wie sie von Benjamin, Klara, Elsa, Monika und später auch häufig von ihrem eigenen Sohn Johan genannt wurde, hatte die Zügel fest in der Hand.

Wenn die vier Kinder mit Johan im Kinderwagen unter Dorotheas Aufsicht zum Spielplatz marschierten, raunten die Nachbarn hinter vorgehaltener Hand spöttisch:

«Da kommt die Obergefreite Stratmann mit ihren kleinen Soldaten.»

Benjamin war das älteste Tageskind Dorotheas. Die drei Mädels und Baby Johan blickten ehrfürchtig zu ihm auf.

Benjamin interessierte sich sehr für Johan und dessen Pflege, und mit der Zeit bekam er fast eine Babysitter-Rolle und fütterte und wiegte den kleinen Wurm, während Frau Stratmann Klara, Elsa und Monika die Haare zu ordentlich gescheitelten Zöpfen flocht.

Als Johan 18 Monate alt war, kam Benjamin in die Schule, doch dies bedeutete nicht, dass er von nun an dem Heim der Stratmanns fernbleiben würde.

Frau Weil, Benjamins Mutter, war ebenso alleinerziehend und bat Dorothea Stratmann darum, dass ihr Sohn weiterhin nach der Schule zu ihr kommen könnte.

Und so wurde Benjamin ein Dauerbestandteil der Stratmann-Enklave. Lange nachdem das Arbeitsverhältnis zwischen Benjamins und Johans Mutter beendet war, kam er immer noch als gerngesehener Gast regelmäßig zu Besuch. Um ehrlich zu sein, war er der einzige Mensch, den Dorothea in ihrem streng bewachten System Fuß fassen ließ.

Auch die religiöse Früherziehung im Hause Stratmann hatte ganz anders ausgesehen als im kleinen Schwarzwalddorf bei Ada. Dorotheas Gottesnähe aus Kindertagen war von einer dicken Kruste Wut und Bitterkeit überdeckt. Den einzigen Glauben, den sie authentisch vermitteln konnte, war der Glaube an sich selbst.

«Hilf dir selbst, dann hilft dir Gott» war ein Lieblingssprichwort der eisernen Mutter. Sie hatte den Spruch sogar in Johans Poesiealbum geschrieben und ihrem Sohn beispielhaft vorgelebt.

Vertraue niemandem, außer dir selbst.

Bitte nicht um Hilfe.

Zieh dich am eigenen Schopf aus der Grube.

Diese Lebensphilosophien hatte sie mit wilder Entschlossenheit in die Tat umgesetzt.

Doch Johan hatte bereits in jungen Jahren die Werte seiner Mutter angezweifelt und war eigene Wege gegangen. Stark geprägt wurde er dabei von Benjamin, der für Johan bester Freund und großer Bruder zugleich war.

«Großer Freund» – so nannte Johan ihn liebevoll. «Bester Bruder» – so antwortete ihm Benjamin, wann immer er mit dieser Bezeichnung angesprochen wurde.

Schon in Grundschulzeiten nahm Benjamin Johan mit zur Jungschar seiner Kirchengemeinde. Dort entschied Johan einige Jahre später, sich konfirmieren zu lassen.

Die Konfirmationszeit nahm Johan sehr ernst, und er stellte während des Unterrichtes so lange Fragen, bis die anderen Kinder genervt die Augen verdrehten. Irgendwann entschloss sich der Pfarrer für den unüblichen Weg, den geistreichen Jungen jeweils mittwochs am Nachmittag auf einen Eisbecher in ein Café in der Nähe des Gemeindehauses einzuladen. Zum einen hatten diese Treffen den Zweck, den Konfirmandenunterricht in Zukunft pünktlich beenden zu können. Zum anderen erschien es dem Pfarrer als eine lohnende Investition, den tiefsinnigen Johan auf seinem Weg in die Mündigkeit eine extra Portion Aufmerksamkeit zuteilwerden zu lassen.

Der Pfarrer musste sich eingestehen, dass Johans Gedanken und Fragen ihn selbst zum Nachdenken über den Glauben veranlassten. Johan wollte Gott sowohl mit seinem Verstand als auch mit seinen Gefühlen erfassen.

Er hungerte nach Wahrheit.

Er sehnte sich nach Liebe und Annahme.

Er hatte Angst, so hart wie seine Mutter zu werden.

Er vermisste seinen Vater.

Er begnügte sich nicht mit halbdurchdachten Floskeln, sondern wollte wirklich verstehen.

Johan würde es diesem Pfarrer für den Rest seines Lebens hoch anrechnen, dass er diese zusätzlichen Stunden in ihn investiert hatte, um ihn ein Stück des Weges zu begleiten. Und auch der betagte Pfarrer würde noch lange nach seiner Pensionierung mit Wohlwollen an seinen eifrigen Schützling zurückdenken.

Gemeinsam mit Benjamin las Johan theologische Bücher und christliche Biografien. Ganze Nächte verbrachten sie damit, über das Wesen Gottes zu philosophieren und Bibelverse zu deuten.

Als Fünfzehnjähriger erlebte Johan einen Moment, der ihm zeit seines Lebens wertvoll und heilig bleiben sollte.

Johan hatte sich mit seiner Mutter gestritten und war ohne ihre Erlaubnis nach Anbruch der Dunkelheit mit seinem Rad in den Berliner Stadtwald gefahren. Dort saß er auf einer Parkbank und schaute in den Sternenhimmel. Es war das erste Mal, dass Johan alleine noch so spät draußen war, wachte seine Mutter doch penibel darüber, dass die von ihr verhängten Sperrzeiten eingehalten wurden.

Eine Sternschnuppe zog ihre Bahn über den dunklen Nachthimmel.

Eine weitere folgte ihr.

Und noch eine.

In diesem Moment gab es nur noch Johan auf seiner Bank, umgeben von einem Meer voller Sterne, die für ihn einen Tanz vollzogen.

Und ohne zu wissen, wie ihm geschah, machte Johan seine erste persönliche Gotteserfahrung.

Er saß dort auf der Parkbank und wusste, dass ihn etwas Heiliges umgab.

Er konnte es nicht mit Worten erklären.

Er konnte nicht sagen, was genau passierte.

Die Gegenwart Gottes erfüllte ihn.

Und er fühlte sich großartig und winzig klein, voller Frieden und Euphorie, unendlich geliebt und zu Hause, alles zur gleichen Zeit.

«Danke», hauchte er leise gen Himmel und war sich hundertprozentig sicher, dass seine Bekundung beim Adressaten angekommen war.

Die Ehrfurcht und das Staunen über diesen Augenblick blieben bestehen und würden Johan von da an durch sein Leben tragen.

Nach dem Abitur war Johan von Zuhause ausgezogen und bewohnte seitdem ein winziges Zimmer in einer Studenten-WG im Zentrum Berlins.

Die Sonntagnachmittage hatte er seit seinem Auszug für die einsame Mutter reserviert. An den Wochenenden, die Johan im Schwarzwald verbrachte, ging er stattdessen montagnachmittags zu seiner Mutter, und so war der wöchentliche Pflichtbesuch bei Frau Stratmann ein fester und unumgänglicher Bestandteil in Johans Alltag.

Zu diesen obligatorischen Kaffee-und-Kuchen-Besuchen war nun auch sporadisch Ada anwesend. Und nur äußerst selten verliefen diese Nachmittage harmonisch und entspannt. Meistens tappte Ada in irgendein Fettnäpfchen, von denen es in den vier Wänden der Mutter Stratmann unzählige gab. Dies geschah, indem sie eine achtlose Äußerung oder einen für die Mutter unpassenden Witz machte.

Ada und Johan nahmen die Sache nicht allzu ernst. Johan hatte sich mit dem Gedanken abgefunden, es seiner Mutter niemals recht machen zu können. Und Ada war zu glücklich, um sich von der garstigen Schwiegermutter in spe runterziehen zu lassen.

Ada trug nicht den Hauch eines Zweifels in sich, dass sie dazu bestimmt war, Johans Frau zu werden. Am liebsten hätte sie schon bald nach ihrer Verlobung geheiratet und mit Johan gemeinsam die Welt erobert. Beide träumten davon, auszuwandern. Es gab bereits konkrete Pläne für ein gemeinsames Leben in Afrika. In bunten Farben malten sie sich ihre Zukunft aus und konnten es kaum erwarten, ihre Träume in die Tat umzusetzen.

Johan aber plädierte darauf, vernünftig zu sein. Er wollte Architektur studieren, um sich Fertigkeiten anzueignen, die ihm bei seinen zukünftigen Aufgaben nützlich sein könnten.

Und so entschied Ada sich mit einer kleinen Prise Widerwillen dazu, eine Ausbildung zur Erzieherin zu absolvieren.

Johan begann im Herbst des Jahres 1977 sein Studium in Berlin, während Ada einen Ausbildungsplatz in einem Kindergarten im Schwarzwald bekam. Es wurden drei harte Jahre, in denen die Sehnsucht nach einander phasenweise unerträglich zu sein schien.

Einmal weigerte sich Ada nach einem gemeinsam verbrachten Wochenende in Berlin, den Zug nach Freiburg zu betreten. Sie bittelte und bettelte, dass Johan mit ihr durchbrennen möge. Dass sie einfach auf der Stelle in einen Zug nach egal wohin steigen könnten und sich dann nie wieder trennen müssten. Am Ende verpasste Ada tatsächlich ihren Zug, nahm dann aber tränenüberströmt den nächsten, laut schimpfend auf Johan, dessen Vernunft sie in den Wahnsinn trieb.

Mehrmals hatte Johan Ada zu einem Juwelier geschleift, um sie für einen schönen, nicht ganz so teuren Brillantring zu begeistern. Jedes Mal hatte Ada standhaft entschlossen abgewehrt und ihm stolz und ein wenig vorwurfsvoll ihren linken Ringfinger unter die Nase gehalten.

«Ich habe bereits einen Ring, ich bin schon verlobt. Spar dir die Mühe», meinte sie in gespieltem Trotz.

«Aber Ada, das ist ein Haargummi. Daran wirst du nicht lange Freude haben.»

Johan war fest entschlossen, Ada umzustimmen und ihr einen funkelnden Goldring zu schenken, der sein Versprechen adäquat symbolisieren konnte. Doch er kannte Ada noch nicht gut genug, um zu verstehen, dass es vergebliche Liebesmüh' war. Die Nacht am Berliner Wannsee war für Ada eine der schönsten ihres bisherigen Lebens gewesen. Der Zauber des Augenblicks, als Johan ihr den Antrag machte, wurde lebendig, wann immer sie das schmale schwarze Gummiband an ihrem Finger berührte. Für sie war es das wertvollste Schmuckstück, das sie jemals besessen hatte, und kein noch so funkelnder Klunker konnte es ersetzen.

Irgendwann gab Johan auf und akzeptierte das Gummiband an ihrem Finger, wenngleich es ihm noch immer etwas peinlich war, wenn sie darauf angesprochen wurde und Ada stolz verkündete:

«Das ist mein Verlobungsring.»

Mit zahlreichen Höhen und wenigen Tiefen überstanden die beiden die drei Jahre Fernbeziehung und heirateten dann genau eine Woche, nachdem Ada ihre Ausbildung zur Kindergärtnerin erfolgreich bestanden hatte. Zwar lagen noch ein paar Semester Architekturstudium vor Johan, aber mit Hilfe von Adas Gehalt hatten sie ein erstes Fünkchen Unabhängigkeit und Selbstständigkeit erlangt.

Als Ort der Hochzeit wählten die beiden die Heimatgemeinde Adas. Denn zum einen war die Weingärtner-Sippe so groß, dass es unmöglich schien, alle nach Berlin zu transportieren. Zum anderen liebten sowohl Johan als auch Ada die kleine romantische Kapelle mit dem spitzen Giebel, die auf einem Hügel am Rande des Dorfes stand und von den dunklen Tannen des Schwarzwaldes umgeben war.

In der Kirchengemeinde, in der Ada aufgewachsen war, fühlte sich inzwischen auch Johan zu Hause, und so waren beide sich einig, dass Pfarrer Heinrich, der Ada von Kindesbeinen an begleitet hatte, die Trauzeremonie halten sollte.

Markus und Irene, die seit dem Einsatz in Berlin ebenfalls ein Paar waren und zum engsten Freundeskreis des Brautpaares gehörten, lebten und studierten inzwischen gemeinsam in Frankfurt. Sie kamen schon eine Woche vor der Hochzeit, um bei allen Vorbereitungen kräftig mit anzupacken.

Einige Berliner Freunde hatten sich zu siebt in einen alten Audi gequetscht und kamen am Vorabend der Hochzeit mit qualmendem Auspuff in die Einfahrt der Familie Weingärtner geheizt.

Frau Stratmann hatte keine Kosten gescheut und ihr halbes Vermögen für einen Friseurbesuch und den Kauf eines geblümten Chiffonkleides ausgegeben. Mit der anderen Hälfte kaufte sie sich ein Zugticket und checkte in einem renommierten Hotel in der Gegend ein. Das Angebot, im Gästezimmer der Weingärtners zu wohnen, schlug sie dankend aus. Niemand sollte glauben, sie könne sich die Hochzeit ihres einzigen Sohnes nicht leisten.

Natürlich hatte Johan Benjamin eingeladen. Sein großer Freund lebte seit Jahren in Kenia, und es schien unmöglich, dass er einen Heimatbesuch finanzieren und organisieren könnte. Ohne Johans Wissen hatte er dann jedoch das Unmögliche möglich gemacht und heimlich ein Flugticket von Nairobi nach Stuttgart gebucht. Er überraschte das erstaunte Brautpaar bei ihrem Einmarsch in die Kirche und wurde kurzerhand neben Markus zum zweiten Trauzeugen auserkoren.

Endlich war er da. Der lang ersehnte 27. September 1980, an dem Herr Johan Stratmann seine über alles geliebte Ada Weingärtner zum Traualtar führte und ihre schmale Hand in die seine nahm, um ihr mit tränenüberströmtem Gesicht einen goldenen Ehering an den Finger zu stecken.

An diesem Tag versprach er ihr sein ganzes Leben.

Er hatte die Nacht zuvor kein Auge zugetan und war sich der vollen Tragweite des vor ihm liegenden Ja-Wortes in seiner ganzen Tiefe bewusst.

Er wollte Ja zu ihr sagen.

Ja zu ihrer Schönheit, die vielleicht irgendwann verblassen würde.

Ja zu ihrer Kraft und Energie, die vielleicht irgendwann schwinden würde.

Ja zu ihrer Lebensfreude, die sich bestimmt phasenweise in Trauer verwandeln würde.

Ja zu ihrem kindlichen Wesen, das vielleicht irgendwann erwachsen werden würde.

Ja zu Ada.

So wie sie nun gerade war.

Aber auch so, wie sie noch werden würde.

Ja zu Ada Weingärtner: ihrer Vergangenheit, ihrer Gegenwart, ihrer Zukunft.

Ein heiliges, ewiges, unwiderrufliches Ja.

Und genau dieses Ja raunte er ihr zu, mit tränenerstickter Stimme, ihr zartes Gesicht in seinen Händen haltend.

Sie strahlte ihn an, ihre Augen funkelten schelmisch, und sie rief vergnügt:

«Ja! Ich auch.»

Und dann kam der Moment, an dem Johan seine frischgebackene freudestrahlende Ehefrau den Gang hinunter aus der Kirche hinausführte.

Vorbei an ihren Familien und Freunden und all den Menschen, die in ihrem Leben Bedeutung hatten.

In den 70er Jahren war es in den Kreisen, in denen Ada und Johan verkehrten, gang und gäbe, dass sowohl beim Ein- als auch beim Auszug der Hochzeitsmarsch gespielt wurde.

Umso überraschter war Ada, als sie statt der erwarteten Melodie eine musikalische Vertonung des Gedichtes «Mondnacht» von Joseph von Eichendorff hörte. Johan hatte ihr dieses Gedicht an ihrem Geburtstag auf eine Karte geschrieben. Ada wusste, dass es ihm viel bedeutete.

Die zarten Cello- und Geigentöne erfüllten den Kirchenraum und trugen das glückliche Brautpaar Hand in Hand den Gang hinunter. Eine Frau begann in einem starken Mezzosopran von der Empore aus zu singen:

Und meine Seele spannte weit ihre Flügel aus,
Flog durch die stillen Lande, als flöge sie nach Haus.

Am Ausgang der Kirche angelangt, wandte Johan sich seiner Braut zu und flüsterte ihr ins Ohr:

«Meine Seele hat ihr Zuhause gefunden … bei dir!»

Der Rest des Tages zog an beiden vorüber wie ein wunderschöner Traum.

Markus und Irene hatten mit ein paar Eingeweihten eine Brautentführung initiiert, und Johan war bereit, alles für die Freilassung seiner frisch Vermählten zu geben.

Benjamin hielt spontan eine Rede, bei der die Gäste Tränen lachten und großzügig auf das Brautpaar tranken.

Adas Familie hatte gemeinsam ein Liebeslied einstudiert, das sie dem Brautpaar vortrugen. Als Adas kleinste Schwester, die sechsjährige Salome, ein Solo sang, blieb wohl kaum ein Augenpaar trocken.

Sogar Johans Mutter nippte entspannt an ihrem Weinglas und schien sich in dem bunten Treiben richtig wohlzufühlen. Es wurde getanzt und gelacht, und Ada und Johan hätten platzen können vor Glück.

✦ ✦ ✦

Ada schlug die Augen auf. Ihre Füße hingen immer noch im Wasser und waren inzwischen eiskalt. Sie zog sie heraus und versuchte, die Taubheit mit ihren Händen wegzureiben. Aus der Ferne hörte sie das Lachen und Rufen von Kindern. Kurz darauf sah sie am anderen Ende der Wiese zwei Jungs auf sich zulaufen.

«Na endlich», flüsterte sie und richtete sich mühevoll auf. Ihre alten Knochen waren es nicht mehr gewohnt, auf dem unebenen Wiesenboden zu sitzen. Sie brauchte eine Weile, bis sie die stechenden Schmerzen ihrer eingeschlafenen Beine und die Taubheit ihrer immer noch kalten Füße unter Kontrolle hatte.

Dann humpelte sie langsam und schwerfällig in Richtung der Jungs, die sie inzwischen auch gesehen hatten. Sie ging mit ausgestreckten Armen auf die beiden zu. Diese wurden langsamer und schauten sie aus etwa zwanzig Metern Entfernung misstrauisch an.

«Louis. Justus. Kommt her! Ihr beiden Racker!», rief sie ihnen lachend zu.

Völlig unerwartet drehten die beiden sich um und liefen den Weg zurück in die Richtung, aus der sie gekommen waren. Ada stand verwundert da und ließ langsam ihre Arme sinken.

Bevor sie länger über dieses seltsame Benehmen ihrer Enkelkinder nachdenken konnte, durchzuckte ein lähmender Schmerz ihre Schläfen. Sie presste beide Fäuste an ihren Kopf und ging langsam in die Knie. Einige Minuten verharrte sie in dieser Position und wartete darauf, dass das peinigende Stechen nachließ. Tausend verwirrende Gedankenfetzen und Gefühlsregungen strömten gleichzeitig auf sie ein.

Sie versuchte, einen klaren Gedanken zu fassen.

Sie versuchte zu beten.

Sie versuchte, einen Plan zu schmieden.

In diesem Wirrwarr blieb ein einzelner Satz übrig, und sie wiederholte ihn wieder und wieder mit monotoner Stimme:

«Ich will nach Hause.

Ich will nach Hause.

Ich! Will! Nach! Hause!»

Nach einer Weile stand sie ächzend auf, glättete ihre Bluse, ging zurück zum Baum, packte ihren Rucksack und schob ihr Fahrrad die Wiese hinauf. Sie war unendlich müde. Alle Energie und Begeisterung war aus ihrem Körper gewichen, und sie sehnte sich danach, auf dem gemütlichen Ohrensessel zu liegen und sich in ihre Decke einzuwickeln. Vielleicht würde Johan ihr einen Kräutertee mit Honig servieren.

Ada atmete tief durch, bevor sie sich mit wackligen Beinen auf ihr Fahrrad setzte. Zunächst ging es eine Zeit lang leicht bergab, und sie schwankte bedenklich und fühlte sich überhaupt nicht mehr sicher auf dem Rad.

An jeder Wegkreuzung überlegte sie lange, welche Richtung sie einschlagen sollte.

Bald wurde ihr das Fahren zu mühsam, und sie begann, ihr Rad zu schieben.

Irgendwann wurde Ada klar, dass sie sich nicht mehr auf dem richtigen Weg befand. Der Pfad wurde immer schmaler und war von Büschen, Dornen und Brennnesseln überwuchert. Als Ada an einer alten entwurzelten Eiche vorbeikam, deren mächtiger Leib am Wegesrand abgelegt worden war, beschloss sie, eine kleine Pause zu machen. Der moosbedeckte Stamm von dem jahrhundertealten Koloss lud zum Verweilen ein.

Achtlos ließ sie ihr Rad auf den Boden fallen, zog ihren Rucksack ab und ließ sich auf dem Baumstamm nieder.

Eine Weile saß sie nur da und gab sich den Geräuschen und Gerüchen des Waldes hin. Mit den Fingerspitzen fuhr sie gedankenverloren die tiefen Furchen des alten Baumes nach.

Die letzten Sonnenstrahlen verschwanden hinter den Bäumen, und die länger werdenden Schatten der einkehrenden Dämmerung nahmen immer mehr Raum ein.

Ada erinnerte sich daran, dass sie sich als abenteuerlustiges Mädchen immer vorgestellt hatte, eine Nacht alleine im Wald zu verbringen. Sie hatte geschaudert bei dem Gedanken, doch es war eine Art von Schauder, den sie gerne spürte. So hatte sie sich unzählige Abende die Zeit vor dem Einschlafen damit versüßt, detailgetreu zu phantasieren, wie sie sich eine kleine Höhle aus Ästen und Moos bauen würde, um den Gefahren der Nacht mutig zu trotzen, während sie unter ihrer kuscheligen Daunenbettdecke langsam einschlummerte.

«Manche Träume werden in späten Jahren dann wohl doch noch Wirklichkeit», flüsterte sie seufzend.

Im gleichen Moment ertönte ein lautes Grummeln, und tatsächlich zuckte Ada für einen kurzen Moment erschrocken zusammen, bevor sie begriff, dass es ihr Magen war, der soeben heftig geknurrt hatte. Das brachte sie lauthals zum Lachen.

Dann griff sie nach dem Rucksack, der neben ihr lag, und

durchsuchte ihn neugierig. Sie wunderte sich nicht darüber, dass sie keine Ahnung vom Inhalt hatte, obwohl sie selbst es gewesen war, die den Rucksack gepackt hatte.

Wunderliche Dinge bleiben wohl nur so lange wunderlich, bis man sich irgendwann an sie gewöhnt hat.

Gierig machte Ada sich über die Kekse her, die sie vorfand. Dann trank sie ein paar große Schlucke Mineralwasser. Als sie ihren Hunger und Durst notdürftig gestillt hatte, durchsuchte sie noch die anderen Fächer des Rucksacks nach nützlichen Dingen.

Der Regenponcho, den sie fand, hielt zwar nicht wirklich warm, doch sie entschied sich trotzdem, ihn überzuziehen.

Anschließend breitete sie noch die Picknickdecke über ihre Beine aus, um es ein wenig wärmer zu haben.

Im Wald war inzwischen die Dunkelheit eingekehrt. In wenigen Tagen würde Vollmond sein, und so spendeten ihr die Strahlen des runden Mondballes, die sich durch die Baumwipfel ihren Weg bahnten, ein schummriges Licht.

Dennoch musste Ada eine Weile tastend nach dem Reißverschluss suchen, bevor sie die Fronttasche ihres Rucksacks öffnen konnte. Als sie einen Blick in das Innere der Tasche warf, erstarrte sie. Langsam näherte sie sich mit zitternden Fingern dem Buch, das ihr Herz wild zum Klopfen brachte. Ehrfurchtsvoll berührte sie den weichen ledernen Einband und streichelte ihn eine gute Minute, bevor sie das Album vorsichtig herauszog und in ihren Schoß legte.

«Leo», murmelte Ada leise vor sich hin, während ihr die Tränen in langen Rinnsalen über die Wangen liefen. «Mein lieber Leo …»

When your day is long
And the night
The night is yours alone
When you're sure you've had enough
Of this life
Well hang on
Don't let yourself go
'Cause everybody cries
And everybody hurts sometimes
– *R.E.M.*

— 4 —

Johan hielt angespannt den Atem an. Die Türklingel hatte alle drei aus ihren Gedanken aufschrecken lassen.

Gleichzeitig hasteten Talia und Markus zur Haustüre, während Johan wie versteinert in der Wohnküche verharrte. Der Wunsch, dass Ada vor der Türe stand oder zumindest jemand, der wusste, wo sie sich befand, war so stark, dass Johan schwindelig wurde. Doch schon bald wurde seine Hoffnung enttäuscht.

Vor der Tür stand Ingeborg, eine Freundin Adas. Es wurde schnell ersichtlich, dass sie über den Verbleib Adas keine Ahnung hatte, sondern lediglich ihrem Mitleid Ausdruck verleihen wollte. Ingeborg hatte bereits auf zwei Wegen von Adas Verschwinden gehört.

Zuerst bekam sie einen Anruf von Irene. Diese wollte wissen, wann sie Ada das letzte Mal gesehen hatte. Ingeborg konnte sich zunächst gar nicht daran erinnern, war es doch schon so lange her. Dann fiel ihr ein, dass sie Ada an Weihnachten im Gottesdienst getroffen hatte.

Irene hatte versucht, Ingeborg den Grund ihres Anrufes zu

verbergen. Auf drängende Nachfrage hin war sie jedoch in Erklärungsnot geraten und hatte ihr zögernd und mit der Bitte um Diskretion erzählt, dass Ada seit dem Nachmittag verschwunden war.

Doch schon bald erkannte Ingeborg, dass es für Diskretion bereits zu spät war, denn sie bekam Besuch von einer geschwätzigen Nachbarin, die von Frau Schulze über Adas Verschwinden informiert worden war. Elbenraintal war eben doch ein kleines Kaff, in dem jeglicher Klatsch und Tratsch eine willkommene Abwechslung darstellte.

Im Gegensatz zu einigen sensationslüsternen Dorfbewohnern war Ingeborg aufrichtig erschüttert über die Neuigkeiten, die ihre langjährige Freundin und Weggefährtin betrafen.

Ingeborg hatte dem kleinen, auserwählten Kreis von Adas Vertrauten angehört. Über Jahrzehnte hinweg hatten sie sich gemeinsam mit Irene und Jutta als Vierergespann in regelmäßigen Abständen getroffen und auf dem Laufenden gehalten. Meist frühstückten die vier Frauen zusammen – ein übriggebliebenes Ritual aus den Zeiten, in denen die Kinder vormittags in Kindergarten und Schule versorgt waren und die Mütter ein paar kostbare Stunden zur freien Verfügung hatten.

Dann erzählten sie sich mit erstaunlicher Offenheit von all den Dingen, die sie bewegten, berührten und belasteten. Sie hatten sich einen feierlichen Eid geschworen, dass die Geheimnisse, die in diesem Kreis ausgesprochen wurden, niemals diesen Kreis verlassen würden. Und sie hatten gelobt, füreinander zu beten und einander zu unterstützen, wo immer sie konnten.

Für Ada waren diese drei Freundinnen die einzigen Menschen außerhalb ihrer Familie, die sie seit ihrem Umzug in den Harz an sich herankommen ließ.

Doch in den letzten beiden Jahren war Ada durch ihre Krankheit immer mehr von der Gruppe isoliert worden. Anfangs hatten Ingeborg, Irene und Jutta noch auf die Anwesenheit Adas bei ihren gemeinsamen Treffen bestanden, auch wenn weder Ada selbst noch Johan dieses Bestreben aktiv unterstützten. Es hatte jedes Mal einiges an Überzeugungsarbeit gekostet, Ada dazu zu bringen, dazukommen zu wollen. Und danach musste Johan dazu überredet werden, den Chauffeur für seine Gattin zu spielen.

Da die vier Frauen schon so manche Dürrestrecken gemeinsam durchlebt hatten, hielten alle drei es für eine Selbstverständlichkeit, Ada auch auf diesem schweren Weg zu begleiten und zu unterstützen.

Umso schmerzhafter schlich sich die Erkenntnis bei den Frauen ein, dass ihre langjährige Freundin ihnen aus den Händen glitt und sie ihre Ada bei lebendigem Leibe an diese schreckliche Krankheit verloren.

Am heutigen Abend konnte Ingeborg nicht tatenlos zu Hause herumsitzen und so tun, als ginge sie das alles nichts an. Da sie wusste, dass Jutta im Urlaub war, und Irene ihr erzählt hatte, dass sie von Markus den Auftrag erhielt, telefonisch erreichbar zu sein, um mögliche Hinweise entgegenzunehmen, machte sie sich alleine auf den Weg zum Haus der Stratmanns. Nicht jedoch, ohne vorher eine große Portion Lasagne aus der Tiefkühltruhe geholt zu haben.

Und hier stand sie nun vor Markus und Talia, die ihre Enttäuschung nicht verbergen konnten, dass es nur Ingeborg war, die an der Haustüre geklingelt hatte, und nicht Ada. Kein Happy End und keine neuen Informationen, sondern nur ein bisschen Essen und ein paar ermutigende Worte.

Talia gewann jedoch schnell ihre Fassung zurück und bedankte sich mit herzlichen Worten bei Ingeborg. Sie versprachen, sich zu melden, wenn sie Ingeborgs Hilfe gebrauchen konnten.

Verunsichert und traurig ging Ingeborg zurück nach Hause. Vielleicht war es falsch gewesen, diesen Besuch zu machen, aber sie hätte sich noch mieser und hilfloser gefühlt, wenn sie daheim geblieben wäre.

Talia und Markus gingen zurück in die Wohnküche, und Markus stellte den Backofen an, um die große Auflaufform aus Keramik darin zu erhitzen. Zunächst protestierten Talia und Johan lautstark, dass sie eh nicht in der Lage sein würden, etwas zu essen. Doch Markus bestand darauf, dass der Tisch gedeckt wurde und sich alle zum Essen zusammenfanden.

«Es bringt niemandem etwas, wenn wir unsere Kräfte zum Fenster rauswerfen, indem wir nicht auf uns aufpassen. Was auch immer geschehen mag: Morgen wird ein langer Tag, und wir müssen stark sein. Ingeborg wollte uns ein Segen sein, also lasst ihre Lasagne zum Segen für uns werden.»

Talia bereitete noch einen Salat zu. Markus deckte den Tisch, und Johan sorgte für Getränke.

So fanden sich eine halbe Stunde später alle zu einem gemeinsamen Abendessen am Esstisch zusammen.

Zunächst stocherten sie schweigend und lustlos in ihren Tellern herum. Letzten Endes schmeckte die Lasagne dann aber so gut, dass jeder eine kleine Portion hinunterbekam.

Nach dem Essen setzte Talia eine Kanne Tee auf, und sie blieben beieinander sitzen. Es war schwer, sich der Gemeinschaft der anderen auszusetzen. Doch die Alternative, sich alleine in Gedanken und Gefühlen zu verlieren, war noch unerträglicher.

«Erinnerst du dich noch an die Zeit vor zwei Jahren, als wir Mamas Diagnose bekamen?», brach Talia nach einer Weile das Schweigen. «Damals hielten wir ihr Verhalten für völlig verrückt und absurd. Heute würde ich alles dafür geben, wenn Mama nur wieder so normal und klar wie damals sein könnte.»

Johan nickte gedankenverloren, während er mit dem Daumen an seiner Teetasse rieb. Er ließ den Tag im Krankenhaus Revue passieren.

✦ ✦ ✦

Ada hatte sich in der Klinik auf Anraten des Hausarztes verschiedenen Tests unterzogen, da sie häufig über Kopfschmerzen klagte und immer mal wieder wegen irgendwelcher Belanglosigkeiten total überreagierte. Einmal schüttete sie wortlos einen Kochtopf voller heißer Suppe in den Biomülleimer, als Johan mit einer halben Stunde Verspätung das Haus betrat. Ein anderes Mal hatte sie das ganze Haus auf den Kopf gestellt, weil sie eine Einkaufsliste suchte, die sie am Vortag geschrieben hatte.

Talia und Johan begleiteten Ada in das Sprechzimmer des Arztes, der ihnen die Testbefunde erklären sollte. Der sterile Krankenhausgeruch weckte in Johan ein Daumenkino an Erinnerungen: die sterbende Großmama, die er als Kind mit seiner Mutter sonntags besucht hatte; die Zeiten seiner eigenen Hilflosigkeit, als er sich einer Routine-Operation am Herzen unterziehen musste; die Geburt seiner Kinder; Leo …

Wie oft schon hatte er das Krankenhausgelände verlassen und sich darüber gewundert, dass draußen alles seinen gewohnten Gang nimmt, während in den Klinikbetten Menschen ihren letzten Atemzug tun und in den Zimmern der Oberärzte Diagnosen gestellt werden, die dem Leben auf einmal ein Ablaufdatum geben.

Welche Unsäglichkeiten auch immer hier drin passieren: Außerhalb der Klinikmauern bleibt alles beim Alten.

Ein Kind läuft mit seinem Schulranzen die Straße entlang.

Eine Frau sitzt lebhaft erzählend mit einer Freundin an der Seite und einem Latte macchiato in der Hand im Café.

Ein Geschäftsmann hastet mit einem Aktenordner unter dem Arm und einem Handy am Ohr über die rote Fußgängerampel.

Die Welt dreht sich weiter mit der altbekannten Geschwindigkeit, wie der Zeiger einer Uhr.

Ticktack, ticktack, ticktack …

Immer weiter …

Immer weiter …

Und draußen kann man sich nicht vorstellen, dass es jemals anders sein könnte.

Und drinnen, hinter der großen, gläsernen, automatischen Schiebetüre des Klinikeingangs, da kommt die Zeit plötzlich zum Stillstand, und nichts ist mehr, wie es war.

Schon bei den Begrüßungsworten des Oberarztes wurde Johan klar, dass er auch an diesem Tag das Klinikgelände verlassen würde, um als teilnahmsloser Außenstehender dem Leben da draußen beim Weitergehen zuzuschauen. Er konnte nicht ausmachen, woran er es merkte: das nervöse Räuspern des Arztes zwischen den Begrüßungsfloskeln, der sehnsüchtige Blick aus dem Fenster, während er die Akte aufschlug, die hektischen Bewegungen des großen Zehs in der weißen Birkenstocksandale. Ob der junge Mann sich wohl manchmal zu seinem Kellner-Job während des Studiums zurückwünschte?

Johan schaute seine Ada von der Seite an und meinte, an ihrem Profil zu erkennen, dass sie noch völlig arglos und entspannt war. Verkrampft lächelnd nahm er ihre zierliche Hand und massierte sie leicht. Auch die Tochter zu seiner Linken war noch damit beschäftigt, ihr Handy sicher in der Handtasche zu verstauen, nachdem sie per SMS ihrem Mann Anton Instruktionen bezüglich der einjährigen Zwillinge gegeben hatte.

«Die Untersuchungsergebnisse geben uns ein ziemlich eindeutiges Bild. Sowohl die psychologischen Testungen als auch die Ergebnisse aus der Kernspintomographie deuten darauf hin, dass Frau Stratmann an Alzheimer erkrankt ist. Durch die Blutuntersuchung und den organischen Check-up haben sich andere Erkrankungen mit ähnlichen Symptomen ausschließen lassen. Momentan befindet sich die Krankheit im ersten Stadium, und wir möchten mit Ihnen gemeinsam einen Therapieplan erstellen, der den weiteren Verlauf der Krankheit positiv beeinflusst.»

Den Rest des Monologes, der aus einer Auflistung von Symptomen und Einzelheiten des Therapieplanes bestand, nahm Johan wie durch einen dichten Nebel zur Kenntnis. Er konnte den gesprochenen Worten keine Bedeutung mehr zuordnen.

Alzheimer!!!

Sein Unterbewusstsein hatte wohl bereits versucht, ihn auf diesen Schock vorzubereiten, aber er hatte tatsächlich bis hierher nicht ernsthaft damit gerechnet, diese Diagnose hören zu müssen.

Er blickte zu Talia, die mit weit aufgerissenen, ungläubigen Augen und geöffnetem Mund den Arzt ansah. Dann schaute er Ada an, die verträumt schmunzelnd aus dem Fenster blickte. Langsam wandte sich ihr Kopf dem Arzt zu, und sie flüsterte mit einem freundlichen Lächeln im Gesicht:

«Na, das sind aber nicht so gute Neuigkeiten.»

Johan wollte die Sache schnell zu Ende bringen, da er Angst hatte, die Fassung zu verlieren. Er stand auf, bedankte sich beim Oberarzt für die gute Betreuung und versprach, sich noch in den nächsten Tagen zu melden, um einen Termin zur Erstellung des Behandlungsplanes auszumachen.

Und so verließen die drei das Krankenhaus. Sie stiegen ins Auto und fuhren hinaus in die Welt, die sich einfach weiterdrehte, ohne dabei auch nur das geringste Interesse zu zeigen, dass Familie Stratmann vorübergehend aufgehört hatte, sich mitzudrehen.

Wortlos fuhren sie durch die Stadt. Irgendwann fing Ada an, über Belanglosigkeiten zu sprechen und Talia über ihre Wochenpläne auszufragen. Im Radio lief ein alter R.E.M.-Song.

Sie setzten die Tochter an ihrer gepflegten Doppelhaushälfte ab und fuhren dann wortlos weiter. Von Talias Eigenheim im Neubaugebiet bis zu ihrem alten Häuschen in der Ortsmitte waren es etwa fünf Minuten Fahrzeit. In Johans Kopf rumorte es.

Wie sollte er mit seiner Frau ins Gespräch kommen?

Wie konnte er sich ihr nähern?

Wo war sie überhaupt?

Vor ein paar Jahren hatte Johan mit Ada zusammen ein Hörbuch von Nicholas Sparks mit dem Titel «Wie ein einziger Tag» angehört. In einer stürmischen Herbstwoche hatten sie Abend für Abend vor dem Kamin gesessen und die tragische Liebesgeschichte von Noah und Allie verfolgt.

Im Roman erkrankt Allie an Alzheimer. Im Kampf gegen das Vergessen liest Noah seiner Frau die alten Geschichten ihrer gemeinsamen Jahre vor.

Ada hatte während des gesamten Hörbuches heiße Tränen geweint und einige Male laut aufgeschluchzt. Und auch Johan war die Liebesgeschichte sehr nahe gegangen, auch wenn er natürlich immer wieder beteuern musste, was für ein «Schnulzenpoet dieser Sparks doch ist».

Anhand dieser Erinnerung wollte Johan noch am selben Abend versuchen, Ada an das Thema heranzuführen. Sie saßen gemeinsam am Esstisch und verspeisten süße Pfannkuchen, die Johan vorher unter erheblicher Anstrengung, begleitet von wütend gemurmelten Schimpfwörtern, zubereitet hatte. Etwa die Hälfte des Teiges war ihm verbrannt und im Mülleimer gelandet. Er fühlte sich unfähig und zu nichts zu gebrauchen. Am liebsten hätte er den verkokelten Pfannkuchenmüll nach draußen gebracht und wäre dabei auf Nimmerwiedersehen verschwunden, wie das ja schon so manch anderer mutloser Mann vor ihm getan hatte. Er fühlte sich der ganzen Sache nicht im Geringsten gewachsen.

Doch da saß er nun mit seiner Frau und einem kläglichen Rest essbarer Pfannkuchen beim Abendessen und sinnierte über den Roman von Nicholas Sparks und wie er darüber mit Ada ins Gespräch kommen könnte. In seine Gedanken hinein hörte er plötzlich die leise, aber feste Stimme seiner Frau:

«Ich habe es schon die ganze Zeit geahnt. Es war keine Überraschung für mich. Es tut mir so leid, dass du und die Mädchen das durchmachen müssen. Ich wünschte, ich könnte es euch ersparen.»

Überrascht schaute Johan Ada an, die inzwischen ihren Teller zur Seite gerückt und seine Hände genommen hatte.

Damit hatte er nicht gerechnet.

Er war davon ausgegangen, dass er nun Erklärungen liefern und stark sein müsse. Er hatte Adas Reaktion in der Klinik dahingehend interpretiert, dass sie sich der Schwere der Situation nicht bewusst war. Er dachte, sie sei durch die Krankheit bereits so eingeschränkt, dass sie die Bedeutung ihrer Lage nicht begreifen konnte. Doch in Wirklichkeit war Ada im Prozess, sich mit der neuen Situation zu arrangieren, schon einen gehörigen Schritt weiter als er.

Johan schossen die Tränen in die Augen. Ada schob ihren Stuhl zurück, stand auf und setzte sich auf seinen Schoß, wie sie es früher oft getan hatte. Sie schlang die Arme um ihn, vergrub ihr Gesicht an seinem Hals und fing bitterlich an zu weinen.

So saßen sie eine gefühlte Ewigkeit da und ließen der Not in ihren Seelen Raum.

Bei aller Tragik war Ada so unsäglich froh darüber, dass sie jetzt gerade in diesem Moment ihrem Mann nah sein konnte.

Und auch Johan wunderte sich, dass es eine Hiobsbotschaft wie diese brauchte, damit er und Ada zueinander fanden.

✦ ✦ ✦

Talias Schluchzen riss Johan aus seinen Gedanken. Er realisierte, dass er seiner Tochter, die ein Gespräch mit ihm hatte anfangen wollen, nicht geantwortet hatte und stattdessen in seine Erinnerungen abgetaucht war. Er ärgerte sich darüber, dass er keine tröstenden Worte für sie gefunden hatte und sie nicht hatte teilhaben lassen an seinen Gedanken. Doch als Talia ihn nun anschaute, wusste er, dass sie ihm keine Vorwürfe machte. Stattdessen war sie von einer tiefen Trauer erfüllt.

Sie saß ihm gegenüber am Küchentisch, hielt ihre große Teetasse mit beiden Händen umklammert und sah so verzweifelt und bedürftig aus, dass Johan aufstand, ihr die Tasse aus den Händen nahm, sie zu sich hochzog und in seine Arme schloss.

Talia war das einzige Familienmitglied, das Gefühle noch unbedacht offen zeigte und ausdrückte. Nicht nur in extremen Situationen suchte sie Rat bei ihrem Vater. Auch in Alltagssorgen wandte sie sich hilfesuchend an ihn.

Dass Talia zudem von der Statur her betrachtet die Kleinste von allen war, verursachte in Johan häufig einen übermäßigen Beschützerinstinkt.

Und so standen sie einfach da. Talia hatte ihr Gesicht an Johans Brust gelegt und weinte hemmungslos, Johan strich ihr mit seinen großen Händen die Wirbelsäule hinauf und hinab und brummte ihr beschwichtigend ins Ohr.

Talia genoss den Trost ihres Vaters, doch viel mehr genoss es Johan, ihr diesen Trost geben zu können. Er liebte Talia dafür, dass sie ihn stark sein ließ, dass sie sich seiner Fürsorge und Liebe anvertraute. Für sie durfte er das sein, was er sich so sehr zu sein wünschte.

Sowohl Ada als auch Amelie hatten ihm dieses Vertrauen schon oft versagt. Aus schmerzlichen Erfahrungen heraus hatten sie Johan gegenüber ein Misstrauen entwickelt, das ihn lähmte und unsicher machte. Umso dankbarer war er Talia für diesen Moment.

Er durfte stark sein.

Er durfte trösten.

Er wurde gebraucht und wertgeschätzt.

Markus war aufgestanden und hatte begonnen, den Abwasch zu machen. Nach einer Weile löste Talia sich aus der Umarmung ihres Vaters und begann, das Geschirr abzutrocknen, das Markus auf die Ablage stellte. Johan kam hinzu und räumte die trockenen Utensilien zurück in die Küchenschränke. Sie arbeiteten schweigend, jeder seinen eigenen Gedanken nachhängend. Immer wieder warf Johan einen besorgten Blick auf die Kuckucksuhr im Flur. Es war bereits kurz vor elf.

Nachdem die Küche in Ordnung gebracht war, bot Markus Talia an, sie mit ihrem VW-Bus nach Hause zu bringen. Sein Rennrad könne er im Bus mittransportieren und dann von ihr aus nach Hause oder zurück zu Johan radeln.

Talia war zwar nicht müde, doch sie glaubte, dass es das Beste für ihren Vater sei, wenn er ein wenig zur Ruhe kam. Fragend schaute sie Johan an und überlegte, ob sie ihn guten Gewissens alleine lassen konnte. Er zwinkerte ihr aufmunternd zu und simulierte ein Gähnen.

«Geh nur, Talia-Maus. Wir brauchen alle eine Mütze voll Schlaf.»

Talia willigte ein. Sie hatte keine Kraft zu widersprechen und war dankbar für das Angebot von Markus, sie nach Hause zu fahren.

«Soll ich danach wieder zu dir kommen, Johan?», fragte Markus.

Johan schüttelte energisch den Kopf.

«Fahr du nach Hause zu Irene. Ich brauche etwas Zeit für mich.»

Markus wusste, dass Johan sich nicht umstimmen lassen würde. Er kramte in seinem Rucksack und legte Johan noch eine Packung Baldriankapseln auf den Esstisch.

«Nimm davon zwei, damit du wenigstens ein bisschen Schlaf bekommst. Melde dich, sobald du etwas hörst. Wir sehen uns morgen früh.»

Johan brachte die beiden zur Tür.

Nachdem Talia bereits auf den Beifahrersitz geklettert war und

Markus das Rad verstaut hatte, kam er noch einmal zu Johan, umarmte ihn und flüsterte ihm ins Ohr:

«Versprich mir, dass du hier zu Hause bleibst und auf Ada wartest. Keine Nacht-und-Nebel-Aktionen, okay? Das bringt nichts!»

Sprach es und rannte zum Bus, um im nächsten Moment aus der Einfahrt zu fahren und in der Dunkelheit zu verschwinden.

Johan fröstelte. Er zog seine Strickjacke enger um sich herum.

Ada war irgendwo dort draußen in der Dunkelheit. Bei dem Gedanken verkrampfte sich sein Innerstes. Sofort erwachte in ihm der Impuls, etwas tun zu müssen. Er wollte schon zur Garderobe eilen, um sich Jacke und Schuhe zu holen, als ihm das Versprechen einfiel, das Markus ihm einen Moment zuvor hatte abnehmen wollen.

«Dieser Schurke hat genau gewusst, was mir einen Augenblick später in den Sinn kommen würde.»

Müde lächelnd und kopfschüttelnd ging Johan ins Haus. Markus war ihm schon seit Jahrzehnten der beste Freund, den man sich vorstellen konnte. Wie sollte er jemals all das zurückgeben, was Markus für ihn tat? Um ihn zu würdigen, unterdrückte Johan tatsächlich sein Bedürfnis nach blindem Aktionismus.

Stattdessen nahm er zwei Baldriantabletten und zusätzlich eine Aspirin gegen seine stechenden Kopfschmerzen. Er zog seinen Jogginganzug an, setzte sich in den Ohrensessel im Wohnzimmer und legte sich die Decke seiner Frau über die Füße.

Schlafen wollte er nicht.

Warten wollte er auf die erlösende Nachricht, dass Ada gefunden worden war.

When your day is long
And the night
The night is yours alone
When you're sure you've had enough
Of this life

Well hang on
Don't let yourself go
'Cause everybody cries
And everybody hurts sometimes

Bereits nach wenigen Minuten war er in einen tiefen Schlaf gesunken.

Somewhere over the rainbow
skies are blue,
And the dreams that you dare to dream
really do come true ...
– Judy Garland

— 5 —

Als **Ada** aufwachte, brach der Morgen bereits an. Sie lag auf dem moosigen Waldboden, gleich neben der alten entwurzelten Eiche. Um sie herum waren dichtes Geäst und Gestrüpp. Alles war feucht und klamm. Ein nebliger Dunst umgab sie und ihre Schlafstätte.

Mühselig richtete Ada sich auf und rieb sich die schmerzenden Augen. All ihre Gliedmaßen zitterten vor Kälte.

Lange saß sie völlig orientierungslos da und verfolgte den Weg der Ameisen, die in paradeähnlicher Manier emsig an ihr vorbeizogen und Baumaterialien zu ihrem Arbeitsplatz schleppten.

Wo war sie?

Wie war sie hierhergekommen?

Was war passiert?

Erinnerungsfetzen schossen ihr wie Blitze durch den Kopf:

Johan, Talia, die beiden Jungs, die Wiese, der Bach ...

Aber sie konnte die einzelnen Bilder nicht zu einem kohärenten Ganzen zusammenbringen.

Nur eines schien sicher: Sie hatte diese Nacht im Wald verbracht. Ganz alleine hatte sie an diesem Ort geschlafen.

Niemand sonst war hier.

Langsam rappelte sie sich auf und schleppte sich zum dicken Baumstamm, um sich ächzend darauf niederzulassen.

Vorsichtig streckte sie ihre schmerzenden Glieder. Sie musste ihre Füße und Waden massieren, damit das peinigende Taubheitsgefühl einem unangenehmen Kribbeln wich. Sie versuchte, ihre eiskalten Arme warm zu reiben.

Benommen schaute Ada sich um. Neben ihr auf der Picknickdecke lag der offene Rucksack. Sie nahm ihn zu sich, aß die restlichen Kekse aus der Verpackung und trank ein paar kräftige Schlucke Mineralwasser.

Aus dem offenen Frontfach lugte der hellbraune Einband, der, sobald sie ihn wahrnahm, erneut ihren Herzschlag in wilde Sprünge versetzte. Sie atmete tief ein, holte das lederne Buch aus der Tasche und öffnete es langsam.

✦ ✦ ✦

Johan und Ada hatten das kostbare Fotoalbum aus braunem Wildleder von Markus und Irene zur Hochzeit geschenkt bekommen. Ihre Freunde hatten sich damals ganz schön in Unkosten gestürzt, um das teure Buch bei einem Antiquitätenhändler zu erstehen, waren sie doch beide noch mitten in der Ausbildung.

Das Buch war schon alt und von Hand gefertigt. Der Einband hatte an den Rändern wunderschöne Verzierungen eingraviert. Dunkle Steine waren in die Frontseite eingefasst, an jeder Ecke einer.

Ehrfurchtsvoll öffnete Ada das Album und schlug die erste Seite auf. Sie las eine Widmung von Markus und Irene:

Ihr seid jung, ihr seid wild, ihr seid furchtlos!
Die Welt steht euch offen!
Dies ist das Buch eures Lebens:
Füllt die Seiten mit Bildern eurer Liebe, eurer Abenteuer und …
eurer Nachkommen.
Schreibt Geschichte – eure Geschichte …

Gott mit euch.
In tiefer Freundschaft,
Irene und Markus

Wie unbeschwert sie damals waren. Sie waren überzeugt von einer rosigen Zukunft. Ihr Glaube an die Liebe und an die Freundschaft und an einen Gott, der nur das Beste für sie im Sinn hatte, war unerschütterlich.

Sie hatten keine Vorstellung von den Verletzungen und Wunden, die einer liebenden Seele zugefügt werden konnten.

Sie hatten keine Vorstellung von den Verletzungen und Wunden, die eine liebende Seele zufügen konnte.

Sie lieferten sich einander schutzlos aus.

Sie lieferten sich Gott schutzlos aus.

Sie waren frei und glücklich.

Ada wendete das mit einer Schutzhülle versehene vergilbte Blatt und schaute auf zwei Bilder ihrer Hochzeit.

Wunderschön sah sie aus: Die zierliche Gestalt, das lange, schlichte Brautkleid mit dem tiefen Rückenausschnitt, ihr von Sommersprossen übersätes Gesicht, die wild gelockten Haare mit dem Blumenkranz darin.

An ihrer Seite der stolze und überglückliche Johan. Die braune Anzughose und das weiße Hemd, das er trug, wirkten an ihm wie maßgeschneidert, obwohl Johan den Anzug im Schlussverkauf eines recht günstigen Modehauses erstanden hatte. Er war schmal und muskulös. Ada hatte ihn zu einer pastellfarbenen Fliege und dunklen Hosenträgern überredet.

Das obere Bild zeigte sie und Johan vor dem schmiedeeisernen Tor der kleinen Dorfkapelle. Ein befreundeter Fotograf hatte sich die Mühe gemacht, in einem Fotoshooting das Brautpaar in verschiedenen Posen ästhetisch zu arrangieren, um möglichst schöne Bilder zu produzieren. Dies war ein nicht einfaches Unterfangen, war Ada doch so nervös und durch all die Eindrücke abgelenkt, dass es ihr schwerfiel, seinen Instruktionen zu folgen. Sie hatte immer wieder einen Lachanfall bekommen, und der Fotograf musste seufzend von vorne beginnen.

Nach einer Weile waren Brautpaar und Fotograf übereingekommen, dass die beiden als Fotomodelle wohl einfach nicht geeignet waren. Das Aussehen stimmte zwar, aber es mangelte an grundlegenden Kernkompetenzen.

Eines dieser gestellten Fotos hatte trotzdem Einzug in ihr Fotoalbum gehalten: Ada stand zu Johan gewandt, den Kopf an seine Brust gelehnt. Ein Arm war um seine Schultern gelegt, im anderen hielt sie einen Strauß wunderschöner Wiesenblumen.

Johans Hände ruhten auf ihrem Rücken.

Das untere Polaroid-Bild war von Dorothea Stratmann aufgenommen worden. Es zeigte das junge Paar auf der Rückbank ihres Brautautos: Ein kolibrigrüner VW-Käfer Cabriolet, den sie von einem Freund der Familie Weingärtner geliehen bekommen hatten. Der Chauffeur lenkte den Wagen durch ein Spalier von Gästen, die alle begeistert dem Hochzeitspaar zuwinkten. Einige von ihnen warfen Rosenblätter. Die glücklichen Eheleute strahlten in die Menge. Johan hatte seine linke Faust in einer Siegespose in die Luft gestreckt. Sein Blick war eine Mischung aus Unglauben und Triumph. In den Augen Adas funkelte es vor Glück und Leichtigkeit und Lebensfreude.

Von allen Schnappschüssen des 27. September liebte Ada das Bild im Brautauto am meisten. Es gab am besten wieder, wer sie damals waren.

Ada wendete vorsichtig das Blatt und betrachtete ein Foto ihrer Hochzeitsreise. Johan und sie standen in rustikalen Wanderschuhen mit vor Anstrengung geröteten Gesichtern unter einem imposanten Gipfelkreuz. Das Foto war von Benjamin geschossen worden.

«Da war ich doch tatsächlich mit zwei Männern auf Hochzeitsreise», murmelte Ada und schüttelte lächelnd den Kopf.

Benjamin war als Überraschungsgast auf Adas und Johans Hochzeit aufgetaucht. Er hatte als Zeuge beigewohnt, als sie sich das Ja-Wort gaben, hatte eine herzerwärmende Laudatio auf seinen Freund gehalten, hatte geschlemmt, getrunken, getanzt und gelacht.

Um fünf Uhr morgens war nur noch ein hartgesottener Rest von Gästen übrig. Sie saßen in gemütlicher Runde zusammen und warteten auf den Sonnenaufgang. Als Benjamin erneut auf das frisch vermählte Paar sein Glas erhob, kam Ada eine Idee.

«Hey, Benjamin. Komm doch mit uns auf Hochzeitsreise.» Benjamin hatte gerade das Schnapsglas angesetzt und prustete laut los, wobei er Johan seinen Himbeergeist ins Gesicht spuckte. Johan rieb sich den Likör aus den brennenden Augen, während er herzhaft lachte. Er glaubte, Ada habe einen Scherz gemacht.

Doch sie meinte es ernst.

«Wieso denn nicht? Das wird bestimmt lustig!»

Ada beharrte auf ihrem Vorschlag und brachte das Thema beim Mittagessen am Folgetag erneut auf. Benjamin wehrte lachend ab. Er hatte große Bedenken, das frisch verliebte Brautpaar als drittes Rad am Wagen auf ihre Flitterwochen zu begleiten. In der Nacht hatte er gemutmaßt, der Vorschlag Adas wäre aus übermäßigem Alkoholkonsum heraus entstanden. Nun staunte er, dass Ada den Wunsch erneut äußerte, und schob es auf den Restalkohol. Doch auch Johan schien begeistert von Adas Idee, und gemeinsam beknieten sie ihn so lange, bis er sich seufzend seinem Schicksal fügte.

Das Brautpaar hatte eine Woche Urlaub genommen, um zu Fuß die Alpen zu überqueren. Zwei Trekking-Rucksäcke waren bereits gepackt, und Adas Vater stellte bereitwillig seine Wanderausrüstung zur Verfügung, um in kürzester Zeit auch Benjamin mit allem Notwendigen auszustatten.

Und so machten sich die drei am Montag nach der Hochzeit gemeinsam mit dem Zug auf den Weg nach Garmisch-Partenkirchen, um von dort aus eine Woche lang von Berghütte zu Berghütte zu wandern.

Keiner der drei würde die Entscheidung später bereuen. Jeder von ihnen fand schnell und unkompliziert seine Rolle im Gefüge, und sie erwiesen sich als gut funktionierendes Dreiergespann. In der ganzen Woche hatte Benjamin nicht ein einziges Mal das Gefühl, unerwünscht zu sein. Ada und Johan ließen sich durch Benjamin nicht in ihrer Zweisamkeit stören und fanden trotz seiner Begleitung immer wieder Zeit füreinander.

Durch seine kontaktfreudige Art kam Benjamin während der Fußmärsche ständig mit anderen Wandersmännern und Wandersfrauen ins Gespräch und schloss sich abends auf den Almhütten häufig der Fraktion an, die bis in die Puppen Skat spielte.

Tagsüber liefen die drei stundenlang Seite an Seite durch die atemberaubende Gebirgswelt, erinnerten sich an die Vergangenheit, freuten sich an der Gegenwart und philosophierten über die Zukunft.

Während sie im Gleichschritt die geschwungenen Pfade entlang marschierten und über Felsmassive kraxelten oder bei einer Mittagsrast im Biergarten einer kleinen Wirtschaft saßen, gaben Johan und Benjamin Anekdoten aus ihrer gemeinsamen Kindheit zum Besten.

Ada hörte zu: mal amüsiert, mal erstaunt, mal Tränen lachend oder auch zu Tränen gerührt. Zwar kannte sie das meiste bereits aus Johans Berichten, doch dieser hatte immer nur auf seine gewohnt sachlich-nüchterne Art von der Vergangenheit erzählt. Gemeinsam mit Benjamin lief Johan zur Hochform auf, und beide schilderten wortgewandt und bildreich die Erlebnisse ihrer Kindheit.

So kam es, dass Ada noch einmal ausführlich und aus erster Hand den Werdegang Benjamins erfuhr.

Benjamin lebte nun schon seit fast einem Jahrzehnt in Kenia. Er hatte in der 9. Klasse die Biografie von Albert Schweitzer dreimal hintereinander gelesen und es sich unwiderruflich in den Kopf gesetzt, in dessen Fußstapfen zu treten und in Afrika zu leben und zu wirken.

Anfangs schmunzelten alle über die aberwitzigen Pläne des jungen Mannes, doch erstaunlicherweise fügte sich eines zum anderen, und kurz vor seinem 21. Lebensjahr, nach einer erfolgreichen Ausbildung zum Krankenpfleger, waren die nötigen Kontakte geknüpft, und es gab einen konkreten Plan:

Benjamin würde in einem Missionskrankenhaus in Kenia als Pflegekraft eingestellt werden. Den Spenderkreis, der zur Verwirklichung seiner Träume von Nöten war, hatte er bereits gefunden.

Zwei Jahre lang arbeitete Benjamin als Krankenpfleger in der Missionsklinik, bevor er mit einer Gruppe von Gleichgesinnten ein waghalsiges Projekt ins Leben rief. Zusammen wollten sie ein Heim für Aidswaisen aus den Slums von Nairobi errichten. Die fehlenden Gelder und die mangelnde Expertise wurden durch jede Menge Enthusiasmus und Tatendrang wettgemacht, und so kam es tatsächlich im Jahre 1975 zur Eröffnung des Waisenhauses «better future», etwa 150 Kilometer nördlich von Nairobi am Galana River.

Johan war stetiger und leidenschaftlicher Zeuge des abenteuerlichen Lebens seines großen Freundes gewesen.

Die Biografie von Albert Schweitzer hatte Benjamin ihm vorgelesen und nach jedem Kapitel seufzend gefragt:

«Ist das nicht wundervoll?»

Abende lang hatte er zugehört, wie er ihm von dem unbekannten Kontinent und seinen Bewohnern vorschwärmte.

Johan hatte mitgefiebert, als Benjamin Briefe an Verwandte

und Freunde schrieb, um sie als Spender zu gewinnen. Er selbst hatte sich dazu verpflichtet, monatlich die Hälfte seines Taschengeldes, fünf Mark, auf Benjamins Konto zu überweisen, sehr zum Verdruss seiner Mutter, die ihn zum Sparen anhalten wollte.

Johan trank seinen ersten Sekt, als er mit Benjamin und seinen Freunden darauf anstieß, dass die Missionsklinik dem Freund eine Einladung nach Kenia geschickt hatte.

Viele Tränen hatte er geweint, als er Benjamin am Flughafen Berlin-Tegel zum letzten Mal für lange Zeit in die Arme schloss.

Täglich war Johan von da an aufgeregt zum Briefkasten gelaufen und hatte jedes Mal einen Freudentanz vollführt, wenn ein Umschlag mit rot-blau gestreiftem Rand darin lag. Den Brief las er so lange allabendlich vor dem Einschlafen, bis der nächste ihn ersetzte, und so wurde auch Johan mehr und mehr mit dem Afrika-Virus infiziert.

Am liebsten wäre er schon nach dem Abitur dorthin gereist, um für einige Monate das Projekt seines Freundes persönlich kennen zu lernen und tatkräftig zu unterstützen. Doch damals hatte es aus finanziellen Gründen nicht geklappt. So war er in Berlin geblieben und hatte seine Ada kennen gelernt.

Manchmal dachte Johan darüber nach, wie anders sein Leben aufgrund dieser kleinen Weichenstellung verlaufen war. Es schauderte ihn bei dem Gedanken an ein Leben ohne Ada. Er konnte nicht glauben, dass sie sich nur aus Zufall begegnet waren. Sie mussten füreinander bestimmt sein.

Die einwöchige Hochzeitsreise in den Alpen verging wie im Fluge, und bald kam die Zeit für das junge Paar, ein gemeinsames Leben in Berlin zu beginnen. Benjamin flog zurück nach Afrika, um dort seinen Alltag wieder aufzunehmen.

Doch für alle stand der Entschluss fest: Dies war nur ein Abschied auf Zeit. Es würde ein Wiedersehen in Afrika geben.

Ada wendete die Seite des antik wirkenden Albums und betrachtete ein paar Fotos aus ihrer Berliner WG.

Nachdem sich Ada und Johan im September 1980 das Ja-Wort gegeben hatten, zog Ada zu ihrem Frischvermählten in seine winzige Studentenbude im Berliner Zentrum.

Sie lebten mehr als beengt auf ihren elf Quadratmetern, doch das störte sie nicht, denn eng wollten sie es haben. Bad und Küche teilten sie sich mit fünf Kommilitonen Johans.

Ada hatte eine Anstellung in einem Kindergarten in der Nachbarschaft gefunden.

Johan studierte eifrig, denn er wollte so schnell wie möglich sein Architektur-Diplom in der Tasche haben.

Grund der Eile war, dass das junge Paar konkrete Pläne für die Zeit nach dem Studium schmiedete. Sie wollten nach Kenia auswandern. Sie wollten Teil des «better future»-Projektes werden und mittellosen Kindern in Afrika Hoffnung und Zukunft schenken.

Regelmäßig bekam das junge Paar Briefe von Benjamin in die Berliner WG gesendet, in denen er von der Arbeit in Kenia berichtete und ihnen aufzählte, was alles verwirklicht werden könnte, wenn sie «endlich ihre faulen deutschen Hintern hierher bewegen würden».

Die gemeinsame Zeit in den Alpen hatte alle drei in dem Entschluss bestätigt, dass Ada und Johan eine perfekte Ergänzung für das Hilfsprojekt sein würden.

Benjamin hoffte schon lange auf die Unterstützung seines besten Freundes. Trotz seiner Leidenschaft und Liebe für das Land und die Leute fehlten ihm Menschen um sich herum, die ähnlich tickten wie er. Zwar hatte er mit einigen Mitarbeitern seines internationalen Teams inzwischen ein vertrauensvolles Verhältnis aufgebaut, aber keiner verstand seine Berliner Schnauze und seine Berliner Denke so gut, wie Johan dies tun würde, kannten beide sich doch von klein auf und waren beinahe Familie füreinander.

Und auch Ada hatte er während seines kurzen Deutschlandbesuches auf Anhieb ins Herz geschlossen.

Johan und Ada waren voller jugendlicher Begeisterung und erfrischend unkompliziert. Sie würden die massive Umstellung, die das Leben im afrikanischen Busch für einen deutschen Wohlstandsbürger bedeutete, gut meistern.

Außerdem konnten Johans Fertigkeiten als Architekt und Adas Händchen für Kinder im Projekt wunderbar gebraucht werden.

Nicht nur Johan war schon seit seinen Teenagerjahren mit dem Afrika-Fieber infiziert. Adas Begeisterung für den Schwarzen Kontinent ließ sich sogar bis in ihre Kindheit zurückverfolgen.

Schon als kleines Mädchen hatte sie die Biografien mutiger Missionare gelesen.

Nachmittags war sie durch die dunklen Tannenwälder ihrer Heimat gestreift und nahm sich in ihrer Phantasie vor den im Dickicht lauernden Löwen in Acht.

Gegen Efeuranken, die ihr als gefährliche Giftschlangen dienten, kämpfte sie stundenlang mit Stöcken und anderen selbst gebastelten Waffen.

Zu ihrem fünften Geburtstag hatte sie sich eine dunkelhäutige Puppe gewünscht. Ihre Eltern hatten alle Spielwarengeschäfte in Baden-Württemberg abgeklappert, aber keine gefunden. Beim Auspacken der europäischen Puppe, zu der sich Adas Eltern dann entschieden hatten, war Ada zunächst enttäuscht gewesen. Doch dann half sie mit Schere und Kohlestift nach, damit ihr Traum doch noch in Erfüllung gehen konnte. Die langen dunklen Haare der Puppe wurden abgeschnitten und der gesamte Körper mit dem Kohlestift bearbeitet. Das Ergebnis stellte Ada sehr zufrieden. Ihren Eltern zeigte sie das Resultat ihres Werkes aus Sicherheitsgründen nicht.

Die Puppe wurde auf den Namen Rosa getauft und musste für Adas weitere Ideen den leicht verunstalteten Kopf herhalten.

Während die anderen Kinder des Dorfes sich nach der Schule zu wilden «Cowboy und Indianer»-Spielen zusammenfanden, zog sich Ada mit Rosa in den Schwarzwald zurück, um in ihrer Phantasie durch den afrikanischen Busch zu streifen.

Zunächst suchte sie ein Waldgebiet, welches ihr besonders dunkel und unheimlich vorkam, und baute der Plastikpuppe ein kleines Lager aus Blättern und Moos. War dies vollbracht, spielte Ada glaubhaft und oscarreif die Rolle der verzweifelten Mutter, die ihr armes Baby in ihrer ausweglosen Not im Wald zurückließ. Dann wurde rasch und unkompliziert die Rolle gewechselt, und die mutige Waisenhaus-Chefin Ada trotzte allen Gefahren des Waldes, um das kleine Baby zu retten und in einem rührseligen Ritual zu adoptieren.

Den Rest des Nachmittags verbrachte Ada damit, das Baby zu füttern, Lieder aus dem Kindergottesdienst vorzusingen und ihm zu versichern, dass einer glücklichen Kindheit von nun an nichts mehr im Weg stehen würde.

Und in der Ferne hörte man laute Kanonenschüsse von den Wild-West-Spielen der anderen Dorfkinder.

Es brauchte also keinerlei Überzeugungsarbeit, die Johan leisten musste, um Ada von der Idee zu begeistern, Benjamin bei seinem Hilfsprojekt in Kenia zu unterstützen. Sie ins Boot zu holen war ein Leichtes. Schon während ihrer ersten Gespräche am Wannsee war das Thema auf den Tisch gekommen, und von da an war es eine der Lieblingsbeschäftigungen des jungen Paares, im Gras zu liegen, den Wolken auf ihrer Reise in den Süden zuzuschauen und sich auszumalen, wie sie ihren Afrika-Traum in die Tat umsetzen würden. Nach der Woche mit Benjamin in den Alpen konnte das Paar es kaum noch erwarten, endlich in ihr Abenteuer zu starten.

Kurz nach ihrer Hochzeit weihte das junge Paar Dorothea Stratmann bei einem sonntäglichen Kaffeebesuch in ihre Pläne ein.

Man musste kein Menschenkenner sein, um zu erahnen, dass die Pläne bei Frau Stratmann nicht gerade auf Begeisterung stoßen würden. Pikiert schaute die Dame von einem zum anderen, und ihre Kaffeetasse zitterte gefährlich in ihrer Hand. Der kleine rot lackierte Finger war abgespreizt und zeigte in Adas Richtung, als wolle er sie erdolchen.

Frau Stratmann hatte große Pläne für ihren Sohn.

Er sollte es zu etwas bringen.

Er sollte eigenständig und erfolgreich sein.

Die Leute sollten ihm mit Respekt und Ehrerbietung begegnen.

Sie wollte ihren betagten Vater stolz machen. Ihrer Mutter würde sie es nicht mehr beweisen können, denn diese war vor sieben Jahren an einem Herzinfarkt verstorben. Doch ihren Vater wollte sie zum Staunen bringen.

Und ihren dämlichen Nachbarn wollte sie es zeigen. Sie sollten ihr anerkennend zunicken. Sie sollten sich hinter vorgehaltener Hand darüber austauschen, dass sie es nie für möglich gehalten hätten, dass eine alleinerziehende Frau mit so geringen Mitteln einen so wohlgeratenen Sohn hervorbringen würde.

Als Johan sich für ein Architektur-Studium entschied, hatte Dorothea Stratmann dies ja noch naserümpfend billigen können, auch wenn ihr Medizin viel lieber gewesen wäre.

Aber Afrika?!

Das ging nun wirklich zu weit. Das ging viel, viel zu weit – in jeglicher Hinsicht:

Dorothea würde die halbe Weltkugel überqueren müssen, um ihren Sohn zu besuchen.

Johan würde kein stattliches Gehalt verdienen, sondern stattdessen von dem Gutwillen seiner Unterstützer abhängig sein.

Für seine vergeblichen Lebensmühen würde er weder Lohn noch Anerkennung bekommen.

Im besten Fall würden die Leute seine weltfremden Gutmensch-Aktionen verspotten, im schlimmsten Fall würden sie ihn übers Ohr hauen.

Er wäre vielfältigen Gefahren ausgesetzt.

Erschwerend kam hinzu, dass zu der Zeit, in der die Ausreise-Pläne des jungen Ehepaares Gestalt annahmen, der sonst so weit entfernte Kontinent Afrika in aller Munde war.

In den 80er Jahren drang der Zusammenhang zwischen der hohen Sterblichkeitsrate bei jungen afrikanischen Erwachsenen und dem HI-Virus zunehmend an die Öffentlichkeit.

Zudem gab es gehäuft Sterbefälle aufgrund von Aids in Europa, und besonders in Deutschland brach eine Aids-Paranoia aus, die durch die intensive Berichterstattung von Seiten der Medien noch verschlimmert wurde.

Johans Mutter verfolgte beinahe hysterisch die Nachrichten und meinte, das junge Paar würde mit dem Kauf eines Flugtickets auf den afrikanischen Kontinent dabei auch gleich sein Todesurteil unterschreiben können.

Jeden Sonntag nahmen sich Ada und Johan fest vor, das Thema Afrika am feierlich gedeckten Esstisch von Dorothea Stratmann um jeden Preis und mit allen Mitteln zu vermeiden.

Jeden Sonntag endete das gemeinsame Kaffeetrinken mit einem ärgerlichen Monolog von Dorothea Stratmann, die einfach nicht akzeptieren konnte, dass ihr erwachsener Sohn seine eigenen Entscheidungen treffen würde.

Als abzusehen war, dass Johan am Ende des Sommersemesters sein Diplom erhalten würde, buchte das aufgeregte Paar die Flüge nach Kenia für den 12. September 1982.

Die beiden hatten sich das Geld für die Reise mühselig zusammengespart.

Es gab ein paar Freunde und Verwandte, die das Projekt mit einem monatlichen Betrag mitfinanzieren wollten.

Zusätzlich wurden die Stratmanns von ihrer Kirchengemeinde, zu der sie sich seit ihrem gemeinsamen Leben in Berlin zugehörig fühlten, ausgesandt und unterstützt.

So würden sie, davon waren sie überzeugt, genug haben, um in Kenia über die Runden zu kommen. Viel brauchten sie ja sowieso nicht.

Das Aufgabengebiet des jungen Paares hatte Benjamin schon mehrfach telefonisch mit ihnen abgesprochen: Ada und Johan sollten die Hauseltern für eine Gruppe von Kindern im Grundschulalter sein.

Und gleichzeitig sollte Johan ein ehrgeiziges Bauprojekt unter seine Obhut nehmen. Auf dem Gelände von «better future», auf dem derzeit zwei alte Wohnhäuser standen, sollte ein weiteres Gebäude errichtet werden, in dem um die dreißig Kinder ein neues Zuhause finden könnten.

Die meisten Kinder im Waisenhaus wurden von Nairobis Straßen gerettet. Es gab jedoch auch zunehmend Minderjährige, die von Verwandten ins Waisenhaus gebracht wurden, da beide Elternteile gestorben waren und die finanziellen Mittel fehlten, die verwaisten Kinder mit durchzubringen.

Benjamin hatte in seiner Vorfreude den Stratmanns einen Brief zukommen lassen, der von einigen Heimkindern in Teamarbeit verfasst worden war. Diesen Brief hatte Ada sicher in dem Fotoalbum deponiert:

Dear Johan and Ada
God bless you. We are happy that you will come to our country. We trust God you will come here safe. Papa Ben told us that you are good people. Thank you for coming to us. God bless you.
Sincerely
the children from better future

✦ ✦ ✦

Es knackte im Geäst, und Ada schrak auf. Eine Ricke trabte in unmittelbarer Nähe an ihr vorbei. Das Rehkitz trottete hinter der feingliedrigen Mutter her. Die Ricke hatte ihre zierliche Nase auf den Waldboden gerichtet und suchte nach Köstlichkeiten. Das Kitz schaute sich neugierig um – und dabei Ada direkt in die Augen. Doch es schien sie nicht als Gefahr wahrzunehmen.

Fasziniert schaute Ada den beiden nach, während sie langsam im Dickicht verschwanden. Noch mehrmals wandte das Kitz seinen Kopf und nahm Blickkontakt mit Ada auf. Fast so, als würde es sich Sorgen um die arme alte Dame machen.

Ada klappte das Fotoalbum zu und lehnte ihren schweren Kopf gegen den Stamm der alten Eiche. Leise begann sie zu singen:

Somewhere over the rainbow,
way up high there's a land
that I heard of once in a lullaby.

Sie dachte an die Geschichte des Zauberers von Oz und wünschte sich, ein Wirbelwind würde kommen und sie wie Dorothy davontragen.

Irgendwann atmete sie tief durch und entschloss sich, dass es keinen Sinn machte, auf einen Tornado zu warten. Sie würde die Sache selbst in die Hand nehmen müssen. Es war Zeit, nach Hause zu gehen.

Und so packte sie ihren Rucksack, rappelte sich schwerfällig auf und wanderte los.

Das Fahrrad ließ sie achtlos am Wegesrand zurück. Ihr war schwindelig, und ihre Beine fühlten sich schwer wie Blei an. Sie sah sich nicht dazu in der Lage, Rad zu fahren. Ihr Plan war es, immer weiter geradeaus zu laufen, bis sie irgendwann den Wald verlassen würde und zurück in die Zivilisation kam.

Dann würde sie an einem Haus klingeln oder einen Spaziergänger ansprechen und Johan anrufen.

Sie freute sich schon sehr darauf, endlich wieder zu Hause zu sein.

Leider machte ihr Körper nicht so richtig mit. Alle paar Meter musste sie stehen bleiben und sich gegen einen Baumstamm oder, wenn keiner in der Nähe war, auf ihre Oberschenkel lehnen, um nicht umzufallen. Sie war hungrig und durchgefroren. Doch sie trieb sich immer wieder von Neuem zum Weitergehen an.

Lange könnte es ja nicht dauern, bis sie jemandem begegnen würde oder den Waldrand erreichte.

Hätte sie doch nur ihr Handy mitgenommen. Seit der Einführung des Mobiltelefons hatten ihr Mann und sämtliche Freunde sie ständig dazu nötigen wollen, ein Handy dabei zu haben, um erreichbar zu sein und um im Notfall Hilfe anfordern zu können. Doch Ada hatte sich mit ihrem kleinen Samsung-Gerät nie anfreunden können. Entweder war der Akku leer und sie fand das Ladekabel nicht, oder sie hatte keine Tasche dabei, in der sie das Telefon aufbewahren konnte. Oder sie hatte es bei irgendwem liegenlassen und war zu faul, um es zurückzuholen.

Sie wollte auch gar nicht permanent erreichbar sein und war der Meinung, wenn jemand etwas von ihr wollte, würde dieser Jemand schon einen Weg finden, sie zu kontaktieren. Und einen Notfall, in dem sie unbedingt ein Handy gebraucht hätte, hatte es bisher auch nicht gegeben.

«Mir passiert schon nichts» und «Ich komm schon zurecht», das waren ihre Standardantworten für besorgte Nahestehende, die sie vor den vielen Risiken warnen wollten. Und bisher hatte das auch gestimmt.

Doch heute wurde sie eines Besseren belehrt.

Verbissen schleppte Ada sich weiter den Waldpfad entlang.

Riders on the storm
Riders on the storm
Into this house we're born
Into this world we're thrown
Like a dog without a bone
An actor out on loan
Riders on the storm
– *The Doors*

— 6 —

«Amelie!»

Johan schreckte aus unruhigen Träumen auf, als er am frühen Morgen vom Läuten des Telefons geweckt wurde. Siedend heiß war es ihm eingefallen: Seine jüngste Tochter Amelie wusste noch nichts vom Verschwinden der Mutter.

Einen kurzen Moment lang kam ihm noch im Halbschlaf der Gedanke, dass die Ereignisse des Vortages vielleicht doch nur ein böser Traum gewesen waren.

Doch als er die Augen aufschlug, realisierte er, dass er, gekleidet in Jeans und Hemd vom Vortag, auf der falschen Seite des Bettes lag, und die Realität holte ihn mit Wucht wieder ein.

Er wusste noch, dass er gestern Abend im Wohnzimmer eingeschlafen war.

Irgendwann in der Nacht musste er aufgewacht sein. Er erinnerte sich daran, wie er orientierungslos durchs Haus gelaufen war und Adas Namen gerufen hatte.

Er hatte keinerlei Empfindung dafür, wie lange er wach gewesen war, doch irgendwann musste er ins Schlafzimmer gegangen sein, um dort auf Adas Bettseite weiterzuschlafen.

Das Telefon läutete immer noch, und Johan sprang auf, um ins Wohnzimmer zu eilen und den Hörer abzunehmen.

Kommissar Oberschmidt meldete sich am anderen Ende der Leitung.

Johan hielt für einen Augenblick die Luft an, doch die zögerliche Stimme des Kommissars verriet ihm schnell, dass er keine Erfolgsbotschaft zu vermelden hatte.

«Leider war unsere Suche erfolglos, Herr Stratmann. Wir haben mit einem Einsatzteam für mehrere Stunden die Ortschaft und die angrenzenden Waldgebiete durchsucht. Eine Hundestaffel war am südlichen Ortsrand unterwegs. Sie hatten kurzzeitig eine Spur aufgenommen, diese jedoch nicht weiterverfolgen können. Wir haben bisher nur wenige Hinweise aus der Bevölkerung bekommen, gehen diesen aber gewissenhaft nach. Leider fehlt von Ihrer Frau zu diesem Zeitpunkt jede Spur. Ich möchte Sie darüber informieren, dass wir heute Vormittag stündlich eine Vermisstenmeldung auf mehreren regionalen Radiosendern schalten werden. Auch die Suchtrupps werden weiterhin ihre Arbeit tun.»

Johan brachte außer ein paar Lauten, die sein Einverständnis ausdrücken sollten, keine weiteren Worte zustande und legte auf.

Das Radio würde über das Verschwinden seiner Frau berichten. Er hatte sein Leben lang mit der Illusion gelebt, dass so etwas immer nur die anderen betrifft.

Die Vorstellung, Adas Namen in den Nachrichten zu hören, erschien ihm surreal.

Er betete, dass diese Maßnahme zum Erfolg führen würde.

Johan setzte sich und wählte Markus' Nummer. Schon beim ersten Klingeln antwortete dieser und kam sofort auf Amelie zu sprechen. Auch ihm war in der Nacht eingefallen, dass sie es versäumt hatten, das Nesthäkchen der Familie Stratmann zu informieren.

«Du musst Amelie schnell Bescheid geben, bevor sie es über Dritte erfährt», so lautete Markus' Appell.

Amelie!

Du meine Güte.

Warum war sie ihnen gestern gar nicht in den Sinn gekommen?

Natürlich musste Amelie vom Verschwinden ihrer Mutter erfahren.

Er hätte früher daran denken sollen.

Nachdem er sich von Markus, der innerhalb der nächsten Stunde bei ihm vorbeikommen wollte, verabschiedet hatte, öffnete er das gelbe Notizbuch, um Amelies Telefonnummer herauszusuchen. Er musste eine Weile blättern, bis er sie gefunden hatte.

Ehrlich gesagt rief er seine jüngere Tochter nicht sehr häufig an. Wenn er darüber nachdachte, war er sich nicht sicher, ob er sie überhaupt schon einmal eigenständig angerufen hatte. Eigentlich war er immer nur von Ada oder Talia ans Telefon geholt worden, um Hallo zu sagen, wenn diese mit Amelie telefonierten.

Und mehr als ein «Hallo» und ein «Wie geht's?» und ein «Wie ist das Wetter bei euch so?» war meistens auch nicht ausgetauscht worden.

Johan wollte schon den Hörer auflegen, nachdem das Freizeichen bestimmt zwanzig Mal erklungen war und kein Anrufbeantworter anging, als sich am anderen Ende der Leitung eine verschlafene Stimme meldete.

«Hallo Amelie. Hier ist Papa.»

Sofort war Amelie hellwach.

«Papa? Was ist los?»

«Hör zu, Kleines. Es gibt schlechte Nachrichten.»

Eine Pause entstand, in der Johan seinem eigenen Herzschlag lauschte.

«Deine Mutter ist seit gestern Nachmittag verschwunden. Die Polizei sucht nach ihr.»

Schweigen am anderen Ende der Leitung.

«Mach dir keine Sorgen, Kleines. Sie werden sie bestimmt bald finden.»

Immer noch Schweigen.

«Amelie, bist du noch da?»

Amelie räusperte sich und fragte:

«Rufst du mich an, wenn sie wieder da ist?»

Johan bejahte dies, und kurze Zeit später war das Telefonat beendet.

Der altbekannte Zorn stieg in Johan hoch.

Konnte es wahr sein?

Was war nur mit seiner Tochter los?

Interessierte sie sich für irgendjemand anderen als für sich selbst?

Kopfschüttelnd ging Johan ins Badezimmer, um zu duschen, bevor Markus kam.

Amelie legte den Hörer auf und starrte ins Leere, während sich ihre Augen langsam mit Tränen füllten.

Ihre Mama war verschwunden.

Eine tiefe Verzweiflung machte sich in ihr breit, und sie schleppte sich zum Bett, wo sie sich zusammenkrümmte und bitterlich weinte. Ihr schlaksiger Körper konnte die Emotionen, die aus ihr herausbrachen, kaum aushalten. Sie schrie in ihr Kissen und trommelte mit den Fäusten auf die Matratze. Irgendwann streckte ihre Mitbewohnerin den Kopf zur Tür herein:

«Alles in Ordnung? Wer war denn am Telefon?»

«Lass mich in Ruhe»,

rief Amelie mit tränenerstickter Stimme und warf ein Kissen in Richtung Türe. Ihre Mitbewohnerin reagierte ärgerlich:

«Räum wenigstens mal die Küche auf, Amelie. Dass es hier in deinem Zimmer aussieht wie in einem Saustall, ist ja dein Problem. Aber die Küche benutzen wir alle.»

Ein weiteres Kissen flog durchs Zimmer. Tanja knallte ärgerlich die Türe zu und verschwand.

«Mama», schluchzte Amelie leise vor sich hin.

Irgendwann raffte sie sich auf, stieg auf den kleinen Dachbalkon und zündete sich eine Zigarette an.

Dort saß sie und lauschte dem stärker werdenden Verkehrslärm unter sich.

Dort saß sie, bis ihre Zigarettenpackung aufgebraucht war.

Dann ging sie zurück in ihr Zimmer und tauschte ihren Flanell-Schlafanzug gegen eine Oversize-Jogginghose ihres Freundes und einen ebenso großen alten Kapuzenpullover aus.

Sie rief Mark an, mit dem sie sich am Morgen in der Unibücherei hatte treffen wollen. Ihr Freund antwortete nach dem zweiten Klingeln.

«Mark, mein Bester. Ich bin krank. Ich werde heute zu Hause bleiben.»

Marks Stimme klang enttäuscht:

«Aber, Ammie. Die Prüfungen sind in einer Woche. Die Literaturliste ist endlos. Wir müssen lernen.»

«Ich weiß. Ich bin ja nicht blöd! Aber ich lerne heute von zu Hause aus. Ich hab noch Aristoteles hier. Mit dem mach ich's mir im Bett gemütlich.»

Mark grunzte lachend:

«Also, ich bin mir nicht sicher, ob ich damit einverstanden bin. Lässt mich hier sitzen, um es dir mit Aristoteles, dem alten Knacker, im Bett gemütlich zu machen.»

Amelie versuchte, bei seinen Albernheiten so gut wie möglich mitzuspielen. Sie kicherte pflichtbewusst.

«Ich wünsch dir viel Erfolg, wenn du dich mit dem garstigen Heidegger rumschlägst, okay? Wir sprechen heute Abend.»

Es wurde still in der Leitung.

«Ammie?»

Marks Stimme klang zögerlich.

«Ja?»

Amelie biss sich auf die Unterlippe.

«Alles klar bei dir? Sicher, dass ich nicht vorbeikommen soll?»

Gekonnt schluckte Amelie den Tränenkloß, der sich in ihrem Hals bildete, hinunter, und sie beruhigte Mark.

«Alles gut. Wirklich. Nur 'ne kleine Erkältung.»

Mark seufzte resigniert.

«Okay. Tschööö mit öh, Ammie.»

«Tschau mit au, Mark, mein Bester!»

Amelie donnerte ihr Handy auf die Matratze und warf sich schluchzend in ihr Kissen.

Warum hatte sie Mark nichts erzählen können?

Er meinte es doch gut mit ihr.

Sie kannten sich seit fast einem Jahr. Er hatte sie beim Einführungsseminar «Grundlagen der Philosophie» angesprochen und im Anschluss auf einen Kaffee eingeladen. Amelie war neu in Heidelberg und kannte noch niemanden.

Eigentlich machte ihr das nichts aus. Sie war gerne neu, und sie war gerne allein.

Das war wahrscheinlich auch der Grund ihrer zahlreichen Wohnortwechsel in den letzten Jahren.

Mit neunzehn, sie hatte endlich, nach zwei Extrarunden, ihren Realschulabschluss in der Tasche, verließ sie fluchtartig das Kaff im Harz und machte ein Freiwilliges Soziales Jahr in einer Einrichtung für geistig Behinderte in Berlin.

Die ersten Wochen hatte sie aus einer Not heraus bei Dorothea Stratmann gewohnt. Es war die Hölle gewesen. Amelie hatte sich permanent zusammennehmen müssen, um nicht auf ihre Großmutter loszugehen. Sie wollte einfach nur ihre Ruhe haben. Und ihre Oma wollte ihr einfach nur permanent sagen, was sie zu tun und zu lassen hätte.

Morgens wurde sie mit strenger Stimme aufgeweckt, und wenn sie auf den letzten Drücker ohne Frühstück fluchtartig das Haus verließ, schaute die garstige Großmutter ihr, missbilligend den Kopf schüttelnd, hinterher. Abends wurde sie mit einem kalten

Blick und einer langen Liste von Aufgaben in Empfang genommen, die am Ende des Tages durchweg nicht zufriedenstellend erledigt worden waren.

Amelie wollte ausziehen, doch sie hatte keine Alternative.

Leider gab es im Wohnheim für die Auszubildenden kein freies Zimmer mehr. Sie hätte ihre Seele verkauft, um den Einrichtungsleiter der Behindertenwerkstatt dazu zu bringen, sie in der Warteliste ein paar Plätze nach oben rutschen zu lassen, um ein Zimmer im Mitarbeiterwohnheim zu ergattern. Zum Glück war Herr Liebermann nicht an ihrer Seele interessiert und gab ihr das Zimmer einen Monat später auch so.

Ihr Freiwilliges Soziales Jahr hatte Amelie nur aus Gnade heraus zu Ende bringen können, denn Herr Liebermann hatte sie mehrmals in der Mittagspause beim Kiffen erwischt.

Nachdem das Jahr zu Ende war, zog Amelie nach Frankfurt. Dort absolvierte sie eine Ausbildung zur Zahnarzthelferin und holte in der Abendschule ihr Abitur nach.

Niemand glaubte so recht, dass sie eines der beiden Projekte erfolgreich abschließen würde. Doch am Ende hatte sie nicht nur ihr Abitur in der Tasche, nein, sie war auch staatlich anerkannte Zahnarzthelferin.

Für ein Medizinstudium erfüllte Amelie nicht die notwendigen Kriterien. Deshalb richtete sie sich noch einmal völlig neu aus und begann ein Lehramtsstudium. Doch bereits nach einem Semester hatte sie erkannt, dass dies nicht das Richtige für sie war.

Mehr aus einer Laune heraus siedelte sie nach Heidelberg um und schrieb sich dort im Sommersemester 2016 für die Fächer Philosophie und Religionswissenschaft ein.

Nichts von ihrer bewegten Biografie hatte Amelie Mark bei ihrem ersten Date im Kaffeehaus erzählt. Sie war lustig und charmant, aber sie gab nicht viel von sich preis. Mark und Amelie trafen sich von da an regelmäßig, lasen sich gegenseitig Dostojewski vor, setzten sich aufs Dach von Marks altem VW, um von einem bewaldeten Hügel aus den Sonnenuntergang über der Heidelberger Altstadt anzusehen, aßen Döner ohne Zwiebeln und meckerten über den strengen Leiter der philosophischen Fakultät.

Kurz gesagt, sie wurden beste Freunde. Doch es gab viele Bereiche und Themen, die in ihrer Freundschaft nicht zur Sprache kamen. Geschickt wich Amelie allen Fragen und Unterhaltungen über ihre Vergangenheit und ihre Familie aus und hielt Mark immer eine Armlänge von ihr entfernt. Wenn es ihr nicht gut ging, wollte sie ihn nicht sehen und war unerreichbar, bis sie ihre Emotionen eigenständig wieder auf die Kette gebracht hatte.

Amelie offenbarte Mark nur die Seiten von sich, die sie ihm offenbaren wollte. Alles andere hielt sie gut und sicher unter Verschluss.

Trotzdem, oder vielleicht gerade deshalb, ließ Mark nicht locker, bis sie nach einem halben Jahr, in dem er ihr immer wieder mal Rosen, Gedichte und Ohrringe hatte zukommen lassen, so weit war, eine Beziehung mit ihm einzugehen.

Mark war überzeugt, dass sie sich in dem Moment in ihn verliebt hatte, als er ein Gedicht mit dem Titel «Ode an Ammie» vertont und mit Hilfe eines Ukulele spielenden Kommilitonen auf der Fußgängerzone für sie zum Besten gegeben hatte.

Amelie bestritt dies mit Nachdruck.

Wie auch immer, sie waren ein Paar, und Mark war gut zu ihr.

Trotzdem brachte Amelie ihr Herz nicht dazu, sich ihm anzuvertrauen. Sie hatte gelernt, die Dinge mit sich allein auszumachen. Ihr Schutzpanzer hatte ihr fast zwei Jahrzehnte lang gute Dienste erwiesen.

Warum etwas aufgeben, das ihr beim Überleben geholfen hatte?

Aber heute war es schwer alleine.

«F***!»

Amelie lief rastlos durch ihr kleines Zimmer und kickte wahllos

Gegenstände herum, die ihr in die Quere kamen. Sie scrollte durch die Playlist auf ihrem I-Phone und wählte ein Lied von den Doors aus. Sie verband ihr Smartphone mit den Lautsprechern und drehte die Lautstärke auf Maximum. Doch auch die laute Musik vermochte es nicht, ihre aufgewühlten Gedanken zur Ruhe zu bringen.

Riders on the storm
Riders on the storm
Into this house we're born
Into this world we're thrown
Like a dog without a bone
An actor out on loan
Riders on the storm

Sie hockte sich vor ihr Bett und kramte mit zitternden Fingern nach einem Schuhkarton, den sie dort vermutete. Nachdem sie angewidert mehrere Socken, einen Slip und eine vergammelte halbe Pizza hervorgekramt hatte, wurde sie fündig.

Mit dem Ärmel ihres viel zu großen Kapuzenpullis wischte sie sich den Rotz von der Oberlippe.

Dann öffnete sie behutsam den Deckel. Sie nahm einen Stapel Bilder in die Hand, um sie durchzuschauen.

Bald hatte sie gefunden, wonach sie gesucht hatte. Das vergilbte Polaroid zeigte sie als kleines Mädchen in den Armen ihrer Mutter. Nicht älter als drei konnte sie auf dem Bild gewesen sein. Ihre Mutter stand auf der Veranda in ihrem Zuhause in Kenia. Sie hatte Amelie hochgehoben, ihre Wangen berührten einander, Amelie grinste albern, während ihre Mutter unbeschwert lachte. Ihrer beider Lockenpracht stand wild in alle Richtungen ab.

Dies war Amelies Lieblingsfoto von ihrer Mutter und ihr.

Staunend stellte sie fest, dass ihre Mutter auf diesem Foto verblüffende Ähnlichkeit mit ihr hatte.

«Es ist beinahe so, als würde ich mir selbst ins Gesicht schauen», dachte Amelie verwundert.

Amelie sah auch die restlichen Fotos durch:

Amelie und ihr Vater auf der Ladefläche eines verstaubten Geländewagens.

Amelie und Talia in Schuluniform unter der kenianischen Flagge.

Die ganze Familie auf einer Picknickdecke im Park.

Amelie, wie sie auf einen hohen Baum geklettert war.

Amelie mit Leo auf der Hollywoodschaukel.

Auf den Fotos wirkten die Stratmanns wie eine glückliche, harmonische Familie.

«Der Schein trügt»,

kam es Amelie sofort in den Sinn, doch diesmal war ihre Bitterkeit brüchig, und etwas in ihr wollte widersprechen.

«Es hat trotz allem gute und unbeschwerte Zeiten gegeben», ging es ihr durch den Kopf, und sie staunte über ihren eigenen Gedanken.

Während sie die Bilder betrachtete, stiegen neben dem altbekannten Frust und Schmerz auch andere Gefühle in ihr auf.

Sie musste schmunzeln, als sie das Foto vom Jahrmarkt betrachtete und sich daran erinnerte, wie sie zum ersten Mal im Leben Zuckerwatte probiert hatte.

Stolz betrachtete sie das Bild, auf dem Talia und sie auf der Treppe vor dem Osterbrunnen zu sehen waren. Die Schwestern hatten wegen ihren glockenklaren Stimmen und ihrem leicht afrikanisch anmutenden Esprit von Amelies Klassenlehrerin die ehrenvolle Aufgabe übertragen bekommen, das Lied «Kumbaya, my Lord» zum Besten zu geben. Und obwohl das Lied nur mit viel Wohlwollen Ostergefühle verbreitete, war das Publikum hellauf begeistert gewesen, und zahlreiche Mütter hatten Amelie persönlich mitgeteilt, was für eine begnadete Sängerin sie doch sei.

Hastig warf Amelie den Bilderstapel zurück in den Schuhkarton, stand auf und suchte erfolglos auf ihrem zugemüllten Schreibtisch nach einer Packung Zigaretten. Sie fand zwei, doch beide waren leer.

Auf Zehenspitzen schlich sie auf den Flur und fischte sich unauffällig eine Marlboro aus der Jackentasche von Tanja.

Noch auf dem Weg zum Balkon zündete sie die Zigarette an und inhalierte tief, um sich zu beruhigen.

Wie kam sie dazu, ihre Vergangenheit zu verklären und schönzureden?

Es war Scheiße gewesen, von vorne bis hinten Scheiße.

Zumindest seitdem sie nach Deutschland gekommen waren.

Sie hatte nicht weg gewollt aus Kenia.

Sie kannte ja nichts anderes.

Sie war ja dort geboren.

Aber das hatte niemanden interessiert.

Von jetzt auf gleich: ein anderes Land.

Ein komplett anderer Menschenschlag.

Jeder hatte was von ihr gewollt.

Niemandem konnte sie es recht machen.

In der Schule gab es lauter Regeln, die sie überhaupt nicht kapierte. Ständig gab es Ärger, und sie saß bei der Rektorin mit dem Stock im Arsch.

Irgendwann, nach einer Extrarunde, hatte sie die Grundschule überlebt, aber dann wurde alles nur noch schlimmer.

Der Rektor der Realschule war wahrscheinlich mit der Grundschulrektorin verheiratet, denn sein Hintern war auch nicht entspannter.

Auch bei ihm war Amelie Dauergast, bis er sich irgendwann mit seinem penibel geglätteten Seitenscheitel und einem höhnischen Grinsen von ihr verabschiedete.

Sie waren mit der 7. Stufe auf einer Exkursion gewesen. Die Lehrerin hatte den Schülern nach getaner Arbeit im Kunsthistorischen Museum die Erlaubnis erteilt, noch in Kleingruppen durch

Göttingen zu schlendern. Eine besondere Belohnung für die Landeier, die nur alle Schaltjahre mal mit ihren Eltern in die Stadt fahren konnten.

«Aber um Viertel vor sechs, ich wiederhole, um VIERTEL VOR SECHS, müssen alle Schülerinnen und Schüler auf Gleis 2 erscheinen. Wer unpünktlich ist, bekommt eine satte Strafarbeit. Ich verlass' mich auf euch»,

deklarierte Frau Käsmann mit erhobenem Zeigefinger. Stella und Anna-Lena, die beiden Drecksbonzen aus der Parallelklasse, hatten mal wieder nicht zugehört, weil sie zu sehr damit beschäftigt waren, sich über die Akne von Paul lustig zu machen.

Als die anderen schon aufgeregt in die verschiedensten Richtungen ausgestreut waren, fragte Stella Amelie hochnäsig:

«Wann ist noch mal Treffpunkt?»

«Viertel nach sechs auf Gleis 9»,

flötete Amelie und schritt erhobenen Hauptes zu Paul, um mit ihm die Punk-Rock-CDs im Karstadt durchzuschauen.

Und was war das Ende der Geschichte?

Der Zug musste ohne die 7. Klassenstufe der Otto-von-Bismarck-Realschule abfahren. Die aufgelösten Drecksbonzen-Mädchen wurden eine dreiviertel Stunde später aufgegriffen, als sie kopflos durch die Bahnhofshalle irrten.

Sie weinten herzzerreißend und schilderten der Lehrerin, wie sie hinterhältig und auf widerwärtigste Art und Weise von Amelie belogen und betrogen worden waren.

Und Amelie flog von der Schule.

«Wäre eh früher oder später passiert»,

meinte der arrogante Rektor missmutig, als Amelies Eltern Einspruch erheben wollten.

«Ihre Akte quillt über vor Einträgen: Rauchen in der Mittagspause, Boykottieren des Unterrichtes, Schulschwänzen. Wenn sie mich fragen: Das Kind gehört auf eine Sonderschule.»

Und so wechselte Amelie auf die Anne-Frank-Gesamtschule,

wiederholte dort die 8. Klasse und fragte sich bei der feierlichen Übergabe des Realschul-Zeugnisses, wie sie das alles wohl überlebt hatte.

Das einzig Gute an Deutschland war, dass Amelie hier Zugang zu kulturellen Schätzen hatte, die ihr in Kenia verwehrt geblieben wären: Nirvana, Pearl Jam, Ozzy Osbourne und Konsorten gaben ihr ein Ventil zum Dampf-Ablassen und einen Freundeskreis.

Und auch der Zugang zu Genussmitteln wie Nikotin und Cannabis machte ihr das Leben im Harz-Gebirge zumindest erträglich.

In jeder freien Minute, und auch in solchen Minuten, die eigentlich nicht frei waren, hing sie mit ihren Kumpanen auf einem Wiesengrundstück außerhalb der Ortschaft ab.

Talia war da ganz anders: Gewinnerin des Lesewettbewerbs, Gymnasium mit Einser-Schnitt, Bezirksmeisterin im Hürdenlauf, Mitglied des Schulorchesters als begnadete Cellistin und nebenbei noch die, die zu Hause die Dinge zusammenhielt. Kurz gesagt war sie das komplette Gegenteil von ihrer kleinen Schwester, was nicht unerheblich zu Amelies Frust beitrug.

Papa war quasi nicht existent, da er an seiner Karriere und seinem Image bastelte.

Und Mama war traurig.

✦ ✦ ✦

Amelie ging zurück in ihr Zimmer und warf sich wütend aufs Bett. Ihre Familie hatte Schuld daran, dass es so hart gewesen war. Niemand war dagewesen, als sie es am nötigsten gebraucht hätte. Niemand verstand sie.

Zerstreut blätterte Amelie durch den Schuhkarton, der noch offen auf ihrem Bett lag. Ein Sammelsurium an Erinnerungen: wie es schien, willkürlich aufbewahrte Kassenzettel, Kinotickets, Postkarten, Fotos und Notizzettel.

Bei einer Postkarte aus Afrika hielt sie inne. Abgebildet war der Kopf eines Nashorns, das den Mund weit aufriss. Amelie hatte die Karte vor Jahren in einem Roman im Wohnzimmer gefunden, in dem sie als Lesezeichen benutzt worden war. Weil ihr das Nashorn gefiel, hatte sie es einkassiert.

Adressiert war die Karte an ihre Mutter. Sie hatte den Text, der in sauberen kleinen Buchstaben auf die Rückseite geschrieben wurde, vor Jahren schon einmal gelesen.

Dear Ada,
Carl and I are on a safari before I have to start my next set of chemotherapy. I think of you often. I want to encourage you to move on, my dear.
It is better to walk through the darkness with your loved ones than to stay behind lonely out of fear.
You are in my prayers.
Your friend Ruby

Amelie erinnerte sich dunkel an Ruby. Sie war eine Kollegin von Mama und Papa während ihrer Zeit in Kenia gewesen. Ihre bunten, farbenfrohen Gewänder und die kunstvollen Flechtfrisuren hatten Amelie als Kind sehr beeindruckt. Wunderschön erschien sie ihr, und Amelie hatte keine Gelegenheit verpasst, auf ihrem Schoß zu sitzen und ihre Zöpfe durch die Finger gleiten zu lassen.

Ruby berichtete in der Postkarte von einer Krebserkrankung, und Amelie fragte sich, was wohl aus ihr geworden war. Amelie konnte nicht anders, als die Karte erneut zu lesen:

It is better to walk through the darkness with your loved ones than to stay behind lonely out of fear.

Es ist besser, mit deinen Lieben durch die Dunkelheit zu gehen, als aus Furcht alleine zurückzubleiben.

Amelie bekam eine Gänsehaut, als sie diese Worte wieder und wieder las und leise vor sich hinmurmelte.

Es war, als ob Ruby durch Raum und Zeit hindurch zu ihr persönlich sprechen würde. Ursprünglich waren diese Zeilen ihrer Mutter gewidmet. Doch hier und heute sprachen sie direkt in Amelies Herz hinein.

Wie eine Offenbarung stand es ihr plötzlich vor Augen.

Allein der Gedanke an die Dunkelheit, von der Ruby schrieb, rief in Amelie Panik hervor, und instinktiv wollte sie die Flucht antreten. Sie kannte diese Dunkelheit persönlich.

Einst war diese Dunkelheit über sie hinweggerollt wie eine furchtbare, zerstörerische Lawine. Sie hatte alles mit sich gerissen. Nichts hatte sie heil zurückgelassen. Absolut gar nichts. Völlig unvermittelt, ohne Vorwarnung, von jetzt auf gleich, hatte sie Amelie in den Abgrund gezogen.

Und Amelie war weggerannt. Nichts wie weg. Nichts wie raus aus dieser Dunkelheit. Amelie hatte die Flucht ergriffen, und diese Flucht bestimmte seitdem ihr Leben. Es wurde zu Amelies Lebensaufgabe, vor der Dunkelheit zu fliehen. Sie war zum Äußersten bereit, um ihr niemals wieder von Angesicht zu Angesicht zu begegnen.

Lieber opferte sie die Nähe zu geliebten Menschen, als sich dieser Dunkelheit zu stellen.

Lieber distanzierte sie sich von einem Teil ihrer selbst, als sich mit der Dunkelheit auseinanderzusetzen.

Zum ersten Mal in vielen Jahren gestand Amelie sich ein, dass sie Angst hatte.

Amelie hatte Angst!

Amelie hatte Angst vor der Dunkelheit!

Und mit leidenschaftlicher Kraftanstrengung floh sie vor allem, was diese Dunkelheit in ihr Leben bringen könnte.

Hier saß sie nun, und das Gefühl überkam sie, dass sie nicht mehr länger fliehen konnte. Dass sie nicht mehr länger fliehen wollte.

Sie war umzingelt.

Es gab keinen Ausweg.

Es war an der Zeit, die Hände zu heben.

Und sich zu stellen.

Amelie hatte fürchterliche Angst, dass ihrer Mutter etwas passiert war.

Sie hatte Angst, dass ein weiteres Unglück über sie und ihre Familie hereinbrechen würde.

Sie hatte Angst, dass von heute auf morgen erneut alles anders sein würde.

Sie hatte Angst vor Krankheit und Tod, vor Schicksalsschlägen und Unglück, vor Verlust und Leid.

Während Amelie zusammengekrümmt vor ihrem Bett kauerte und von den Gefühlen überrollt wurde, die sie jahrzehntelang erfolgreich unterdrückt hatte, sah sie mit einem Mal ihre Welt mit anderen Augen:

Sie hatte ihrer Familie Unrecht getan!

Sie hatte ihre Familie im Stich gelassen!

Amelie schlug die Hände vor den Mund, weil sie plötzlich klar und deutlich ihren eigenen Anteil an dem Desaster sehen konnte.

Und in diesem Moment wurde ihr klar, dass sie gehen musste.

Sie musste gemeinsam mit ihren Lieben durch die Dunkelheit gehen.

Hastig packte sie ein paar Klamotten und ihre Zahnbürste in ihren verschlissenen Army-Rucksack.

Sie zog sich um, steckte sich Geldbeutel, Handy und Schlüssel in ihre Lederjacke und verließ, ohne Tschüss zu sagen, die Wohnung.

Während Amelie am Bahnhof auf den Zug wartete, rief sie Mark übers Handy an. Die Mailbox meldete sich. Mark war also scheinbar artig in die Bücherei gegangen und schlug sich mit dem alten Heidegger herum.

«Mark, ich bin es. Ich bin auf dem Weg nach Hause, zu meiner Familie. Es gibt Probleme mit meiner Mutter. Es tut mir leid, dass ich dir nichts davon erzählt habe. Ich ruf dich an, sobald ich kann. Es tut mir leid! Ich liebe dich.»

Wow, das war eigentlich ganz einfach gewesen.

Es würde eine lange Reise werden. Ihr Zug kam erst um 23.12 Uhr in Bad Hernburg an. Um diese Zeit würde es keine Busverbindung mehr nach Elbenraintal geben. Sie müsste also in einer Pension übernachten und käme erst am nächsten Morgen in ihrem Elternhaus an.

Von guten Mächten treu und still umgeben,
behütet und getröstet wunderbar,
so will ich diese Tage mit euch leben
und mit euch gehen in ein neues Jahr.
– Dietrich Bonhoeffer

— 7 —

Ada war nun schon eine ganze Weile auf einsamen Waldpfaden unterwegs. Sie kam nur sehr langsam voran. Ihr Kopf hämmerte, und sie fühlte sich müde und fiebrig. Nun könnte sie tatsächlich eine Aspirin vertragen.

Normalerweise war Ada strikt gegen die Einnahme von Tabletten, die nicht unbedingt notwendig waren. Symptome sollten auskuriert werden, anstatt sie durch Medikamente zu betäuben.

Ihr Gatte sah das ganz anders. Wenn Johan mit Kopf- oder Rückenschmerzen aufwachte, fackelte er nicht lange und warf sich sicherheitshalber eine hochdosierte Schmerztablette zum Frühstück ein, bevor er womöglich wegen irgendwelcher Wehwehchen sein Tagewerk nicht verrichten könnte.

Da fiel Ada etwas ein. Johan wollte sichergehen, dass er immer für den Fall der Fälle eine Notfallapotheke dabei hatte.

So verteilte er ein paar eingeschweißte Aspirin strategisch an unterschiedlichsten Orten: im Handschuhfach des Autos, in Jackentaschen, im Fahrrad-Reparatur-Kit, in Koffern und Taschen. Sollte er nicht auch ein paar Tabletten in ihrem Wanderrucksack deponiert haben? Ada ging ächzend auf die Knie, stellte den Rucksack vor sich ab und untersuchte ihn akribisch.

Tatsächlich gab es an der Seite noch ein kleines Fach, das mit einem Reißverschluss versehen war. Und, oh Wunder, neben einem verknickten 10-Euro-Schein zog Ada tatsächlich zwei perforierte Aspirin-Tabletten heraus. Sie ließ eine davon aus der Verpackung gleiten und steckte sie sich sofort in den Mund. Dann nahm sie die Wasserflasche und spülte das Medikament mit den letzten Schlucken hinunter.

Nun war ihr Trinkvorrat aufgebraucht.

Schwerfällig richtete Ada sich wieder auf, nahm den Rucksack auf ihren Rücken und schleppte sich weiter.

Es dauerte nicht lange, da meinte sie, die Wirkung der Aspirin-Tablette spüren zu können. Die Kopfschmerzen ließen nach, und ihre Körpertemperatur schien zu sinken. Ihre Gedanken gewannen an Klarheit. Ihr gebeugter Körper richtete sich ein wenig auf.

Als Ada an einer Wegkreuzung ankam, entschied sie sich, geradeaus zu gehen. Die Waldpfade waren noch immer recht schmal und somit einsam. Sie hoffte nach jeder Kreuzung oder Kurve, einen breiteren Weg, vielleicht sogar einen Asphaltweg oder gar das Ende des Waldes zu erreichen.

Es musste inzwischen schon Vormittag sein, und noch immer war sie keiner Menschenseele begegnet: keinem Jogger, keinem Radfahrer, niemandem, der seinen Hund Gassi führte.

Sie lauschte immer mal wieder, ob sie in der Ferne Motorengeräusche ausmachen konnte, doch außer dem geheimnisvollen Rauschen der Bäume und dem fröhlichen Gesang der Vögel herrschte Stille.

«Eigentlich ist es ja schön, dass es solche Orte noch gibt», dachte Ada. «Fernab von jeglicher Zivilisation.»

Viele Menschen meinen ja, solche Gegenden wären in Deutschland gar nicht mehr zu finden. Nur jetzt gerade, in Adas Situation, war die Einsamkeit nicht das, was sie suchte.

Nach der nächsten Kurve entdeckte Ada eine kleine verfallene Schutzhütte am Wegesrand. Ihr Herz schlug schneller.

«Hier waren also schon einmal Menschen gewesen», flüsterte sie aufgeregt und lächelte gleichzeitig über ihren theatralischen

Gedanken. Sie fühlte sich tatsächlich bereits ein wenig wie Robinson Crusoe.

Vor der Schutzhütte, von der Sonne angestrahlt, befand sich eine hölzerne Bank. Der Platz lud zum Verweilen ein, und Ada entschied sich, eine Pause zu machen. Sie hatte eh keine Ahnung, welche Richtung sie tiefer in den Wald führte und in welcher Richtung sie zurück in die Zivilisation kam. Es konnte also nicht schaden, dort zu sitzen und zu warten, bis irgendjemand ihren Weg passierte.

Als Ada es sich auf der Bank gemütlich gemacht hatte, durchsuchte sie ihren Rucksack, nur um festzustellen, dass sie außer einer einzigen Aspirin keinerlei Lebensmittel mehr bei sich hatte.

Aus der leeren Kekstüte holte sie mit einem angefeuchteten Finger die verbliebenen Krümel heraus. Die Wasserflasche schraubte sie auf und saugte die letzten Tropfen heraus.

Sie hatte noch zehn Euro, aber weit und breit kein Burger King in Sicht.

So blieb ihr nichts anderes übrig, als ihre Gedanken abzulenken von Hunger und Durst. Dies tat sie, indem sie erneut nach dem ledernen Album griff und die Seite mit den Flugtickets aufschlug, die sie am Morgen so lange betrachtet hatte. Von da aus blätterte sie vorsichtig weiter.

✦ ✦ ✦

Die nächsten Seiten des Albums waren angefüllt mit Fotos und Erinnerungen aus Kenia.

Ada hatte zum 22. Geburtstag von ihren Eltern eine Polaroidkamera geschenkt bekommen. Mit dieser hatte sie hin und wieder einen Schnappschuss von ihren Erlebnissen in Afrika aufgenommen: den ersten Gottesdienst, den sie in Kenia miterlebten und bei dem sie feierlich in der Kirchengemeinde willkommen geheißen wurden. Die Geburtstagsfeier ihrer damals jüngsten Pflegetochter Nadia. Die Einweihung des von Johan errichteten Internatsgebäudes durch den Stammeshäuptling der Gegend. Einen Ausflug mit den ihnen anvertrauten Kindern in eine nahegelegene Schlucht.

Ada lächelte wehmütig, als sie an ihr Leben in Kenia zurückdachte. Sie betrachtete das Polaroid, das Benjamin damals während ihres ersten Gottesdienstes geknipst hatte.

Johan und sie standen inmitten der afrikanischen Menschenschar.

Die Frauen waren in farbenfrohe Gewänder gekleidet. Sie hatten ihre Haare kunstvoll drapiert und waren mit Perlenschmuck und Goldketten behangen.

Die meisten Männer trugen sandfarbene lange Hemden.

Ada und Johan wirkten in ihren Khakihosen und karierten Hemden völlig deplatziert, und auch ihr Gesichtsausdruck verriet eine leichte Überforderung.

Einige der Fremden, die im Halbkreis um sie herum standen, hatten segnend die Hände auf sie gelegt.

Das Betrachten des Fotos verursachte in Ada ein aufgeregtes Bauchkribbeln, wie sie es auch damals, an diesem ersten Sonntag in Kenia, verspürt hatte.

Einen Tag zuvor waren Ada und Johan müde und erschöpft auf dem Gelände von «better future» angekommen.

Die günstigsten Flüge, die sie hatten ergattern können, beinhalteten zwei Zwischenlandungen in Istanbul und Addis Abeba.

So waren sie bereits seit 21 Stunden unterwegs, als sie am Samstagmittag in Nairobi landeten. Hier wurden sie von einem Taxifahrer namens Henry in Empfang genommen, der sie in einem Geländewagen in den Norden zum Waisenhaus brachte.

Obwohl die eigentliche Distanz von Nairobi aus nur 150 Kilometer betrug, waren sie sechs Stunden unterwegs. Dies lag zum einen daran, dass die Wege aufgrund ihrer Beschaffenheit über weite Strecken nur im Schritttempo befahrbar waren, und zum anderen daran, dass immer mal wieder ein Hindernis aus dem Weg geräumt werden musste oder eine Ziegenherde sich selbst Vorrang verschaffte.

Außerdem, und das war wohl der gewichtigste Grund für die erhebliche Ankunftsverzögerung, begegnete Henry auf der Strecke zahlreichen Verwandten und Freunden, die er bereitwillig ein Stück des Weges mitnahm. So war der Geländewagen zeitweise mit ganzen Großfamilien mitsamt ihrer Ziegen gefüllt.

Man muss nicht erwähnen, dass die Fahrt abwechslungsreich und ein Erlebnis der besonderen Art für Johan und Ada war.

Am späten Nachmittag fuhr der weiße Jeep hupend durch die schmiedeeiserne Eingangspforte von «better future». Zahlreiche Kinder kamen aus allen Richtungen auf die Ankömmlinge zugelaufen. Farbenprächtig gekleidete Frauen standen vor den Haustüren und winkten freundlich. Benjamin kam mit einem lässigen Grinsen aus dem Bürogebäude und begrüßte das junge Paar herzlich.

Am Abend saßen sie mit glühenden Wangen am Lagerfeuer und erzählten lachend von ihren Anreise-Abenteuern. Benjamin hatte eine Ziege geschlachtet, und einige Mitarbeiter von «better future» waren gekommen, um die neuen Kollegen zu begrüßen und in diesem Zuge noch eine saftige Ziegenkeule zu ergattern.

Am kommenden Morgen wollte Benjamin die beiden gleich mit in den Gottesdienst der zwanzig Fußminuten entfernten «Hosianna Church» nehmen.

Außer der besagten Gemeinde, der sich Benjamin zugehörig fühlte, gab es im Umkreis von zwei Kilometern noch etwa fünf andere Gotteshäuser. Die Waisenkinder und die Mitarbeiter von «better future» besuchten je nach Religions- und Denominations-Zugehörigkeit ganz unterschiedliche Gottesdienste.

Benjamin hatte in seinem ersten Afrika-Jahr die verschiedensten Gottesdienste besucht, bevor er sich für die «Hosianna Church» entschieden hatte.

«Es ist nicht direkt vergleichbar mit den Gottesdiensten in der Johanniskirche»,

erzählte Benjamin schmunzelnd. «Wenn man es genau betrachtet, ist es wohl mit überhaupt keiner deutschen Gottesdienstform vergleichbar. Es ist wundervoll afrikanisch.»

Diese Aussicht gefiel den Stratmanns. Die beiden hatten sich im Vorfeld ihrer Ausreise nach Afrika intensiv mit dem Thema Mission auseinandergesetzt, sowohl mithilfe von Büchern als auch durch Gespräche mit Freunden. Dabei waren sie auch mit kritischen Stimmen konfrontiert worden, die die Geschichte der christlichen Missionierung dahingehend verurteilten, dass fremde Völker ihrer Identität und Kultur beraubt worden seien. Völker und Stämme, die eine jahrtausendelange ureigene Geschichte hatten, wurden innerhalb kurzer Zeit zu westlich gesinnten Christen umfunktioniert.

Obwohl Johan und Ada die Sichtweise einiger befreundeter Ethnologie-Studenten als einseitig und übertrieben erachteten, nahmen sie sich die Kritik zu Herzen.

Und so hatten es sich die Stratmanns fest vorgenommen, die Kultur und die Geschichte des Volkes, bei dem sie zu Gast sein durften, zu ehren und zu respektieren. Sie wollten der Fremdheit mit Neugier und einem offenen Herzen begegnen.

Mit allen Mitteln wollten sie vermeiden, ihren afrikanischen Gastgebern westliche Kultur und westliche Werte überzustülpen. Eine Gemeinde, die auf afrikanischen Traditionen gegründet war, klang für das junge Paar also sehr sympathisch, und sie willigten gerne ein, Benjamin am nächsten Morgen zum Gottesdienst zu begleiten.

Früh ging es los. Um 7.30 Uhr klopfte Benjamin die Neuankömmlinge aus den Federn. Nach einem kleinen Frühstück, das aus einem Becher mit einer haferbreiartigen Substanz bestand, machten sich die drei zu Fuß auf den Weg zur Kirche.

Der ganze Campus schien schon auf den Beinen zu sein. Neugierig wurden sie von vorbeikommenden Kindern und Erwachsenen gegrüßt.

«Good morning, Papa Ben. Good morning, sister. Good morning, brother.»

Johan wunderte sich darüber, dass all diese Menschen schon wach und unterwegs zu diversen Gottesdiensten waren.

«Die Kirchen hier scheinen keine Probleme mit mangelnden Besucherzahlen zu haben», meinte er mit einem schiefen Grinsen.

Benjamin erwiderte lachend:

«Wir haben hier einige Probleme, aber dieses ist keines davon.»

Ada erinnerte sich daran, wie sie mit Johan an diesem ersten Sonntag im Gottesdienst gestanden hatte und völlig überwältigt war von der Lautstärke, der Emotionalität und der Lebensfreude, die den ganzen Raum ausfüllte.

Das Kirchengebäude war eigentlich gar kein richtiger Raum, sondern eher mit einem großen Holz-Pavillon zu vergleichen: zu allen Seiten offen, ohne Türen und Fenster und ohne Kirchenbänke.

Die Besucher, die unter dem Dach keinen Platz mehr fanden, standen draußen. Einige hatten es sich auf den Ästen angrenzender Schirmakazien gemütlich gemacht.

Der Altarraum und die Bühne der Kirche bestanden aus ein paar Paletten. Ansonsten stand man innerhalb der Kirche auf demselben roten Lehmboden, den man auch draußen vorfand.

Auf der Bühne hatte sich ein prächtiger Gospelchor aufgebaut und schmetterte lautstark und sehr musikalisch seine Lieder, während die gedrängte Menge der Gottesdienstbesucher nicht minder laut einstimmte.

Ada und Johan hielten sich an den Händen und warfen sich ab und zu einen erstaunten Blick zu.

Sie hatten ja gewusst, dass der Gottesdienst in Afrika ganz anders ablief als bei ihnen im steifen, besonnenen Deutschland.

Aber hiermit hatten sie nicht gerechnet.

«Erinnert mich irgendwie an Woodstock», raunte Ada ihrem Ehemann zu und zwinkerte ihn an. Woodstock hatten sie zwar nicht live miterlebt, aber sie vermuteten, dass es einige Parallelen zu diesem Sonntagmorgen-Event in der kenianischen Wildnis gab.

Es sollten noch ein paar Sonntage vergehen, bis die beiden nicht mehr mit weit aufgerissenen Augen und Mündern diesem Treiben zuschauen würden, sondern selbst diesen Ort als eine heilige Begegnungsstätte mit dem allmächtigen Gott erleben würden.

Nach einer nicht geringen Anzahl von Liedern, die alle beinahe in Endlosschleife gesungen worden waren, bahnte sich ein vermeintlicher Gottesdienstbesucher den Weg zum Altar und stellte sich mit typisch afrikanischem Englisch als der Pastor der Gemeinde vor.

Reverend David, so sein Name, informierte die Besucher über vier Hochzeiten und einen Todesfall innerhalb der Gemeinde.

Dann begann er, zur Verwunderung Adas und Johans, über die Arbeit von «better future» zu sprechen.

Ada schaute Benjamin, der neben ihm stand, fragend an. Dieser schaute konzentriert nach vorne, doch ein Lächeln zuckte auf seinen Lippen.

Als Nächstes rief Reverend David Ada und Johan nach vorne zu sich. Als sie nicht reagierten, rief er erneut ihre Namen und winkte ihnen vergnügt zu.

Wie konnte er sie überhaupt in dieser Masse von aneinandergedrängten Menschen ausmachen?

Als sie an sich herunterschauten, wussten sie, weshalb: Die karierten Hemden und die Khakihosen waren hier wohl kein herkömmliches Sonntagsoutfit. Und vermutlich trug auch ihre Hautfarbe dazu bei, aus der Masse herauszustechen.

Ada und Johan waren völlig schockiert, hatten sie doch niemals damit gerechnet, in diesem Gottesdienst etwas anderes als gewöhnliche Besucher zu sein.

«Hast du davon gewusst?»,

raunte Johan Benjamin zu, während dieser ihn sanft, aber bestimmt an den Schultern packte und nach vorne drückte.

«Klar! Hab ich etwa vergessen, es zu erwähnen?», rief Benjamin Johan nach, während die Menge vor ihnen eine Gasse bildete und sie mit lautem Johlen, Klatschen und anderen afrikanisch klingenden Geräuschen passieren ließ.

Ada fiel ein, dass sie ihre Ledertasche mit der Kamera und einigen anderen Habseligkeiten umhängen hatte. Sie fand dies unpassend, streifte sie ab und hielt sie Benjamin hin, bevor sie sich von der Menge weiter nach vorne treiben ließ.

Auf der provisorischen Paletten-Bühne angekommen, stellte der Pastor sich zwischen Ada und Johan und nahm ihre Hände in die seinen. Dann schleuderte er beide Arme nach oben, so dass die Stratmanns in einer Siegespose vor der versammelten Gemeinde standen. Die Menge begann, laut zu jubeln.

Überall erklang ein «Hallelujah» und «Praise the Lord», und es ertönten Worte und Floskeln in anderen Sprachen, die ihnen nicht bekannt waren.

Dann strömten zahlreiche Männer und Frauen aus den ersten Reihen nach vorne und versammelten sich in einem Halbkreis um den lächelnden Pastor und das überforderte Ehepaar. Mehrere Personen legten Ada und Johan von hinten die Hände auf Kopf und Schultern, und alle fingen lauthals an zu beten und ihren Segen über die erstaunten Stratmanns auszuschütten.

Ada und Johan wussten nicht recht, wie ihnen geschah und welches Verhalten von ihnen erwartet wurde. Während sie mit gebeugten Köpfen und geschlossenen Augen nebeneinander standen, betete jeder für sich in deutscher Manier, ton- und ausdruckslos:

«Lieber Gott, was soll ich tun? Was soll ich tun?»

Johan schmiedete bereits Pläne, wie er später für diesen unangekündigten Initiationsritus an Benjamin Rache nehmen würde.

Benjamin hatte sichtlich Spaß an dem Spektakel.

Er hatte die Kamera in Adas Tasche gefunden und ließ es sich nicht entgehen, die Szene für die Nachwelt zu verewigen.

Nach einer Weile war das bunte Treiben um sie beendet, und Johan und Ada gingen tapfer lächelnd zu ihren Ausgangsplätzen in der Mitte der Kirche zurück, nachdem sie von Reverend David und mehreren Gemeindemitgliedern herzlich in den Arm genommen worden waren.

Johans Wangen glühten. Es war nicht eindeutig auszumachen, ob dies auf seine Aufregung zurückzuführen war oder daran lag, dass ihm eine ältere beleibte Dame beherzt in beide Wangen gekniffen hatte.

Grinsend streckte Benjamin Ada ihre Tasche und das Foto entgegen und schlug Johan kumpelhaft auf die Schulter.

Der Gottesdienst ging fröhlich mit einigen Liedern weiter, und noch für eine Weile bebten Benjamins Schultern hin und wieder, weil er ein Lachen unterdrücken musste, und jedes Mal kassierte er dafür einen unauffälligen Nackenklatscher von Johan.

Im Anschluss an die Musik gab es eine sehr unterhaltsame, lebendige Predigt, die die obligatorischen zwanzig Minuten, wie sie in Deutschland üblich waren, mindestens um ein Vierfaches überzog. Lautstark bekräftigte und bestärkte die Gemeinde die Worte des Pastors.

Am Ende der Predigt, während Reverend David ein Gebet sprach, dachten Ada und Johan sehnsüchtig an ihr kleines gemütliches Sofa, auf das sie sich nach ihrer Rückkehr in ihre Wohnung fallen lassen könnten.

Es würde eine Weile dauern, bis sie all die Schrecken und Eindrücke dieses Gottesdienstes verdaut hatten.

Während die Stratmanns mit geschlossenen Augen auf das «Amen» warteten, verloren sie immer wieder das Gleichgewicht und taumelten gegen einen der dicht gedrängten Gottesdienstbesucher. Sie brauchten eindeutig mehr Ausdauer für diese Art von Veranstaltung und mussten unbedingt ihren Kreislauf stärken.

Nach einer gefühlten Ewigkeit stimmten alle in ein lautes «Amen» ein, und das junge Paar, das aus der bunten Menschenmenge noch bleicher hervorstach als vorher, wandte sich erleichtert zum Ausgang.

Doch da erklang von der Bühne die donnernde, den lauten Geräuschpegel übertönende melodische Stimme einer jungen Afrikanerin:

I can make it without money
I can make it by holding on to His hands
As long as I've got Jesus
I don't need nobody else

Singend bahnte sich der Chor den Weg zurück nach vorne auf die Bühne. Johan lehnte sich zu Ada hinüber und rief in ihr Ohr:

«I need Jesus … but I also need a long nap after this …» Die beiden lachten sich aufmunternd zu.

Weiter ging's in die nächste Runde!

Das junge Ehepaar ließ sich von den tanzenden und hüpfenden Menschen hin- und herwiegen.

Der Chorus wurde mehrfach wiederholt.

Immer lauter, immer enthusiastischer stimmte die ganze Kongregation in das Lied ein.

I can make it without money
I can make it by holding on to his hands
As long as I've got Jesus
I don't need nobody else

Ada schaute sich um. Sie kannte diese Menschen nicht. Doch sie ging stark davon aus, dass einige dieser Männer und Frauen um sie herum, die mit geschlossenen Augen und erhobenen Händen in den Refrain einstimmten, ziemlich genau wussten, wovon sie da sangen.

Diese Leute wussten, was es bedeutete, ohne Geld über die Runden zu kommen. Und das nicht auf eine gutbürgerlich-westliche Art und Weise, bei der man am Ende des Monats auf den Kinobesuch verzichten muss, weil das Geld knapp wird, oder statt der «Levis Jeans» lieber die günstige bei «C&A» kauft.

Einige dieser Menschen hier würden im Anschluss an den Gottesdienst zu Hütten zurückkehren, in denen die Essensvorräte vollständig aufgebraucht waren.

Gestern Abend hatte Benjamin erzählt, dass die letzte Regenzeit sehr mager ausgefallen war. Es würde noch beinahe einen Monat dauern, bis Mitte Oktober mit neuem Regen zu rechnen war.

Es musste also Männer und Frauen in diesem Gottesdienst geben, die existenzielle Nöte hatten, weil die Wasservorräte aufgebraucht waren, und weil die Felder nicht genügend bewässert werden konnten, und weil dadurch das Getreide, das ihre Lebensgrundlage war, nicht wachsen konnte.

Viele Männer würden morgen noch vor Tagesanbruch nach Nairobi aufbrechen, in der Hoffnung, dort als Tagelöhner ein wenig Geld verdienen zu können, um die Familie durchzubringen.

Dass genau diese Menschen hier gemeinsam standen und laut, selbstbewusst und glaubwürdig proklamierten, dass all diese besorgniserregenden, existenzbedrohenden Umstände ihnen weder Glauben noch Hoffnung rauben konnten, versetzte Ada in ehrfürchtiges Staunen.

Sie würden viel von diesen Menschen lernen können!

Nach beinahe drei Stunden war der Gottesdienst tatsächlich

beendet, und die Stratmanns waren mehr als bereit für ein langes sonntägliches Nickerchen nach guter deutscher Manier.

Und dann ging der afrikanische Alltag los. Nach außen hin betrachtet waren die Umstände alles andere als einfach: Die Behausung, die ihnen mitsamt der acht Pflegekinder zur Verfügung stand, war marode und muffig.

Sie hatten immer wieder mannigfaltiges Ungeziefer zu bekämpfen. Von Kakerlaken bis zu Skorpionen war alles dabei.

Wasser und Strom standen nur in begrenzten Mengen zur Verfügung, manchmal auch vorübergehend gar nicht.

Das Essen war aufs Gramm rationiert, damit jeder satt wurde oder zumindest nicht unterernährt war.

Mit den Finanzen musste streng gehaushaltet werden.

Die Kinder waren zum Teil traumatisiert, körperlich und psychisch eingeschränkt und im Verhalten oft herausfordernd.

Doch trotz all dieser ernüchternden Zustände, die alles andere als romantisch waren, ging es Johan und Ada in diesen ersten Jahren in Afrika innerlich ausgesprochen gut. Sie hatten das Gefühl, am richtigen Platz zu sein und das zu tun, wozu sie bestimmt waren.

Das Leben in Kenia verlief für die Stratmanns nach einem routinierten Muster, das sich nur selten änderte.

Die Woche über verließen die Kinder, bis auf die zwei kleinsten, das Haus nach dem Frühstück, um zur Schule zu gehen.

Johan schnappte sich seinen Werkzeuggürtel, gab seiner Frau einen Kuss und ging zur Baustelle.

Ada spielte mit den Kleinen und kümmerte sich um Wäsche und Haushalt.

Gegen Mittag bereitete sie für alle ein Essen zu, das meistens aus Reis und Bohnen oder aus Maniokwurzeln bestand.

Zwischen 13 und 14 Uhr waren alle zu Hause, und es wurde gemeinsam gegessen.

Nachmittags wiederholte sich das Spiel: Johan ging auf die Baustelle, die sechs Schulkinder machten sich auf in die Schule, und Ada blieb mit den zwei Kleinsten zu Hause.

Bis auf mittwochs. Da ging sie auf den Markt in der Stadt und besuchte ein paar Frauen, die sie hier und da kennen gelernt hatte.

Um 18 Uhr waren alle zurück. Es gab Abendessen, das meistens aus Reis und Bohnen oder Hirsebrei bestand.

Dann wurden in einem etwa zweistündigen Prozess alle Kinder zu Bett gebracht. Nach dem langwierigen Zubettgeh-Ritual konnte der Feierabend eingeläutet werden, insofern keines der Kinder wegen Bauchweh oder schlechter Träume nochmals auf der Matte stand.

Ada und Johan hatten es sich zur Routine gemacht, die Abende draußen vor ihrem Haus zu verbringen.

Sie liebten es, am Ende eines arbeitsreichen, anstrengenden Tages nach Einbruch der Dunkelheit auf dem Lehmboden vor der Türe zu sitzen und in die sternenklare Nacht zu blicken. Der Himmel über Afrika war unbeschreiblich.

Niemals hatte Ada sich in Europa dem Universum so nah gefühlt wie in den Nächten in Kenia. Die Sterne funkelten und leuchteten in so großer Zahl am tiefschwarzen Firmament, dass man das Gefühl hatte, nach ihnen greifen zu können.

Am Wochenende trafen die Stratmanns sich meistens mit den anderen Hauseltern und Mitarbeitern von «better future» und verbrachten ein paar gemütliche Stunden zusammen.

Benjamin und Johan kam es so vor, als wären sie nie getrennt gewesen. Sie rauften und witzelten miteinander und duellierten sich in stundenlangen Schach-Wettkämpfen.

Auch Ada fand, wie es ihre Art war, schnell Anschluss an die Gruppe. Sie war fasziniert von diesem bunten Trupp, der aus ganz unterschiedlichen Orten der Erde mit einer gemeinsamen Vision hier zusammengekommen war.

Der Kreis der Hauptamtlichen bestand aus fünf kenianischen Mitarbeitern, einem amerikanischen Ehepaar, zwei deutschen Studenten und Benjamin. Zusätzlich gab es noch circa zwanzig Einheimische aus der Umgebung, die zu unterschiedlichen Konditionen in verschiedenen Arbeitsbereichen mithalfen.

Besonders gerne mochte Ada Ruby. Die stille Frau aus Nairobi war bei «better future» als Köchin angestellt. Ihr Mann Carl war der Hausmeister.

Ada und Ruby unterhielten sich gern stundenlang.

Ada war erstaunt darüber, wie viel sie vom Englischunterricht in der Schule mitgenommen hatte und wie schnell sie problemlos mit den anderen kommunizieren konnte.

Ab und zu brachten Ada und Ruby ihre Instrumente mit zu den gemeinsamen Treffen und begeisterten beinahe das komplette Team dafür, mit ihnen zu musizieren, bis auf Benjamin und Johan, die zu sehr in ihr Schachduell vertieft waren.

Die Kinder verbrachten die Wochenenden damit, draußen zu toben und Fußball zu spielen.

Man könnte denken, das Leben in Afrika sei eintönig und langweilig gewesen. Doch Johan und Ada waren rundum zufrieden.

Sie hatten weder Zeit noch das Bedürfnis nach anderen Aktivitäten. Sie waren erfüllt von dem, was sie taten. Wenn Ada Brot backte, dann backte sie Brot. Wenn sie Wäsche wusch, dann wusch sie Wäsche.

Wenn Johan ein leckes Dach reparierte, dann reparierte er ein leckes Dach.

Wenn sie einem ihrer Schützlinge das Multiplizieren beibrachten, dann beschäftigten sie sich mit Mathematik.

Sie wünschten sich keine anderen Aufgaben. Sie träumten nicht von einem anderen Leben. Sie fragten nicht nach einer Alternative. Sie lebten ganz im Hier und Jetzt.

Aus den Wochen wurden Monate, und aus den Monaten wurden Jahre.

Auf die Regenzeit folgte eine Trockenperiode, und man hoffte und betete, dass die nächste Regenzeit üppig ausfallen würde.

Die Pflegekinder kamen und gingen. Manche verschwanden einfach wieder, weil sie mit der Struktur und den Regeln im Heim nicht klarkamen. Andere wurden von ihren Familien oder solchen, die es zu sein vorgaben, abgeholt. Ein paar blieben dauerhaft und ergriffen die Chance auf Bildung und Zugehörigkeit, die ihnen geboten wurde. Für die wenigsten war es ein geradliniger, einfacher Weg. Die meisten mussten sich ganz schön durchbeißen, um das traurige, zum Scheitern verurteilte Waisenkinderschicksal in eine Erfolgsgeschichte zu verwandeln.

Umso fröhlicher wurde jedes Kind gefeiert, das bei «better future» einen Schulabschluss erlangte und in ein selbstverantwortliches Leben verabschiedet werden konnte.

Im Nachhinein hatte sich Ada oft gefragt, warum sie in diesen Jahren so glücklich und voll des Friedens gewesen war.

Wie hatte sie es geschafft, den widrigen Umständen zum Trotz immer frohen Mutes und guter Hoffnung zu sein?

Warum hatten die traurigen Einzelschicksale und die zahlreichen missglückten Versuche, ein Kind zu retten, sie nicht zweifeln lassen?

Wo waren diese lähmenden Fragen, diese quälende Ungewissheit, ob sie das Richtige tat?

Und warum um alles in der Welt vermochte sie es in späteren Jahren nicht, zu diesem Gemütszustand zurückzukehren?

Warum hatten die Dinge nicht so bleiben können, wie sie damals waren?

Warum hatte *sie* nicht so bleiben können, wie sie damals war?

✦ ✦ ✦

Ada saß regungslos auf der kleinen Holzbank vor der Schutzhütte.

Es ging ihr gut. Keine Schmerzen. Kein Hungergefühl, obwohl sie seit gestern Morgen nichts Richtiges mehr gegessen hatte. Es war angenehm warm. Sie fühlte sich ein wenig betäubt. Wie durch einen dichten Nebel nahm sie die Umwelt um sich herum wahr.

Adas System war bis auf wenige Grundfunktionen heruntergefahren.

Sie fragte sich nicht mehr, was sie am besten tun sollte. Sie schmiedete keine Pläne, um ihr Problem zu lösen.

Sie war von einer herrlichen Gleichgültigkeit beseelt.

Keine verzweifelte, schmerzhafte Gleichgültigkeit, die dann aufkommt, wenn alles so hoffnungslos erscheint, dass man nicht die Kraft findet, weiterzukämpfen.

Sondern eine helle, freundliche Gleichgültigkeit, die ihr das Gefühl vermittelte, dass trotz ihrer misslichen Lage alles in bester Ordnung war.

Geborgen fühlte sie sich. Und gehalten.

Ein altes Kirchenlied kam ihr in den Sinn, und sie summte es leise vor sich hin.

Von guten Mächten wunderbar geborgen,
erwarten wir getrost, was kommen mag.
Gott ist bei uns am Abend und am Morgen
und ganz gewiss an jedem neuen Tag.

Das Lied und Ada hatten eine lange Geschichte miteinander.

Schon als Kind hatte sie diesen Choral geliebt. Ihre Mutter hatte ihn manchmal abends an ihrem Bett für sie gesungen. Auch wenn sie die Bedeutung der Strophen damals noch nicht erfassen konnte, so fand sie doch die Melodie und den Klang der einzelnen Worte wunderschön und berührend.

Jahrzehnte später hatte sie das gleiche Lied ihren Kindern vor dem Schlafengehen gesungen. Zu diesem Zeitpunkt wusste sie bereits, dass der Text des Liedes von Dietrich Bonhoeffer stammte und dieser es kurz vor seiner Hinrichtung in einem deutschen KZ verfasst hatte. Dieses Wissen verlieh den Worten noch einmal eine größere Bedeutung:

Da war dieser Mann, der als einer von wenigen die Machenschaften der Nazis als großes Unrecht erkannte.

Da war dieser Mann, der bereit war, alles aufzugeben und sich in Lebensgefahr zu bringen, um den unterdrückten Fremden Recht zu verschaffen.

Da war dieser Mann, der dem Tod ins Auge sah und sich dabei in Gottes Armen geborgen wusste.

Der Glaube dieses Mannes brachte Ada zum Erschauern, während sie am Fenster des Kinderzimmers stand und das Lied ihren schon fast schlafenden Kindern vorsang.

Doch dann, nach dieser dunklen, schicksalsträchtigen Nacht vor 21 Jahren, wollte Ada nicht mehr von diesem Lied berührt werden.

Sie hatte es gemieden, und wann immer ihr die Zeilen begegneten – gesungen oder als Schriftzug –, hatte sie schnellstmöglich die Flucht ergriffen.

Hier saß sie nun, sang leise das Lied Strophe für Strophe, und jedes Wort war wie Balsam für ihre verwundete Seele. Und sie hielt still und ließ sich vertrauensvoll verarzten.

Von guten Mächten treu und still umgeben,
behütet und getröstet wunderbar,
so will ich diese Tage mit euch leben
und mit euch gehen in ein neues Jahr.

Noch will das alte unsre Herzen quälen,
noch drückt uns böser Tage schwere Last.
Ach Herr, gib unsern aufgeschreckten Seelen
das Heil, für das du uns geschaffen hast.

Und reichst du uns den schweren Kelch, den bittern,
des Leids, gefüllt bis an den höchsten Rand,
so nehmen wir ihn dankbar ohne Zittern
aus deiner guten und geliebten Hand.

Doch willst du uns noch einmal Freude schenken
an dieser Welt und ihrer Sonne Glanz,
so wolln wir des Vergangenen gedenken,
und dann gehört dir unser Leben ganz.

Wenn sich die Stille nun tief um uns breitet,
so lass uns hören jenen vollen Klang
der Welt, die unsichtbar sich um uns weitet,
all deiner Kinder hohen Lobgesang.

Wenn das Leben grad zu allem schweigt
Dir noch eine Antwort schuldig bleibt
Dir nichts andres zuzurufen scheint als Nein
Es geht vorbei

Wenn der Sinn von allem sich nicht zeigt
Sich tarnt bis zur Unkenntlichkeit
Wenn etwas hilft mit Sicherheit, dann Zeit
Es geht vorbei, es geht vorbei

Hey
Sei nicht so hart zu dir selbst
Es ist ok wenn du fällst
Auch wenn alles zerbricht
Geht es weiter für dich
– Andreas Bourani

— 8 —

Johan und Markus hatten sich gemeinsam durch den Vormittag gequält. Markus hatte Johan dazu gebracht, die Tage vor Adas Verschwinden im Geist akribisch zu rekonstruieren, um eventuell einen Anhaltspunkt über ihren Verbleib zu erhalten.

Gemeinsam gingen die beiden nach unten in Adas Atelier, um sich dort umzuschauen.

Johan wollte das Bild in Augenschein nehmen, das Ada in der Woche vor ihrem Verschwinden gemalt hatte. Er befreite die Leinwand von dem darüber hängenden weißen Laken und drehte sie vorsichtig um. Geräuschvoll zog er die Luft ein, als er das Gemälde betrachtete, so dass Markus auf ihn aufmerksam wurde und hinter ihn trat.

Erwartet hatte Johan ein Landschaftsbild.

In den letzten Jahren hatte Ada fast ausschließlich Wälder gemalt. Ab und zu vielleicht mal ein Aquarell vom Meer.

Doch dies hier war ein Familienporträt.

Johan und Ada waren unverkennbar im Zentrum des Bildes. Johan hatte beschützend einen Arm um Ada gelegt. Zu Johans Rechten stand Talia. Auch sie war Johan zugewandt und von seinem Arm gehalten. Neben Ada stand Amelie. Doch zwischen Mutter und Tochter befand sich ein schlaksiger junger Mann mit wildem Lockenschopf und schwarzer Hornbrille. Er überragte den Rest der Familie beinahe um einen ganzen Kopf. Seine Ellbogen ruhten lässig auf Adas und Amelies Schultern.

Das Bild war Ada erstaunlich gut gelungen. Sie hatte jedem Familienmitglied seine ureigenen Züge verliehen: die Sanftmut Talias, die Willenskraft Johans; Ada hatte den alten Schalk im Blick; Amelie stand die Rebellion ins Gesicht geschrieben; Leo lächelte zufrieden. Wie jemand, der nach langer Zeit endlich heimgekehrt war.

Markus legte von hinten die Hand auf Johans Schulterblatt.

«Sie hat wohl in letzter Zeit wieder häufig an Leo gedacht», sagte er leise.

«Sie hat niemals aufgehört, an Leo zu denken», korrigierte Johan ihn.

Markus und Irene hatten Leo niemals persönlich kennen gelernt. Es war ihnen nicht möglich gewesen, die Stratmanns in Kenia zu besuchen.

Obwohl beide schon in jungen Jahren vielversprechend begabt und ambitioniert gewesen waren, verlief ihr Weg auf der Karriereleiter alles andere als geradlinig.

Sie hatten in Frankfurt studiert: Irene Jura und Markus Betriebswirtschaftslehre.

Aus für Johan unerfindlichen Gründen war Irene zweimal bei ihrer Examensprüfung durchgefallen und endete deshalb als Assistentin bei einem mittelmäßigen Notar.

Markus hatte zwar sein Studium erfolgreich abgeschlossen, ging dann aber ein paar Jahre später mit seiner eigens aufgebauten Firma in die Insolvenz.

Aufgrund dieser beruflichen Herausforderungen hatten Markus und Irene sich gescheut, ihre knappen Ressourcen in einen Urlaub in Kenia zu investieren.

Markus bereute diese Tatsache von Herzen.

Gemeinsam gingen die beiden Männer zurück nach oben und bereiteten sich in der Küche ein paar Spiegeleier zu. Befremdlich erschien es Johan, angesichts der Situation, solch trivialen Tätigkeiten nachzugehen.

Ihm wurde speiübel, wenn er daran dachte, dass Ada sich dort draußen vielleicht in einer Notsituation befand. Doch da war nichts, was er tun konnte.

Zur Mittagszeit kamen Talia und Anton mit den Zwillingen. Anton hatte sich den Tag frei genommen, um für die Familie da zu sein. Er ging mit den Zwillingen nach draußen. Sie wollten im Garten Verstecken spielen.

Talia setzte sich zu Markus und Johan an den Esstisch. Es gab nicht viel zu reden. Sie hörten die Kuckucksuhr in der Diele ticken.

Johan hatte eine Seite in der Bibel aufgeschlagen und schien darin zu lesen.

Als Talia ihn anschaute, meinte sie, in seinen Gesichtszügen eine Veränderung feststellen zu können. Johan schien ihr weicher als sonst zu sein.

Seit sie denken konnte, hatte ihr Vater für sie in jeder Lebenslage unerschütterliche Souveränität ausgestrahlt. Den widrigsten Umständen hatte er sich erhobenen Hauptes mit einem verbissenen Gesichtsausdruck entgegengestellt.

Wie er jetzt vor ihr saß und still seinen Gedanken nachhing, wirkte er sanft und verletzlich.

«Ich mache einen kleinen Spaziergang.» Johans brüchige Stimme durchbrach die Stille.

Er stand wortlos auf, zog sich Jacke und Schuhe an und griff nach seinem Schlüssel.

Talia bat ihn, mitkommen zu dürfen, doch er verneinte mit einem Kopfschütteln.

Am Friedhof angekommen, ging Johan zielstrebig zu der Holzbank, die sich an der südlichen Mauer neben der Trauerweide befand. Hier hatte Ada viele Sonntagnachmittage alleine gesessen.

Johan war niemals mit ihr hergekommen. Er hatte sich niemals neben sie gesetzt.

Er hatte sie niemals gefragt, worüber sie nachdachte. Jetzt würde er all dies tun, doch es war zu spät.

Auf ihrem gemeinsamen Lebensweg hatte Johan irgendwann aufgehört, Adas Nähe zu suchen. Er hatte aufgehört, bei ihr zu sitzen. Er hatte aufgehört, sich für ihre Gedanken zu interessieren.

Er wollte nichts mehr von Adas Gefühlen wissen, denn Ada bestand nur noch aus Kummer. Und Johan konnte diesen Kummer nicht ertragen. Lange Zeit hatte er sich ihm entgegengestellt, hatte versucht, ihn zu vertreiben.

Alles hatte er probiert.

Er hatte ihr Zeit und Raum gegeben und nichts von ihr erwartet.

Er hatte sie getröstet und liebkost, in seinen Armen gewiegt und beschwichtigt.

Er hatte mit ihr gesprochen, argumentiert und debattiert.

Er hatte versucht, sie zur Vernunft zu bringen. Er hatte sie angeschrien und geschüttelt.

Mehrere Jahre seines Lebens war er intensiv damit beschäftigt gewesen, seine Frau zu retten. Doch was immer er tat: Ihr Kummer blieb bestehen. Ihr Schmerz war ein Teil von ihr geworden.

Johan war nicht willens, diesen Kummer zu akzeptieren.

Denn Johan hatte Adas Schmerz persönlich genommen.

Ihr Kummer klagte ihn an.

Ihr Leid ließ ihn als Versager dastehen.

Ihre Not verurteilte ihn, kein guter Ehemann zu sein.

Das Feuer seiner Liebe war nicht hell genug, um sie aus der Dunkelheit herauszuführen.

Seine Arme waren nicht stark genug, um ihr Halt zu geben.

Seine Worte waren nicht überzeugend genug, um sie von Angst und Zweifel zu befreien.

Ada war der lebende Beweis dafür, dass Johan nicht genügte. Und weil Johan dies nicht ertragen konnte, wollte er nichts mehr wissen von dem, was in Ada vorging.

✦ ✦ ✦

Durch den Schicksalsschlag, der die Familie heimgesucht hatte, kam das Leben in Afrika zu einem abrupten Ende. Johan und Ada konnten es sich nicht vorstellen, länger in Afrika zu bleiben.

Sie mussten weg!

Sie mussten ganz neu anfangen!

Nicht zurück nach Berlin. Dorothea Stratmann hatte ihrem Sohn und ihrer Schwiegertochter einen liebevollen Brief geschrieben. Sie hatte lange mit sich gerungen, bis die Worte aufrichtig aus ihrem Herzen kamen. Der Brief zeugte von ehrlichem Mitgefühl und dem Wunsch, die beiden unterstützen zu können. Keine Vorwürfe und Anklagen waren darin enthalten. Doch Berlin kam nicht in Frage.

Auch der Schwarzwald war keine Option. Die Weingärtners wünschten sich sehr, ihrer Tochter und deren Familie in der alten Heimat Zuflucht und Trost zu gewähren. Doch der Schwarzwald symbolisierte eine heile Welt, und in eine solche passten die Stratmanns nicht mehr hinein.

Sie wollten etwas ganz Neues. Fernab von ihren Familien und ihrem Leben vor Afrika. Irgendwohin, wo sie niemand kannte. Wo niemand ihre Geschichte kannte.

Und auf keinen Fall in die Stadt. Nachdem sie über fünfzehn Jahre in der afrikanischen Einöde verbracht hatten, überforderte sie allein der Gedanke an eine lärmende, überfüllte, asphaltierte Großstadt. Beschaulich, ruhig und kleinbürgerlich sollte es sein.

Der Kontakt zu Markus und Irene war in den letzten Jahren fast gänzlich abgebrochen. Außer einer Karte zu Weihnachten, in der die Ereignisse des Jahres zusammengefasst wurden, gab es keine Kommunikation zwischen ihnen.

Doch als die Pläne einer Rückkehr nach Deutschland konkreter wurden, nahm Johan Kontakt zu Markus auf und bat um seine Unterstützung.

Irene und Markus waren vor ein paar Jahren aus beruflichen Gründen in Elbenraintal gelandet – einem kleinen Kaff mitten im Harz. Mehr aus Alternativlosigkeit als aus Überzeugung beschlossen die Stratmanns, ihnen dorthin zu folgen.

Markus und Irene freuten sich über das baldige Wiedersehen mit ihren alten Freunden und griffen Johan und Ada unter die Arme, wo es möglich war.

Markus organisierte noch vor ihrem Rückflug nach Deutschland ein schönes Häuschen, in dem sie zur Miete wohnen konnten, einen günstigen Gebrauchtwagen für die Mobilität und Plätze auf der örtlichen Grundschule für die inzwischen schulpflichtigen Mädchen. Sogar den recht überschaubaren Arbeitsmarkt hatte Markus im Auge, um Johan nach seiner Ankunft in Elbenraintal adäquat beraten zu können.

Und so bezog Familie Stratmann nach ihrem Rückflug in das alte, ein wenig fremd gewordene Heimatland ein schnuckeliges zweistöckiges Haus in einer ruhigen ländlichen Gegend im Harz.

Zum ersten Mal besaß jede Tochter ein eigenes Zimmer.

Der Kühlschrank und die Küchenschränke waren überladen mit zahlreichen Lebensmitteln, die sie aus Kenia nicht kannten.

Häufig standen die Kinder minutenlang vor der geöffneten Kühlschranktüre und konnten sich nicht entscheiden, welchen Snack sie für den kleinen Hunger zwischendurch wählen sollten.

Urplötzlich kamen sie in den Genuss westlicher Luxusgüter, von denen die damals acht- und sechsjährigen Töchter der Familie noch nicht den Hauch einer Ahnung hatten.

Doch trotz der Bequemlichkeiten, die das neue Leben ihnen bot, konnten sie die schockierenden Ereignisse der Vergangenheit nicht abschütteln. Und dazu war es nicht leicht, mit dem Kulturschock zurechtzukommen.

Am Abendbrottisch kamen viele Fragen auf, die sich bei den Mädchen in der Schule und beim Spielen am Nachmittag aufgestaut hatten:

«Mama, warum sehen die Kinder hier so anders aus?»

«Pa, heute im Park ist der Stefan nur auf den untersten Ast gekommen. Können alle deutschen Kinder so schlecht auf Bäume klettern?»

«Warum hat Claudia geweint, als ich ihr erzählt habe, wie man ein Huhn schlachtet?»

«Warum hat Michael immer Leberwurst auf seinem Pausenbrot?»

Nein, als Deutsche empfanden sich die Stratmann-Mädchen nicht. Sie waren geboren und aufgewachsen im afrikanischen Busch, umgeben von afrikanischen Waisenkindern, mit einem etwa gleich großen Anteil an farbigen und weißen Erwachsenen, die sie umsorgten und liebten.

Es war ihnen nie die Frage gekommen, warum sie in Afrika die einzigen Kinder mit heller Haut und blonden Haaren waren. Ada und Johan bezweifelten ernsthaft, dass sie dies überhaupt begriffen hatten.

Sie hatten so selten in den Spiegel geblickt und so häufig in das Gesicht ihrer farbigen Spielkameraden, dass sie wahrscheinlich meinten, sie sähen genauso aus.

Doch nun, in Deutschland, musterten sie die ausschließlich europäischen Kinder von oben bis unten und empfanden diesen Anblick als befremdlich.

Es half alles nichts. Die Mädchen würden sich dauerhaft auf diesen wunderlichen Kontinent Europa und dieses gewöhnungsbedürftige Land Deutschland einstellen müssen.

Afrika war Vergangenheit! Schmerzhafte Vergangenheit!

Die bedeutsamste Neuerung für die Familie war der wuchtige Fernseher, der im Wohnzimmer thronte.

Anfangs hatte Ada gemeint, Johan sollte das Ding in den Keller stellen. Der Fernseher würde sie nur zu schlechten Gewohnheiten verleiten.

Doch Johan hatte nach einem Video-Abend bei Markus und Irene Feuer gefangen und ließ sich nicht auf den Wunsch seiner Ehefrau ein. Die vorwurfsvollen Blicke, die Johan von Ada aufgrund seiner Weigerung erntete, vermochte er dadurch abzumildern, dass er versicherte, weder Kabel- noch Satellitenfernsehen anzuschaffen.

Sie würden ausschließlich auf die wenigen öffentlich-rechtlichen Sender zurückgreifen.

«Einzig und allein zur Informationsbeschaffung und zu gezielter und maßvoller Unterhaltung»,

so versprach Johan feierlich.

Später sollten die Stratmann-Töchter ihrem Vater regelmäßig damit in den Ohren liegen, doch bitte das Programm um die privaten Sender zu erweitern, da diese «viel cooler sind und alle in unsrer Klasse das auch haben».

Außerdem eroberte wenige Jahre nach ihrer Rückkehr in deutsche Gefilde der Flachbildschirm den europäischen Markt.

Doch Johan blieb standhaft seiner Retro-Röhre mit den vier Programmen treu.

Und tatsächlich erwies sich der Fernseher als eine tolle Sache. Jeden Samstagnachmittag traf sich die Familie für das Unterhaltungsprogramm der ARD auf dem Sofa im Wohnzimmer.

Und irgendwie entwickelte sich diese Familien-Fernseh-Zeit zu einem Highlight im oft schwierigen Alltag.

Es waren Momente des unbeschwerten Lachens und des gegenseitigen Kitzelns. Die Köpfe der Kinder, die auf den Schultern der Eltern ruhten. Die Schüssel mit Kartoffelchips, die von einem zum anderen wanderte.

In diesen Stunden waren sie eine ganz normale Familie.

Johans Erinnerungen schweiften weiter, und er dachte an einen bestimmten Samstag einige Jahre nach ihrer Ankunft in Deutschland.

Sie hatten den Tag als Familie verbracht. Auf der Radtour zur Kullerwiese gab es zwar wie üblich Gemecker von den Mädchen bei jedem noch so kleinen Hügel, den sie erklimmen mussten. Aber erst mal angekommen, hatten sie ein paar erstaunlich harmonische Stunden miteinander verlebt.

Sie hatten frisches Brot und knackige Bockwürste verspeist, sich die Sonne aufs Gesicht scheinen lassen und waren am Ende in einem Anflug von kindlicher Albernheit gemeinsam die Wiese hinuntergekullert.

Am Nachmittag hatten sie zu Hause gegrillt und zusammen die Sendung «1, 2 oder 3» angeschaut.

Talia und Amelie fanden sich eigentlich schon viel zu alt für dieses Kinderprogramm, aber es gehörte zu einem festen Wochenend-Ritual der Familie, von dem sich bis dahin keiner gerne trennen wollte.

Die pubertierenden Mädchen hatten sich nach der Fernseh-Zeit auf ihre Zimmer zurückgezogen, und Ada und Johan saßen gemeinsam auf der Terrasse des Hauses, das sie mittlerweile ihr Eigen nennen durften.

Es war ein lauer Sommerabend.

Ada begann über die Kindersendung zu sprechen, die sie kurz vorher angeschaut hatten.

«Johan, als wir vorhin ‹1, 2 oder 3› zusammen angeschaut haben, da ist mir, glaube ich, etwas bewusst geworden. Über uns beide. Wie du bist, und wie ich bin. Und warum wir oft keinen Zugang zueinander finden.»

Johan schaute von seinem Roman auf, in den er sich eigentlich hatte vertiefen wollen. Er war überrascht, dass Ada ein solches Gespräch begann. Wie lange war es her, dass sie über etwas anderes geredet hatten als über die Dinge, die es zu planen und zu organisieren galt? Und so klappte Johan sein Buch zu und signalisierte seiner Frau, dass er ihr zuhören würde.

Ada begann stockend:

«Da war dieser kleine Junge aus der Schweiz. Der mit den rötlichen Haaren und den Sommersprossen. Nach jeder Frage, die der Moderator gestellt hatte, steuerte er mit selbstbewusstem Gesichtsausdruck einen Platz auf dem Feld an und blieb dort regungslos stehen, während alle anderen Kinder wild um ihn herumsprangen. Seine Augen waren unermüdlich auf die Lichtsäulen gerichtet. Die chaotisch um ihn herumwuselnden Kinder schien er gar nicht wahrzunehmen. Manchmal wurde er von der Seite angerempelt, doch er stand dort wie eine Burg. Selbst wenn die gesammelte Mannschaft auf einem anderen Feld stand, der Schweizer Junge blieb stoisch auf dem Fleck stehen, den er anfangs gewählt hatte.»

Johan erinnerte sich an den Jungen, den Ada beschrieb, doch er hatte keine Ahnung, worauf sie hinauswollte.

Ada fuhr fort:

«Dieser Junge war anders als die anderen. Er war so unglaublich entschlossen. Er zog sein Ding durch, unabhängig davon, was links und rechts von ihm geschah, und unabhängig davon, ob er richtig stand oder nicht.»

Johan spürte eine leichte Ungeduld in sich aufkommen:

«Was willst du mir sagen, Ada?»

Sie schluckte schwer und rang mit ihren Worten.

«Seit wir uns kennen, stehst du unverrückbar fest. Bei allem, was uns passiert ist. Nach allem, was wir durchgemacht haben: Du hast dich nie bewegt. Du bist so standhaft und entschlossen und nicht aus der Bahn zu bringen. Und ich bewundere dich dafür! Aber es macht mich gleichzeitig auch furchtbar wütend und einsam. Das letzte Jahrzehnt ... es hat mich zu einem anderen Menschen gemacht. Und du, du stehst da und bewegst dich keinen Deut. Aber was passiert, wenn dort, wo du stehst, nicht das Licht angeht? Was machst du dann? Was wirst du tun, wenn du falsch stehst?»

Johan blickte Ada schweigend an, während sie ihre Gedanken weiter vor ihm ausführte:

«Als wir uns kennenlernten, war ich beeindruckt von deiner inneren Stärke und Beständigkeit. Und ich war bereit, an deiner Seite zu stehen.

Bis Leo kam.

Bis Leo ging!»

Ada kämpfte mit den Tränen.

«Nichts ist mehr so, wie es mal war. Alles ist anders, nur du bist derselbe. Und ich, ich fühl mich so furchtbar einsam, während ich verzweifelt herumspringe, von 3 zu 1 zu 2, zurück auf 3. Ich hab keine Ahnung, wo am Ende das Licht angehen wird. Ob das Licht überhaupt jemals angehen wird. Ich bin so verloren, Johan. Ich bin so ahnungslos. Und du stehst da, als wäre alles klar.»

Ada atmete geräuschvoll aus. Sie hatte sich in Rage geredet und sackte nun auf ihrem Gartenstuhl in sich zusammen, während sie ihn prüfend anschaute.

Was hatten ihre Worte in Johan ausgelöst? Würde er Verständnis für sie zeigen? Konnte er etwas mit ihrem Vergleich anfangen?

Er blickte ihr für eine ganze Weile fest in die Augen. Sie vermochte es nicht, seinen Blick zu deuten.

Dann erhob er sich langsam und ging durch das Gartentor hinaus in Richtung der angrenzenden Getreidefelder.

Er würde einen Spaziergang unternehmen.

Er würde zornig darüber sein, dass seine Frau sich etwas von ihm wünschte, was er ihr nicht geben konnte.

Er würde wütend sein, weil er überhaupt nicht wusste, was seine Frau von ihm wollte.

Was meinte sie damit, er hätte sich nicht bewegt? Natürlich hatte er sich bewegt. Er hatte sich auf den Kopf gestellt, um sie zu reparieren. Wenn das mal keine Bewegung war! Er war mit ihr zurück nach Deutschland gegangen, weil sie es nicht mehr aushielt in Afrika. Er hatte sich den Arsch aufgerissen, um die Familie durchzubringen, während sie in ihrer Trauer schwelgte.

Von wegen, er hätte sich nicht bewegt!

Ada hatte in den letzten Jahren alles in Frage gestellt: ihre Ehe, ihre Zeit in Afrika, ihren leidenschaftlichen Einsatz für die Armen und Schwachen, ihren Glauben an Gott. Alles, worauf sie ihr Leben aufgebaut hatten, hatte Ada systematisch in Frage gestellt.

Johan hatte von alledem nichts wissen wollen. Wann immer Ada damit anfing, wies er sie vehement zurück. Ihre Entscheidung füreinander war richtig gewesen. Ihr Leben in Afrika war richtig gewesen. Ihr Vertrauen in Gott war richtig gewesen. Er würde sich all das nicht nehmen lassen. Er wollte von ihren Zweifeln nichts hören.

Johan wünschte sich, Ada erklären zu können, dass es auch für ihn ein Kampf ums Überleben war.

Er hatte keine andere Wahl, als fest stehen zu bleiben.

Er hatte sich krampfhaft festkrallen müssen an dem einzigen Platz, der ihm noch Sicherheit gab, nachdem alles um ihn herum in Scherben lag.

Er hatte an seinem Glauben und seinen Überzeugungen festhalten müssen.

Hätte er sich wegbewegt, wäre er zusammengebrochen.
Alles wäre zusammengebrochen.

Nach seinem Spaziergang war Johan zurück zur Terrasse gegangen, auf der Ada noch immer in ihrem Gartenstuhl saß. Sie hatte sich eine Decke geholt und starrte zu den Baumwipfeln, die sich sachte im Wind bewegten.

Ohne ein Wort zu sagen, ergriff Johan seinen Roman und ging ins Haus. Er griff das Thema nie wieder auf.

Dies war das letzte Mal gewesen, dass Ada ihrem Mann Johan Einblick in ihre Seele gegeben hatte.

✦ ✦ ✦

Ein Jahrzehnt war seit diesem Sommerabend auf der Terrasse ins Land gezogen.

Und endlich verstand Johan, dass Ada ihn in all den Jahren nicht absichtlich verletzt hatte. Sie hatte nicht absichtlich die Hand ausgeschlagen, die er ihr hinhielt. Sie hatte sich nicht absichtlich dazu entschieden, ihr gesamtes gemeinsames Leben in Frage zu stellen.

Es war nie ihr Ziel gewesen, ihm weh zu tun.

Sie war diesen Weg gegangen, um zu überleben, und aus irgendeinem Grund hatte es für sie keinen anderen möglichen Weg gegeben.

Ada war nicht schuld an Johans Seelenleid.

Ada war nicht schuld an ihrem eigenen Seelenleid.

Johan war nicht schuld an Adas Seelenleid.

Und Johan war nicht schuld an seinem eigenen Seelenleid.

Es ging überhaupt nicht um Schuld.

Er durfte die Schuldfrage ungelöst lassen.

Und an diesem Nachmittag, auf dem Friedhof unter der Trauerweide, konnte Johan Frieden schließen mit der Vergangenheit. Sie hatten Schmerz erfahren und waren ganz unterschiedlich damit umgegangen. Ein jeder auf seine Art und Weise.

Und es war okay!

Mühsam richtete Johan sich auf und trat den Heimweg an. Auf dem Weg über den Friedhof blieb sein Blick auf einem erst kürzlich aufgestellten Grabstein haften. Ein Liedvers war in kunstvollen Lettern eingraviert:

Wenn die Angst dich in die Enge treibt
Es fürs Gegenhalten nicht mehr reicht
Du es einfach grad nicht besser weißt
Dann sei
Es geht vorbei

Dominik Becker lag hier begraben. Johan hatte von ihm und seinem Schicksal gehört. Mit vierzehn war Dominik an Krebs erkrankt und nach einem mühevollen Kampf mit vielen Höhen und Tiefen im vergangenen Jahr als junger Erwachsener gestorben.

Dominik litt an einer seltenen Form von Leukämie, und die Dorfgemeinschaft hatte immer wieder zu Spendenaktionen in unterschiedlicher Form aufgerufen, um den tapferen Jungen und seine Familie zu unterstützen.

Johan hatte in der regionalen Zeitung einmal einen Bericht gelesen, in dem es darum ging, dass Dominiks Wunsch, ein Konzert von Andreas Bourani zu besuchen, durch die Mithilfe des Handballvereines, in dem Dominik einstmals Mitglied war, verwirklicht werden konnte.

Dominik hatte Andreas Bourani sogar persönlich hinter der Bühne kennen lernen dürfen und mit ihm darüber gesprochen, wie viel Halt und Trost ihm die Textzeilen des Liedes «Hey» gaben.

Johan strich mit seiner Hand über den kühlen Marmor des Grabsteines. Er spürte tiefe Empathie für das Leid und die Not der trauernden Eltern, und er wünschte ihnen so sehr, dass sie auf ihrem schwierigen Weg einander im Auge behielten.

Dann trat er gebeugten Hauptes den Heimweg an. Sein Alter lastete schwer auf seinen Schultern.

Well sometimes you can't change
and you can't choose
And sometimes it seems
you gain less than you lose
Now we've got holes in our hearts
Yeah, we've got holes in our lives
Where we had hope we've got holes,
but we carry on.
– Passenger, slightly changed

— 9 —

Ada hatte es sich auf der Bank vor der Waldhütte bequem gemacht und blickte gen Himmel. Sie beobachtete die Kondensstreifen der Flugzeuge und versuchte die Botschaft zu entschlüsseln, die in der weißen Linienführung zu finden sein musste.

Inzwischen stand die Sonne hoch am Himmel, und wie schon am Vortag strahlte sie mit für diese Jahreszeit ungewöhnlicher Kraft.

Ada musste auf Toilette.

Langsam erhob sie sich von ihrem Platz an der Sonne und suchte sich ein verstecktes Örtchen hinter der Schutzhütte. Während sie sich entleerte, überlegte sie, was sie tun würde, wenn ausgerechnet jetzt ein Radfahrer vorbeikommen würde. Lieber unentdeckt bleiben, oder dem arglosen Radler mit heruntergelassener Hose in den Weg springen? Sie entschied sich für Letzteres.

«Ich scheiß auf Konventionen»,

flüsterte sie kichernd, während sie sich mit einem Birkenblatt den Po abwischte. Doch leider kam kein Radfahrer, und eine Weile stand Ada unentschlossen da.

Ein paar Meter von ihr entfernt sah sie hinter ein paar Haselnusssträuchern eine moosbedeckte Waldfläche. Die Sonne hatte sich ihren Weg durchs dichte Laubwerk gebahnt, und die letzten Tautropfen glitzerten geheimnisvoll auf dem weichen grünen Moosteppich. Dieser Ort sah einladend und gemütlich, ja geradezu idyllisch aus.

Die Bank wurde langsam unbequem, und sie wollte ihre tauben Glieder etwas ausstrecken, also wankte Ada an den Sträuchern vorbei und legte sich auf dem weichen Teppich zur Ruhe. Sie lag einfach auf dem Bauch, mit halb offenen Augen, ihre linke Wange an das warme, weiche Moos geschmiegt.

Aus dieser Perspektive erwachte der Waldboden zum Leben.

Ada beobachtete das geschäftige Treiben der winzigen Lebewesen um sich herum. Nicht weit entfernt befand sich ein großer Ameisenhaufen, und die ganze Kolonie war eifrig damit beschäftigt, kleine Stöcke und Gräser aus dem Moos zu ziehen und weiterzutransportieren, um das Ameisen-Herrschaftsgebiet zu vergrößern.

Mistkäfer schlenderten über die leuchtende Ebene wie bei einem gemütlichen Einkaufsbummel.

Ein Regenwurm streckte seinen Kopf aus der Erde, und Ada schaute ihm dabei zu, wie er sich einen neuen Weg ins Erdreich hinab bahnte.

Mit ihren Fingerspitzen kratzte sie hier und da etwas Moos ab und rieb es zwischen ihren Fingern. Sie hörte die Melodie des rauschenden Laubes im Wind. Die Vögel sangen ein wunderschönes Lied von neuen Anfängen und einer zweiten Chance. Diese Welt war ein wundersam mystischer Ort, und trotz all ihrem Elend genoss Ada den Augenblick.

Sie vergaß ihre Schmerzen, die akuten sowie jene aus den alten Tagen, und tauchte ein in das geheimnisvolle Treiben um sie herum.

Schon seit Menschengedenken waren diese winzigen Kriech- und Krabbeltiere hier auf dem Erdboden unterwegs. Unzählige

Male war Ada achtlos über diese Miniaturwelt hinweggetrampelt, ohne sich darüber bewusst zu sein. Wie viele Wunder wohl tagein, tagaus um sie herum passierten, ohne dass sie ihnen jemals ihre Beachtung schenkte?

Hier zu liegen und zu leben, das empfand Ada in diesem Moment als unsagbar wertvolles Wunder.

Die nächsten Stunden vergingen in einem Zustand zwischen Wachsein und Traum, zwischen Halluzination und Wirklichkeit, zwischen dieser Welt und einer anderen. Und in all dieses Wirrwarr flochten sich Bilder aus Adas Vergangenheit ein.

✦ ✦ ✦

Ada und Johan lebten nun schon seit etwas mehr als sechs Jahren in Kenia. Ihr schäbiges Zuhause hatte Johan über die Jahre hinweg kontinuierlich restauriert und ausgebessert. Die Strom- und Wasserversorgung lief inzwischen beinahe ohne Unterbrechungen. Nur noch bei starken Stürmen oder in anderen Extremsituationen mussten sie ohne diesen Luxus auskommen.

Ada hatte dem afrikanischen Zuhause durch selbstgemalte Bilder an den Wänden und dekorative Errungenschaften vom Markt in Nairobi eine persönliche und heimelige Note gegeben.

Ihr Lieblingskunstwerk hing in der Diele gleich neben dem Eingang. Es war das erste Gemälde, das Ada angefertigt hatte, nachdem ihr Herz von Johan in Beschlag genommen worden war. Das Bild zeigte ein eng umschlungenes tanzendes Paar unter einem Sternenhimmel. Im Hintergrund des Bildes sah man die züngelnden Flammen eines Lagerfeuers und einen See, auf dessen unbewegter Wasseroberfläche sich Horizont und Landschaft spiegelten.

Unzählige Male wurden Ada und Johan von einem oder gleich mehreren der Kinder zu diesem Bild gezerrt, um die Geschichte zu erzählen, mit der ihre Liebe begonnen hatte.

Rosalie hörte andächtig zu und stieß einen verzückten Seufzer aus, als Johan mit wild klopfendem Herzen und einem Haargummi in der Hand auf den Steg zusteuerte.

David und Joel fingen schon mehrere Sätze vor dem ersten Kuss damit an, albern zu kichern.

Die eifrige Hope fiel dem Erzähler unentwegt ins Wort und verriet, was als Nächstes passieren würde. Alle Hausbewohner liebten die Geschichte vom Abend am Wannsee. Die Kinder hatten die Geschehnisse so weit verinnerlicht, dass sie Teil ihrer eigenen Identität geworden waren. An diesem Abend in Berlin des Jahres 1977 hatte eine Reise begonnen, die sie alle hier im kenianischen Busch zusammengebracht hatte.

Die Stratmanns hatten noch immer nicht viel, doch sie hatten erlebt, dass es immer genug war. Manchmal konnten sie sogar ein leckeres Sonntagsessen mit Fleisch und einem Kuchen zum Nachtisch servieren. Doch auch in den Zeiten, in denen der Speiseplan nur wenig Abwechslung bot und aus Reis mit Bohnen, Maniok und Hirsebrei bestand, mussten sie keinen Hunger leiden.

Johan hatte vor dem Haus eine kleine Veranda mit einer Hollywoodschaukel gebaut. Hier saßen die Hauseltern während der trockenen Monate gerne nach getaner Arbeit. Sobald das letzte Kind im Bett verstaut war, holte Johan die Öllampe und eine Decke nach draußen, während Ada in der Küche aromatischen Kräutertee aufsetzte.

In einigen Wochen fing die Regenzeit an, dann würde sich ihr Leben wieder über mehrere Wochen fast ausschließlich im Haus abspielen.

Heute hatte Ada aufregende Neuigkeiten zu verkünden. Seit einer Weile hatte sie Veränderungen in ihrem Körper wahrgenommen. Sie war launischer als sonst, morgens war ihr häufig übel, und sie wurde schon bei geringster Anstrengung müde. Ein heimlicher Besuch in der nahegelegenen Missionsklinik hatte ihren Verdacht bestätigt.

Sie war schwanger.

Ada hatte sich bereits mit dem Gedanken anzufreunden versucht, dass ihnen eigene Kinder wohl verwehrt bleiben würden.

Am Anfang ihrer Ehe hatten sie noch verhütet, doch in Afrika war es logistisch schwierig und kostspielig geworden, aktive Familienplanung zu betreiben. Da sie dem Gedanken, Eltern zu werden, nicht abgeneigt waren, hatten sie also bereits seit sechs Jahren ihre diesbezügliche Zukunft in Gottes Hände gelegt.

Zu Beginn war Ada noch monatlich aufgeregt und rechnete damit, bald die ersten Schwangerschaftssymptome zu spüren. Doch nachdem sich über ein halbes Jahr hinweg nichts getan hatte, lebten sie ihr Leben wie gewohnt weiter, ohne groß darüber nachzudenken, dass sie theoretisch schwanger werden könnte.

Zunächst hatte Ada das Warten nichts ausgemacht. Ihr Leben war ausgefüllt und ihr Glück nicht davon abhängig, ob sie früher oder später Mutter sein würde.

Doch vor etwa zwei Jahren hatte sich bei Ada die Befürchtung eingeschlichen, dass vielleicht irgendetwas mit ihnen nicht stimmte und ihr Kinderwunsch für immer unerfüllt bleiben würde. Sie versuchte, die Sorgen wegzudrängen, und ließ Johan auch nichts davon wissen.

Beide redeten nur selten über das Thema «Nachwuchs». Aus irgendeinem für Ada nicht ersichtlichen Grund war es zu einem Tabuthema geworden, und so wusste sie überhaupt nicht, wie Johan auf die Neuigkeiten reagieren würde.

Aufgeregt umfasste Ada die Tasse mit dem dampfenden Tee, während Johan sich laut ächzend auf der Hollywoodschaukel neben ihr niederließ. Er hatte den ganzen Tag damit verbracht, Erde zu schaufeln, da ein Anbau mit Unterkellerung in Planung war und der Bauplatz noch ausgehoben werden musste.

«Wie wär's mit einer Massage?», fragte er sie grinsend.

«Kann nicht, muss mich schonen», antwortete sie so teilnahmslos wie möglich.

«Was ist los, bist du krank?»,

fragte er und schaute sie prüfend von der Seite an.

«Nee»,

antwortete sie, schaute in den Sternenhimmel und versuchte ruhig zu bleiben, während ihr Herz wie verrückt pochte und in ihrem Bauch Schmetterlinge ein wildes Flugmanöver vollführten.

Dann hielt sie es nicht mehr länger aus, drehte sich zu ihm um und schaute ihm in die Augen. Er sah ihren Blick mit all der Begeisterung und der krampfhaft zurückgehaltenen Freude.

«Schwanger», sagten sie beide gleichzeitig.

Sie übermütig, er fragend.

Ada sah, wie Johan die Tränen in die Augen schossen. Einfach so, ohne Vorwarnung, bahnten sie sich lautlos ihren Weg und tropften ihm vom Kinn herunter, während er sie ungläubig anstarrte.

Dann sprang er auf und stieß einen markerschütternden Jubelschrei aus.

Schließlich kam er zurück zu ihr, zog sie zu sich und umarmte sie stürmisch.

«Dafür habe ich so lange gebetet»,

schluchzte er, sein Mund an ihrem Haar, während er ihren Kopf an seine Brust drückte.

In dieser Nacht lagen sie noch lange wach. All die verdrängten und zurückgehaltenen Gedanken und Worte bahnten sich ihren Weg, und endlich sprachen sie all das aus, was sie seit Jahren so gut wie möglich vor sich selbst und dem Anderen verheimlicht hatten.

All die Sorgen, Ängste und Befürchtungen konnten im Angesicht der überwältigenden Freude über das neue Leben nun in Worte gefasst werden. Eine große Last fiel von ihnen ab, und die Mauer des Schweigens, die sich in den letzten Jahren unbeachtet und langsam zwischen ihnen aufgebaut hatte, brach zusammen.

Adas Schwangerschaft verlief komplikationslos. Zwar litt sie –

oder besser gesagt: litt Johan, denn er war in dieser Sache oft der Leidtragende – immer mal wieder unter unberechenbaren Stimmungsschwankungen und absonderlichen Gefühlsausbrüchen, doch körperlich ging es ihr blendend.

Sie aß mit großem Appetit und viel Emotionalität.

Einmal hatte Johan ihr am Morgen versprochen, dass er bei seinen Besorgungen in Nairobi ein Glas Erdbeermarmelade und Brot besorgen würde. So ein typisch deutsches Frühstück war ein Luxus, den sie sich nur selten gönnten, waren doch diese Lebensmittel nur in einem der teuren Touristen-Supermärkte zu erstehen.

Johan kam spät abends nach Hause. Er stellte die Kiste mit Einkäufen in der Küche ab und fuhr anschließend rasch den Geländewagen, der vom Team gemeinsam benutzt wurde, zurück zum Bürogebäude.

Als er nach fünf Minuten die Küche betrat, fand er eine laut weinende Ada am Esstisch vor. Erschrocken kniete er sich neben sie, versuchte sie zu trösten und gleichzeitig herauszufinden, was denn passiert sei. Nach mehreren Anläufen presste Ada schließlich unter unkontrolliertem Schluchzen hervor:

«Du hast Himbeermarmelade gekauft.»

Johan wusste nicht, ob er lachen durfte oder Adas Zusammenbruch ernst nehmen musste. Behutsam wiegte er sie in seinen Armen und versuchte, den aufkommenden Lachreiz zu unterdrücken.

«Es tut mir so leid, Liebling. Die Erdbeermarmelade war ausverkauft. Sie hatten nur noch Himbeere. Es tut mir so, so leid …»

Ada hielt inne und schaute Johan mit tränenverschmiertem Gesicht prüfend an.

«Du machst dich über mich lustig.»

Johan versuchte ernst auszusehen, als er langsam den Kopf schüttelte, doch dann konnte er sich nicht länger beherrschen und fing laut an zu lachen und kippte nach hinten auf den Küchenfußboden.

Ada warf sich auf ihn, trommelte mit den Fäusten auf seine Brust und rief halb weinend, halb über sich selbst lachend:

«Du gemeiner, gemeiner Schuft.»

Dann nahm sie das Glas Marmelade vom Küchentisch, öffnete es, griff mit der ganzen Hand hinein und schmierte Johan die klebrige Pampe quer übers Gesicht.

«Die kannst du dir sonst wo hinschmieren. Wer mag schon Himbeermarmelade?»

Nachdem Johan den ersten Schock überwunden hatte, befreite er sich von seiner wild gewordenen Frau, sprang lachend auf und flüchtete ins Wohnzimmer, Ada mit dem Marmeladenglas hinter ihm her.

Vom Lärm neugierig geworden, kamen die Kinder aus ihren Zimmern und wurden bald in die Marmeladenhetzjagd involviert.

Am Ende lagen alle lachend und rot verschmiert auf dem Sofa.

Bis auf derartige Gefühlsausbrüche war Ada eine robuste und angenehme Schwangere.

Am 8. August 1989 erblickte Talia Najuma Stratmann in der Missionsklinik in Nairobi das Licht der Welt. Der kenianische Name Najuma erschien den glücklichen Eltern als äußerst passend, denn er bedeutete «Überfluss an Freude».

Talia war ein süßes, ruhiges Baby. Sie passte sich schnell an ihre Umgebung an und machte den frischgebackenen Eltern nur wenig Mühe. Ada und Johan, das gesamte Team und alle Kinder liebten das süße Neugeborene, und es wurde von allen Seiten betätschelt und geknuddelt.

Als Talia sechs Monate alt war, stellte Ada mit Erstaunen fest, dass sie wieder schwanger war. Und so kam Amelie Maisha, «die Lebendige», am 4. Oktober 1990 zur Welt. Später fragten Johan und Ada sich oft lachend, was zuerst dagewesen war: Amelies Charakter oder der Name.

Amelie war quirlig und laut und sehr lebendig. Von klein auf mischte sie ihre Umgebung tüchtig auf und stand, wo immer sie auch war, automatisch im Mittelpunkt.

Johan und Ada konnten ihr Glück kaum fassen. Der lang ersehnte Kinderwunsch war gleich in zweifacher Ausführung Wirklichkeit geworden. Und erstaunlicherweise schafften die beiden es, ihre neue Rolle als Eltern gut mit ihren Aufgaben im Waisenhaus zusammenzubringen.

In diesen Jahren bekamen sie oft Besuch von Adas Familie. Eltern und Geschwister gaben sich sozusagen die Türklinke in die Hand und blieben jeweils für ein paar Wochen, um zu unterstützen, wo sie konnten. Glücklicherweise war der Anbau mit Zimmern für Gäste und Volontäre vor der Geburt der Kinder fertig geworden, so dass die Stratmanns trotz der nahezu ununterbrochenen Besuche noch ein wenig Privatsphäre pflegen konnten.

In euphorischem Übermut ließen Ada und Johan es nach Amelies Geburt darauf ankommen, erneut schwanger zu werden. «Eines geht noch», so lautete ihre Devise.

Letztendlich waren sie dann aber doch froh, dass die beiden Mädchen bereits drei und vier Jahre alt waren, als sich die altbekannten Schwangerschafts-Symptome bei Ada einstellten. Sie brauchte nicht zur Klinik zu gehen. Die Sachlage war beiden sofort klar, als Ada eines Sonntags am Mittagstisch in Tränen ausbrach, da das Fleisch, mit dem sie ein Gulasch zubereitet hatte, zu zäh war.

«Here we go again», meinte Johan schmunzelnd.

Und genauso war es.

✦ ✦ ✦

Ada richtete sich auf dem weichen Moosteppich auf und verstand, dass auch dieser Tag nun zu Ende ging. Die Luft wurde kühler, und es begann zu dämmern. Ada sah der bevorstehenden Nacht mit ihrer Dunkelheit und Kälte, mit den unheimlichen Schatten und den Gefahren für ihren kranken, alten Körper mit einer erstaunlichen Gelassenheit entgegen.

Tief in ihrem Inneren spürte sie, dass sie nicht mehr alleine war.

Sie war so lange alleine gewesen.

Seit über zwanzig Jahren war die Einsamkeit ihr steter Begleiter. Ada hatte ihr sogar liebevoll den Spitznamen «Miss Lonely» gegeben.

Ja, es hatte Zeiten gegeben, wo sie weniger präsent war. So, als ob Miss Lonely sich phasenweise wie ein pubertierender Teenager auf ihr Zimmer zurückzog und sich weigerte, Anteil zu nehmen am Familiengeschehen. Und so arbeitete, aß und spielte man ohne ihre direkte Anwesenheit, doch trotzdem wusste man, dass sie noch da war und spätestens dann auftauchen würde, wenn ihr der Magen knurrte. In der Zwischenzeit hörte man die gedämpfte Heavy-Metal-Musik aus ihrem Schlafzimmer, und ab und zu bekam man Wortfetzen mit, während sie mit ihren Freundinnen telefonierte.

Doch an diesem sonderbaren Tag im Wald hatte die Einsamkeit Ada verlassen. Miss Lonely hatte ihre Koffer gepackt und wortlos die Türe hinter sich zugezogen.

Und aus irgendeinem Grund wusste Ada, dass es ein Abschied für immer war.

Während Ada so dalag, hinter den Sträuchern auf dem grünen Moosteppich, hörte sie, wie sich Menschen näherten.

Zwei Studentinnen gingen an diesem späten Nachmittag miteinander im Wald spazieren, nachdem die eine am selben Morgen ihre Bachelor-Arbeit eingereicht hatte.

Monatelang hatte Saskia Winter Tag und Nacht an ihrer Studie über die moralische Entwicklung von ethnischen Minderheiten in der Diaspora gearbeitet und letzte Woche aufgrund ihrer Unachtsamkeit eine gehörige Menge Daten durch eine fälschlich gedrückte Taste verloren. All diese verlorenen Daten hatte sie in den vergangenen Tagen fieberhaft rekonstruieren müssen, um dann die mehr oder minder vollständige Arbeit eine Stunde vor Abgabefrist zu ihrem Dozenten zu bringen.

Nun war ein enormer Druck von Saskia abgefallen, und sie hatte ihre Freundin Anna zu einem ausgedehnten Waldspaziergang überredet. Die beiden liefen schon eine ganze Weile und waren tiefer in den Wald vorgedrungen, als sie es sonst bei ihren Nachmittags-Spaziergängen taten.

Inzwischen war es höchste Zeit, den Heimweg anzutreten, denn es dämmerte bereits. Anna hatte zwar, gut ausgerüstet wie immer, ihre Maglite mit LED-Funktion dabei, aber der Wald in der Dämmerung war trotz dem Lichtkegel der teuren Taschenlampe unheimlich.

«Warte mal, laufen wir überhaupt richtig?», hörte Ada die Stimme einer jungen Frau.

«Lass mich mal eben mein Navi einschalten», antwortete eine andere, und beide blieben direkt vor der Schutzhütte stehen.

«Okay, ich hab Empfang. Es sind noch 45 Minuten Laufzeit bis zum Parkplatz.»

«Mist, das wird echt gruselig.»

«Das schaffen wir, Anna, warte mal eben. Ich spiel dir ein Lied aus meiner Spotify-Playlist vor. Das ist so ein geiler Song. So derbe traurig.»

Die beiden jungen Frauen liefen nur ein paar Meter entfernt an Ada vorbei. Wäre Anna nicht damit beschäftigt gewesen, ihre Taschenlampe zum Leuchten zu bringen, während Saskia die Lautstärke an ihrem Handy erhöhte, hätten sie Ada am Wegesrand liegen sehen.

Hätte Ada sich durch ein Geräusch bemerkbar gemacht oder einfach einen Arm gehoben, um zu winken, wären die Studentinnen zu ihr gerannt, hätten gewissenhaft und eifrig alle Schritte aus dem Erste-Hilfe-Kurs angewandt und sofort einen Krankenwagen gerufen.

Doch Ada regte sich nicht. Sie lag einfach da und lauschte dem Lied, dessen melancholische Worte vom Wind zu ihr hinübergetragen wurden.

Well sometimes you can't change
and you can't choose and sometimes it seems
you gain less than you lose
Now we've got holes in our hearts
Yeah, we've got holes in our lives
Where we had hope we've got holes,
but we carry on.

Wie viel Wahrheit doch in diesen Worten steckte.

Ob der junge Sänger schon so viel Weisheit in sich trug, dass er wusste, was diese Worte bedeuteten?

Adas Gedanken widmeten sich dem Liedtext, und sie übersetzte die englischen Worte in ihrem Kopf. Der Oberarzt, der ihr vor zwei Jahren die Alzheimer-Diagnose gegeben hatte, wäre erstaunt über ihren wachen Geist gewesen. Vielleicht hätte er irritiert seine Diagnose in Frage gestellt. Aber nur so lange, bis Ada ihm gebeichtet hätte, dass sie soeben regungslos zwei junge Frauen an sich hatte vorbeilaufen lassen.

Manchmal kannst du dich nicht verändern
Manchmal erhältst du weniger zurück,
als du verloren hast.
Und jetzt haben wir Löcher in unseren Herzen.
Wir haben Löcher in unserem Leben.
Wo früher Hoffnung war, haben wir nun Löcher,
doch wir machen weiter.

Erstaunlich, wie präzise dieser Refrain eines Liedes ihr Leben nach Leo auf den Punkt brachte.

When you try your best but you don't succeed
When you get what you want
but not what you need
When you feel so tired but you can't sleep
Stuck in reverse

When the tears come streaming down your face
'Cause you lose something you can't replace
When you love someone but it goes to waste
Could it be worse
– *Coldplay*

— 10 —

Talia hatte rastlos versucht, sich mit den Zwillingen und Anton im Garten zu beschäftigen, nachdem Johan das Haus verlassen hatte. Doch es gelang ihr nicht, sich am Riemen zu reißen. Immer wieder liefen ihr die Tränen übers Gesicht. Sie war abgelenkt, und mehr als einmal fuhr sie die Kinder wegen einer Kleinigkeit an. Diese waren jedes Mal zutiefst erschrocken, denn sie kannten ihre Mutter so nicht.

Irgendwann entschuldigte sie sich, um einen Spaziergang zu machen. Anton sollte lieber alleine auf Justus und Louis aufpassen. Sie brachte mehr Unruhe, als dass sie eine Hilfe war.

Talia verabschiedete sich von Markus, der seit Stunden am PC saß und herauszufinden versuchte, was noch getan werden könnte, um die Suchaktion für Ada voranzutreiben. Er hatte einige Vereine und Selbsthilfegruppen angerufen. Doch es war Freitagnachmittag, und die meisten Leute waren schon in ihr Wochenende aufgebrochen. Er hatte nicht wirklich etwas erreichen können.

Talia schritt planlos durch die Straßen und Gassen. Wenn sie jemandem begegnete, schlug sie die Augen zu Boden. Sie wollte nicht angesprochen werden. Dann wieder blickte sie sich suchend um, in der Hoffnung, ihre Mutter irgendwo zu erblicken.

Als sie sich dem Dorfausgang näherte, kam Johan auf sie zu. Er hatte die Hände in seinen Jackentaschen vergraben und lief gebückt und in sich versunken.

Er sah Talia erst, als sie sich beinahe gegenüberstanden. Auf seinem Gesicht erschien ein liebevolles Lächeln. Wortlos legte er einen Arm um seine Tochter, und gemeinsam gingen sie im Gleichschritt weiter in die Richtung, aus der er gekommen war. Am Friedhof vorbei, hinaus zu den Wiesen und Feldern.

Talia liebte ihren Vater von ganzem Herzen, und zeit ihres Lebens hatte sie sich ihm stets besonders nahe gefühlt.

Johan war immer für sie da.

Talia wusste, dass sie sich an ihn wenden konnte, wenn sie Hilfe oder Unterstützung brauchte.

In vielem waren sich Vater und Tochter ähnlich. Die schmerzhaften Erinnerungen hatten sie tief in ihrem Unterbewusstsein sorgsam deponiert und zahlreiche Strategien entwickelt, sicherzugehen, dass sie dort unentdeckt blieben. Beide hatten die Hemmschwelle des Gegenübers, über die Vergangenheit und die damit verbundene Not zu sprechen, diskussionslos akzeptiert.

So standen viele Dinge unausgesprochen zwischen ihnen, und dennoch spürten sie, dass sie gemeinsam am gleichen Strang zogen und für dieselbe Sache kämpften.

Es bestand eine stillschweigende Übereinkunft zwischen ihnen:

Wir sind stark.

Wir geben nicht auf.

Wir tun, was nötig ist.

Koste es, was es wolle.

Talia und Johan waren Verbündete. Sie kämpften Seite an Seite und erlaubten sich keine Schwachheit. Disziplin war das oberste Gebot.

Dies war das Lebensmotto, das Talia den Antrieb gab, und sie wusste, dass ihr Vater von ähnlichen Leitsätzen motiviert wurde.

Die Familie hatte viel durchgemacht. Immer wieder hatten Verwandte und Freunde Talia zugesprochen, wie tapfer sie sei. Immer wieder wunderte man sich, wie problemlos sie die schwierigen Umstände meisterte. Anerkennendes Schulterklopfen, stolze Blicke und beeindruckte Gesichter waren Talias Lebenselixier und Antriebskraft.

Und je mehr man sie als die Starke wahrnahm, desto größer wurde die Last, diesem Bild auch entsprechen zu wollen.

Niemand musste sie in die Verantwortung hineinnehmen. Es hatte sich wie von selbst ergeben.

Wenn Mama im Bett lag und vor sich hin weinte, setzte sie sich zu ihr und strich ihr wortlos übers Haar. Wenn Amelie einen Wutanfall bekam, ging sie zu ihr und drückte sie an sich, bis er verging. Wenn Johan und Amelie sich lautstark stritten, setzte sie sich zu den beiden und versuchte zu vermitteln. Wenn Johan in der Werkstatt schimpfte, weil der Fahrradschlauch nicht auf die Felge passte, ging sie ihm schweigend zur Hand.

Sie tat es, weil kein anderer es tat.

Sie tat es, weil es getan werden musste.

Sie tat es, damit sie überleben konnten.

Niemand wusste, dass Talia als Jugendliche häufig des Nachts von peinigenden Träumen hin- und hergeworfen worden war und schweißgebadet in ihr Kopfkissen gewimmert hatte. Niemand wusste, dass sie beinahe zwanghaft zum Telefonhörer griff, wann immer sie alleine zu Hause war, um bei einer Seelsorgetelefon-Nummer anzurufen, die sie in ihrer Schule einmal von einem

Plakat abgeschrieben hatte. Doch immer, wenn eine freundliche Stimme sich vorstellte und auf eine Antwort Talias wartete, legte sie mit klopfendem Herzen auf.

Mit den Jahren hatte Talia sich so viele gut funktionierende und gesellschaftsfähige Strategien gegen den Schmerz überlegt, dass sie wahrhaftig meinte, es sei unnötig, ihm noch Beachtung zu schenken. Wann immer er sie überkam, arbeitete sie noch härter, lernte sie noch intensiver, joggte sie noch weiter und übte noch länger auf ihrem Cello. Da sage noch einer, man könne keine Schmerzen unterdrücken. Sie weigerte sich, dem Kummer Raum zu geben, also verzog er sich wieder.

Nur leider verließ er sie nicht, sondern grub sich immer tiefer in ihre Seele hinein.

Talia hatte ihre Rolle als die Funktionierende so weit verinnerlicht, dass sie sich nicht mehr vorstellen konnte, auch andere Seiten zu besitzen.

Doch kurz nach der Geburt der Zwillinge waren ihre Überlebensstrategien vorübergehend brüchig geworden.

Die Entbindung war anstrengend gewesen, doch wie immer hatte Talia alle Herausforderungen mit Bravour gemeistert.

Nach zwei Wochen Klinikaufenthalt durften die frischgebackenen Eltern ihre Söhne nach Hause bringen. Talia hatte noch immer starke Unterleibsschmerzen, doch sie versuchte, es sich nicht anmerken zu lassen.

Zu Hause angekommen, stillte sie die Säuglinge. Noch während die beiden winzigen Geschöpfe an ihrer Brust lagen, überkam Talia ein entsetzliches Gefühl. Es war, als ob jemand ihr mit erbarmungsloser Härte den Brustkorb zusammenpresste und das Leben aus ihr herausdrückte. Das Gefühl raubte ihr förmlich den Atem.

Sie rief Anton, der als eifriger und umsorgender Ehemann sofort zur Stelle war und ihr die Babys abnahm, um sie in den Stubenwagen zu legen.

Talia schleppte sich mit letzter Kraft ins Schlafzimmer und brach dort auf dem Flokati-Teppich zusammen. Sie glaubte, sterben zu müssen. Sie wollte schreien, doch aus ihrem weit geöffneten Mund entwich kein Ton. Mit schmerzverzerrten Augen blickte sie Anton an, als er das Schlafzimmer betrat, um nach ihr zu schauen.

Das blanke Entsetzen in ihrem Blick versetzte ihn in Panik, und er griff zum Telefon, das neben der Nachttischlampe lag, um den Notarztwagen anzurufen.

Doch bevor er die Nummer gewählt hatte, atmete Talia tief durch, richtete sich auf, setzte sich auf die Bettkante und versicherte ihrem Mann, dass sie wieder in Ordnung sei.

Beide waren von diesem Anfall zu Tode erschrocken. Doch Talia weigerte sich, der Sache nachzugehen und einen Arzt aufzusuchen. Sie beschwichtigte ihren Mann, dass es nur ein kleiner Schwächeanfall gewesen sei.

Insgeheim wussten sie, dass mehr dahintersteckte. Talias Körper hatte für einen kurzen Augenblick der psychischen Belastung, unter der sie seit Jahrzehnten litt, nicht mehr standhalten können.

Doch Talia wollte den Ursachen ihres Zusammenbruchs nicht auf den Grund gehen. Sie beharrte darauf, dass ihr so etwas nie wieder passieren würde.

Anton traute sich nicht, Talia zu einem Arztbesuch zu drängen, denn auch er fürchtete sich davor, die Büchse der Pandora zu öffnen und dann nicht Herr darüber werden zu können.

Von dem entsetzlichen Albtraum, der sie seit dem kurzen Zusammenbruch beinahe wöchentlich heimsuchte, erzählte sie Anton nichts. Immer wieder durchlebte sie im Schlaf diesen Moment, in dem sie sich an Leib und Leben bedroht gefühlt hatte.

Im Wachzustand gelang es ihr jedoch, sich unter Kontrolle zu halten.

Seit der Panikattacke war Talia bewusst, dass sie sich auf dünnem Eis befand. Doch sie war entschlossen, tapfer weiterzukämpfen.

Im Gleichschritt gingen Vater und Tochter weiter den Wiesenpfad entlang. Erfüllt von tröstender Gewissheit, dass ihre tragische Vergangenheit sie auf ewig miteinander verbunden halten würde.

✦ ✦ ✦

Am Heiligen Abend 1994 wurde Leo Fallou Stratmann geboren.

Das Team von «better future» hatte wie jedes Jahr mit den Kindern eine Freizeit über die Weihnachtsfeiertage geplant. Es war zu einem Brauch geworden, dass man in der Zeit zwischen Weihnachten und Neujahr in eine nahegelegene Schlucht wanderte und dort für eine Woche lang Campingurlaub machte.

Die Idee war vor einigen Jahren aus einer Not heraus entstanden. Damals fehlte das Geld, um den Kindern Weihnachtsgeschenke zu kaufen. So schenkte man ihnen stattdessen diesen Abenteuerurlaub, der so gut ankam, dass er von da an jedes Jahr wiederholt wurde.

Die Ferien in der Schlucht wurden von allen Kindern geliebt und schon Wochen vorher herbeigesehnt. Auch die Stratmanns freuten sich sehr auf das Abenteuer, das die Sehnsucht nach der Familie und den schneebedeckten Tannenwipfeln in ihrer Heimat ein wenig abmilderte.

Im Gegensatz zu ihrer kleinen Schwester erinnerte sich Talia noch lebhaft an den Ausflug im vergangenen Jahr. Abends im Bett erzählte sie vom funkelnden Sternenhimmel, von den Geräuschen der Wildnis und dem knisternden Feuer, das die wilden Tiere vertrieb.

Die Mitarbeiter legten sich ins Zeug, um den Kindern ein eindrückliches Programm am Lagerfeuer zu bieten. Es gab zwar keinen Christbaum und keine Weihnachtsgans, doch bei Stockbrot und gebratenen Marshmallows konnte man ausgezeichnet Weihnachtslieder singen und die Geschichte von Jesu Geburt vorlesen. Inzwischen gab es sogar für jedes Kind, dank einer Spendenaktion aus Kanada, ein kleines selbst gehäkeltes Kuscheltier als Geschenk.

Nur wenige Kinder wurden über die Feiertage von entfernten Verwandten abgeholt, um im Kreis der Familie Weihnachten zu feiern. Früher waren die zurückgebliebenen Kinder immer unheimlich traurig, dass niemand sie abholte. Nun verhielt es sich beinahe umgekehrt, und die Kinder, die nicht mit zum Campen kommen konnten, waren trotz der Freude über ihre Ferien zu Hause ein wenig enttäuscht.

Doch in diesen Vorweihnachtstagen fühlte Ada sich in ihrem hochschwangeren Zustand nicht dazu in der Lage, mit auf die Campingfreizeit zu kommen.

«Wirst du langsam alt?», neckte Johan sie zärtlich lächelnd.

Ada zog ihn mit entrüstetem Gesichtsausdruck am Ohrläppchen, wie sie dies immer tat, wenn sie sich gespielt über ihn aufregte.

Insgeheim stimmte sie ihm zu. In den vorangegangenen Schwangerschaften hatte sie sich selten eingeschränkt. Bis kurz vor der Geburt war sie für so ziemlich jegliche Tätigkeit und jegliches Vergnügen zu haben gewesen. Mit ihrem kugelrunden Bauch erklomm sie Leitern, bohrte Löcher in die Wand, trieb die Hühner in den Stall und schleppte Wäschekörbe durch die Gegend.

Sie war dabei, wenn gewandert, geschwommen oder Fußball gespielt wurde.

Johan und der Rest des Teams hatten irgendwann aufgegeben, sie zur Ruhe zu mahnen oder ihr Aufgaben abnehmen zu wollen, denn darauf reagierte Ada zumeist allergisch mit einem schnippischen:

«Ich bin nicht krank. Ich bin nur schwanger.»

Doch dieses Mal ließ Ada es seit einigen Wochen ruhiger angehen.

Freiwillig zog sie sich mittags zu einem Nickerchen zurück.

Unbeeindruckt blieb sie in ihrem Sessel sitzen und schaute zu, wie Johan die Einkäufe in die Küche schleppte. Talia griff ihrer Mama nun häufig unter die Arme, indem sie morgens den Kleineren beim Anziehen half. Dass manche Kinder nun die Nähte ihrer T-Shirts nach außen trugen oder mit Entenfüßen herumliefen, ertrug Ada mit einer erstaunlichen Gelassenheit. Sollten sie eben die Schuhe verkehrt rum tragen, es war ihr egal.

Und auch die Ausflüge mit der Familie oder dem «better future»-Team fanden einige Male ohne sie statt.

Auf die Ansage Adas am Mittagstisch, dass sie nicht mit zum Ausflug kommen würde, antwortete Talia, ohne zu zögern:

«Alles klar. Dann bleiben wir alle zu Hause.»

Amelie ließ sich nicht so leicht vom ursprünglichen Plan abbringen.

«Also, ich gehe zur Schlucht!», rief sie trotzig und stampfte mit dem Fuß auf den Boden.

Johan dachte eine Weile über die Optionen nach und entschied dann, dass Talia Recht hatte. Weihnachten voneinander getrennt zu sein – das ging nun wirklich nicht.

Es brauchte eine Weile, bis der kleine Tobsuchtsanfall Amelies über die Planänderung vorüber war. Am Ende schafften es alle Stratmanns, sich mit der neuen Situation zu arrangieren und sich auf ein ruhiges Weihnachtsfest im kleinsten Kreise zu freuen.

So brachen alle Heimkinder gemeinsam mit den Mitarbeitern an einem kühlen Dienstagmorgen gut gelaunt singend auf zur Schlucht, und die vier Stratmanns blieben allein auf dem «better future»-Gelände zurück.

Der Geburtstermin war eigentlich erst auf Mitte Januar geschätzt. Und da die beiden Mädchen auf sich hatten warten lassen und sich immer erst nach dem errechneten Termin auf den Weg gemacht hatten, waren die Stratmanns noch nicht wirklich aufs Gebären eingestellt.

Doch am Mittag des 23. Dezember wurde Ada von Wehen überrascht, während sie in der Küche mit den Mädchen Plätzchen backte.

Da die Familie sturmfreie Bude hatte und die Eheleute Stratmann sich als sehr kompetent in Sachen Kinder-zur-Welt-Bringen einschätzte, entschieden sie sich spontan für eine Hausgeburt. Johan benachrichtigte eine befreundete Kenianerin, die als traditionelle afrikanische Geburtshelferin arbeitete.

Diese eilte zu Hilfe.

Pünktlich um Mitternacht erklang der entrüstete Schrei eines neugeborenen Jungen.

Talia und Amelie hatten zur Zeit der Geburt schon fest geschlafen und begrüßten ihren kleinen Bruder am nächsten Morgen stürmisch.

«Wir haben gar kein Weihnachtsgeschenk für ihn», rief Talia empört aus und zog ihre kleine Schwester mit ins Kinderzimmer, um etwas für das neue Familienmitglied zu basteln.

Zehn Minuten später steckte Amelie ihren blonden Lockenschopf erneut ins Schlafzimmer.

«Wir wollen ihm eine Karte schreiben, aber wir wissen nicht, wie er heißt.»

«Ihr könnt doch gar nicht schreiben», rief Johan lachend aus.

«Er heißt Leo», murmelte Ada schlaftrunken. «Leo Fallou – der Freund Gottes.»

«Hat ja auch am gleichen Tag Geburtstag wie Gott»,
verkündete Talia, die inzwischen hinter Amelie in der Türe erschienen war, altklug.

«Stimmt», kicherten Ada und Johan, erstaunt über die intelligenten Überlegungen ihrer ältesten Tochter.

Johan ging mit den Mädchen ins Kinderzimmer, um eine Karte und ein Geschenk für Leo zu entwerfen.

Am Abend feierten sie ein unvergessliches Weihnachtsfest mit Hotdogs im Elternbett.

Leo war kleiner und zerbrechlicher, als die Mädchen es gewesen waren. Er wurde häufig krank, bekam Durchfall oder starken Husten, und Ada musste sich umstellen, um seinen Bedürfnissen gerecht zu werden.

In den ersten Monaten nach der Geburt hatten Ada und Johan eine Volontärin im Haus, die Adas Aufgaben als Hausmutter so gut sie konnte übernahm.

Dies hatten sie schon in der Zeit des Wochenbetts mit Talia und Amelie so gehandhabt.

Bei den ersten beiden Geburten konnte Ada schon nach kurzer Zeit wieder zunehmend mit anpacken, und so reduzierte sich die externe Hilfe, was die Versorgung der Kinderschar betraf, immer mehr, bis Ada wieder all ihre Verantwortungsbereiche übernahm.

Nun war Leo schon ein halbes Jahr alt, doch nach wie vor war eine ganze Arbeitskraft damit beschäftigt, Adas Aufgaben zu übernehmen.

Ada investierte all ihre Energie in ihren winzigen Sohn. Es brauchte ewig, ihn zu stillen, weil er so schlecht trank.

Doch da er nicht gut zunahm, musste er oft gefüttert werden.

In der Nacht schlief er nicht gut, und Ada wiegte ihn stundenlang in ihren Armen.

Sie waren schon mehrmals mit Leo im Krankenhaus gewesen, um herauszufinden, warum er sich nicht so gut entwickelte.

Im Juli verschlechterte sich sein Zustand. Er behielt keine Nahrung mehr bei sich und spuckte alles nach kürzester Zeit wieder aus. Johan und Ada brachten ihn zur Klinik. Die Ärzte nahmen an, dass Leo sich einen Infekt zugezogen hatte, doch sicher war man sich nicht.

Die Situation war besorgniserregend.

Leo war weit unter seinem Normalgewicht. Er hatte keine Kraftreserven, die er anzapfen konnte. Die Ärzte hatten ihn an den Tropf gehängt, um ihn mit lebensnotwendigen Nährstoffen zu versorgen.

Ada und Johan waren in größter Sorge, dass Leo es nicht schaffen würde. Ada saß Tag und Nacht an seinem Bettchen und tat kein Auge zu. Sie streichelte seinen kleinen Kopf und bat Gott, ihn gesund zu machen.

In einer dieser Nächte, als Johan zu Hause die Mädchen beaufsichtigte, während Ada an Leos Gitterbett in der Klinik saß und seine kleinen Fingerchen im Schlaf ihren Daumen umschlossen, kam es zu einer Begebenheit, die die Zukunft der gesamten Familie Stratmann für viele Jahre maßgeblich beeinflussen würde.

Nach außen hin gab es nichts zu beobachten außer einer jungen, abgemagerten Frau, die sich schon lange nicht mehr die Haare gekämmt hatte und gleichzeitig übermüdet und rastlos in einem Stuhl vor dem Bettchen ihres Sohnes hin- und herwippte.

Doch in Adas Innerem ereignete sich ein kräftezehrendes Gefecht.

Ein Gefecht, das Ada Jahrzehnte später mit der alttestamentlichen Begegnung von Jakob und dem Engel am Fluss Jabbok vergleichen würde. Jakob hatte mit dem Engel die ganze Nacht gerungen.

Ada rang die ganze Nacht. Sie rang mit sich selbst. Sie rang mit ihren ureigenen Dämonen. Und sie rang mit Gott.

Alles begann mit einem Gedanken, der Ada durchfuhr, während sie dort saß und dem kleinen schlafenden Leo in sein zartes Gesicht blickte.

Ada kannte diesen Gedanken bereits.

Wenn sie dem Gedanken ein Aussehen geben sollte, wäre er einer dieser schwarzen raubtierähnlichen Kreaturen, die man häufig an den Außenwänden gotischer Kathedralen eingemeißelt sieht.

Das Dämonen-Raubtier hatte schon seit geraumer Zeit gegen die verschlossene Türe ihres Bewusstseins gehämmert. Ada war vor ihm weggelaufen und hatte sich ganz tief in ihrem Unterbewusstsein wie ein kleines verängstigtes Mädchen unter ihrem Bett versteckt.

Als das Hämmern für einen kurzen Moment aufhörte, lauschte sie angespannt der Stille, in der Hoffnung, davongekommen zu sein.

Doch die schweren schmiedeeisernen Türen ihres Bewusstseins wurden mit Gewalt eingetreten, und hinein stürmte dieser furchteinflößende, unaussprechliche Gedanke. Er durchkämmte jeden Raum und fand die hilflose Ada schließlich zusammengekauert auf dem Boden unter dem Bett. Er beugte sich zu ihr und raunte mit leiser, beherrschter Stimme:

«Was ist, wenn Gott es für das Beste hält, Leo zu sich zu nehmen?»

Ada kannte die adäquate Reaktion eines glaubenden Herzens auf diesen Gedanken.

Aus zahlreichen biblischen Berichten, Predigt-Serien und aus den Erzählungen tapferer Glaubenshelden wusste sie, wie sie auf diesen Gedanken reagieren sollte. Ihre Eltern hatten ihr vorgelebt, wie es geht.

Sie selbst hatte immer wieder Menschen, die sich mit Leid konfrontiert sahen, diese Wahrheiten zugesprochen:

Gott hält dein Leben in seiner Hand. Gott hält auch das Leben derer, die du liebst, in seiner Hand.

Gott ist der Herr über Leben und Tod. Gottes Wille geschehe. Gott wird dich durch die Dunkelheit hindurchführen.

Du magst dich in dunkelster Nacht befinden, aber mit dem Morgen kommt die Freude.

Der Herr gibt, und der Herr nimmt. Gepriesen sei der Name des Herrn.

Gott ist deine Kraft und deine Zuversicht. Verzage nicht.

All dies waren Worte, die Ada von Kindesbeinen an verinnerlicht hatte. Auf diese Zusagen und Versprechen hatte sie ihr Leben aufgebaut.

Niemals hatte sie daran gezweifelt. Nicht für sich und nicht für andere.

Doch jetzt kam dieser grausame dämonische Gedanke an Leos Krankenbett, streckte ihr seine hässliche Fratze entgegen und sprach das Undenkbare aus:

«Was ist, wenn es Gottes Wille ist, dass Leo stirbt?»

Und während Ada sich das Szenario vor Augen malte, dass ihr kleiner Leo nicht mehr atmen, nicht mehr lächeln, nicht mehr da sein, nicht mehr leben würde, bekamen all die Zusagen und Versprechen Gottes plötzlich einen völlig anderen Geschmack.

Nicht mehr länger gaben sie ihr Zuversicht und Trost, sondern sie klangen wie Drohungen und fühlten sich an wie ein harter Schlag in die Magengegend.

Ein markerschütterndes, alles durchdringendes NEIN nahm von Ada Besitz.

NEIN, sie wollte und konnte Leo nicht verlieren.

NEIN, sie wollte Gottes Willen nicht geschehen lassen, wenn dieser daraus bestand, ihr Leo wegzunehmen.

NEIN, Gott sollte nicht der Herr über Leben und Tod sein, wenn er ihren Sohn sterben lassen würde.

NEIN, sie könnte den Namen Gottes niemals loben und preisen, wenn dieser sich ihr als Kindermörder präsentierte.

NEIN, sie wollte keinen Trost von jemandem, der ihr das Kostbarste entreißen wollte.

NEIN, NEIN, NEIN!

Ich! Mach! Da! Nicht! Mit!

Ada fasste einen Entschluss:

Bevor Gott ihr Leo wegnehmen würde, würde sie Leo Gott wegnehmen.

Bevor er Leo etwas antun könnte, würde sie ihren Sohn aus Gottes Armen reißen.

Unter diesen Umständen konnte sie den kleinen Leo ihrem Gott nicht mehr anvertrauen.

Dieser Weg kam für sie nicht in Frage.

Stundenlang kämpfte Ada in dieser Nacht einen unsichtbaren Kampf. Und am Ende der Nacht stand ihr Entschluss fest.

Dies war die Nacht, in der Ada ihr Urvertrauen in Gott verloren hatte.

Ihr kindlicher, verspielter Glaube, der ihr Leben mit so viel Freude, Licht und Frieden durchdrungen hatte, überlebte diese Nacht nicht.

Eine Woche später wurde Leo aus der Klinik entlassen. Drei Tage vorher war seine Infusion entfernt worden. Er nahm wieder Nahrung zu sich und behielt sie auch bei sich.

Leo war sichtlich geschwächt, doch er lebte, und das Schlimmste war überstanden. Ada würde sich vollständig der Aufgabe verschreiben, den kleinen Leo aufzupäppeln und gesundzupflegen.

Und so verließ Leo die Klinik in den Armen seiner Mutter Ada Stratmann.

Doch Ada Stratmann war eine Andere geworden.

Alle waren heilfroh und erleichtert, als Johan Mutter und Sohn aus der Klinik abholen durfte.

Talia hatte sich jeden Abend, wenn sie Amelies regelmäßigen Atem hörte, vor ihr Bett gekniet, ihre kleinen Hände gefaltet und ein intensives Gebet an Gott gerichtet. Jedes ihrer Worte hatte sie mit Bedacht formuliert und versucht, all ihre

Willenskraft und Ernsthaftigkeit in die Betonung der Silben zu legen.

Lieber Gott,
bitte mach meinen kleinen Bruder gesund.
Amen.

Nun schlug ihr kleines Herz aufgeregt, während sie am Fenster stand, in die Ferne schaute und die herannahende Staubwolke des Jeeps beobachtete.

Als der Geländewagen vor das Haus auf dem «better future»-Gelände fuhr, sprangen alle Kinder, angeführt von Talia, hinaus, um Ada und den kleinen Leo noch am Auto zu begrüßen.

Doch Ada wimmelte sie alle schnell ab. Zu gefährlich war es, dass Leo sich bei einem der Kinder mit irgendetwas ansteckte. Sein Immunsystem war extrem geschwächt, und er war in einem besonders fragilen Zustand.

Ada zog sich in den nächsten Wochen die meiste Zeit mit Leo ins elterliche Schlafzimmer zurück. Sie kam nur heraus, um Leo ein Fläschchen zu bereiten oder sich selbst etwas zu essen zu holen. Die Verantwortung für Leo und dessen Versorgung beschlagnahmten Ada voll und ganz.

Wenn sich Johan abends zu ihr aufs Bett setzte und von seinen Bauprojekten und den anderen Kindern erzählte, hörte Ada ihm nicht mal richtig zu, war doch ihre ganze Aufmerksamkeit auf Leo gerichtet.

Manchmal war Johan darüber enttäuscht. Er hatte das Gefühl, dass Ada ihm entglitt.

Sie teilten nicht mehr dieselbe Leidenschaft für ihre Aufgaben bei «better future».

Sie teilten noch nicht mal mehr ihre Leidenschaft für das Wohlergehen der Familie Stratmann.

Für Ada ging es nur noch um Leo. Alles andere schien sie nicht mehr zu interessieren.

Auf der einen Seite hatte Johan viel Verständnis für sie. Er war dankbar, dass sie sich so aufopferungsvoll um Leo kümmerte, und sah ein, dass er ihre volle Aufmerksamkeit brauchte.

Gleichzeitig hatte Johan jedoch das Gefühl, dass er und die beiden Mädchen, ganz zu schweigen von den Pflegekindern, zu kurz kamen.

Oft kam Talia ihm abends weinend entgegen, wenn er das Haus betrat. Sie hatte sich mit ihrer Schwester gestritten, doch Ada war zu beschäftigt, um als Vermittlerin einzutreten.

Dann wurde Johan wütend und traurig und fragte sich, warum alles so schwierig geworden war.

Manchmal wünschte er sich sogar in die Zeit vor Leo zurück, nur um im gleichen Augenblick von einem unglaublichen Schuldgefühl überwältigt zu werden. Wie konnte er nur so etwas denken?

So waren die Stratmanns plötzlich und unerwartet in eine Krise geraten. Die glücklichen, unbeschwerten Zeiten, in denen sie alles im Griff zu haben schienen, waren vorbei.

Der Weg war mühsam und beschwerlich geworden.

Alle versuchten ihr Bestes, sich mit der neuen Situation zu arrangieren.

Selten gab es noch Abende, an denen Johan und Ada Zeit und Kraft fanden, sich auf der Hollywoodschaukel zu treffen und zu reden. Nur in ganz kostbaren Momenten, zumeist abends oder nachts, wenn Leo schlief und Ada bei Johan Nähe und Geborgenheit suchte, gelang es ihnen, zueinanderzufinden und sich zu versichern, dass alles gut werden würde.

Und tatsächlich: Als Leo ein Jahr alt war, verbesserte sich sein Zustand zunehmend.

Er hatte mehr Appetit, wurde kräftiger und war seltener krank. Das Schlimmste schien überstanden.

Und auch wenn Ada nach wie vor ihre Aufmerksamkeit primär

auf Leo gerichtet hielt, so kehrte doch mehr und mehr eine solide Normalität ins Leben der Stratmanns zurück. Ada und Leo nahmen an den gemeinsamen Mahlzeiten teil. Die Kinder erzählten von ihren Alltagserlebnissen, und Ada gab sich große Mühe, den Gesprächen am Tisch zu folgen oder zumindest interessiert zu wirken.

Leos schmales, blasses, eingefallenes Babygesicht erholte sich von den Strapazen der ersten Monate und nahm mehr und mehr eigene Züge an. Seine großen dunklen Augen bekamen einen neuen Glanz, und seine Wangen waren sogar ein wenig rosig.

Leo war ein liebenswerter Bursche. Er war ruhig und wirkte nachdenklich und besonnen.

So wurde er von seinen Eltern bald als «Leo, der kleine Philosoph» betitelt.

Stundenlang konnte er auf seiner Spieldecke liegen und die Welt um ihn herum mit großen Augen beobachten.

Dass Leo in seiner Entwicklung lange nicht da war, wo seine großen Schwestern sich in seinem Alter befunden hatten, störte niemanden. Er hatte alle Zeit der Welt. Hauptsache, er war gesund. Alles andere würde schon zu seiner Zeit kommen.

Im Februar 1996 fing der kleine Leo an, sich aus eigener Kraft fortzubewegen.

Wie so oft lag er auf seiner Decke und nahm mit wachen Augen seine Umwelt wahr. Ein paar Meter entfernt waren Amelie und eines der Pflegekinder namens Grace mit ihren Bauklötzen zugange.

Es war ein Donnerstagvormittag, und alle anderen Kinder waren in der Schule. Ada und Johan saßen entspannt auf dem Sofa und genossen den seltenen Moment, in dem alles friedlich seinen Lauf nahm.

Leo hatte sich auf den Bauch gedreht. Immer wieder drückte er sich mit seinen Ellbogen hoch, nur um kurze Zeit später wieder unter der Last zusammenzubrechen.

Doch irgendwann begann er sich unter größter Kraftanstrengung auf die zwei spielenden Mädchen zuzubewegen. Es war eine Mischung aus Krabbeln und Robben. Ein sehr individueller Fortbewegungsstil.

Die aufgeregten Eltern begannen Leo vom Sofa aus anzufeuern. Die Mädchen wandten sich ihm zu und lockten ihn mit ihren Bauklötzen.

Und tatsächlich überwand Leo die gesamte Strecke und fiel glücklich und erschöpft mit seinem hochroten Kopf auf Amelies Oberschenkel. Die Familie applaudierte und ließ ihn hochleben. Ein kleiner Schritt für die Menschheit, aber ein riesiger Freudenmoment für die Stratmanns.

Die Krise schien überstanden zu sein.

Johan und Ada konnten durchatmen.

Talia kniete sich nach wie vor jeden Abend, wenn sie Amelies regelmäßigen Atem hörte, vor ihr Bett, faltete ihre kleinen Hände und zollte Gott ihren Tribut:

Lieber Gott,
danke, dass du meinen kleinen Bruder gesund machst.
Amen.

Am Dienstag, den 26. März 1996, waren die Vorbereitungen für den bevorstehenden Geburtstag Johans in vollem Gange. Zwar war es kein runder Geburtstag, dieser kam erst im nächsten Jahr auf ihn zu, doch es sollte trotzdem groß gefeiert werden.

Vielleicht plagte Ada das schlechte Gewissen, dass Johan so lange zu kurz gekommen war.

Vielleicht hatte sie auch einfach Lust, ihn mal wieder richtig zu verwöhnen.

Was auch immer es war: Johan gefiel es, so im Mittelpunkt zu stehen.

Ada zog sich mit den Kindern ins Wohnzimmer zurück und verwehrte ihm den Eintritt, um, wie sie sagte, «Überraschungen vorzubereiten».

Die Mädchen kicherten und tuschelten am Abendbrottisch, und man merkte, dass es ihnen schwerfiel, Johan nicht in ihre aufregenden Geburtstagspläne einzuweihen.

Für Mittwochabend war eine große Party mit vielen Gästen geplant. Es sollte all die Leckereien geben, die Johan besonders mochte und die sie im Alltag meistens entbehren mussten, einfach weil sie zu teuer und zu schwer zu besorgen waren.

Ada hatte schon vor Wochen viele Besuche in der Nachbarschaft gemacht, um Einladungen auszusprechen.

Heute wollte Ada nach Nairobi fahren, um Einkäufe für die bevorstehenden Festlichkeiten zu tätigen. Es war tatsächlich das erste Mal seit Leos Geburt, dass ein Projekt sie in Beschlag nahm und ausfüllte, welches nichts mit der Gesundheit und dem Wohlergehen ihres Jüngsten zu tun hatte.

Es war auch das erste Mal, dass sie Leo für einen längeren Zeitraum aus den Augen ließ und jemand anderem anvertraute.

Mit ihren Töchtern war sie nie so eine Glucke gewesen. Eher im Gegenteil. Schon von Geburt an waren Talia und Amelie von Arm zu Arm herumgereicht und liebkost worden.

Mit Leo war das anders. Ihn gab sie nur ungern aus der Hand. Selbst wenn Johan auf ihn aufpasste, schaute sie immer wieder nach und versicherte sich, dass alles in Ordnung war.

Johan hatte an diesem Dienstag vor, ein kaputtes Fenster im Schultrakt zu reparieren. Es wurde langsam heiß draußen.

In den Sommerwochen hatten sie immer wieder mit lästigen Insektenschwärmen auf dem Gelände zu tun. Heuschrecken und Wespen kamen übers Land wie eine biblische Plage, und man musste Türen und Fenster geschlossen halten, um wenigstens innerhalb der Gebäude seine Ruhe zu haben.

Johan wollte das Fenster repariert haben, bevor das widerliche Kleingetier über sie herfiel.

Da Johan keine Zeit zum Babysitten haben würde, hatte Ada ihre Freundin Ruby gefragt, ob diese die Betreuung Leos übernehmen würde. Eigentlich hatte Ruby in der Küche zu tun, doch diese Aufgaben waren schnell an einige Volontäre delegiert.

Ruby freute sich, dass Ada ihr das Vertrauen entgegenbrachte, auf Leo aufzupassen. Sie wusste, wie schwer es Ada fiel, ihn allein zu lassen, und versicherte ihr mehrfach, dass sie den kleinen Burschen wie ihren Augapfel hüten werde.

So stieg Ada in den Geländewagen und fuhr los. Johan, Ruby mit Leo auf dem Arm und die Mädchen mit einer Volontärin, die den Vormittag mit ihnen verbringen würde, standen vor dem Haus und winkten dem davonfahrenden Auto hinterher.

Ein ungewöhnlich feierlicher Abschied angesichts des Umstands, dass sie nur eine Shopping-Tour machen wollte.

Und tatsächlich war es den Kleinen und Großen, die da vor der Türe standen und winkten, feierlich zumute.

Es war ein weiterer kleiner Schritt in Richtung des normalen Lebens, wie es früher gewesen war.

Als der Jeep um die Ecke verschwand, sprach Johan ein kleines Dankgebet zum Himmel.

Es waren fast zwei Jahre her, dass Ada das letzte Mal alleine nach Nairobi gefahren war. Und noch vor ein paar Monaten hätten sie es sich alle nicht vorstellen können, dass Ada ein paar Stunden ohne Leo verbringen würde.

Johan war gespannt und auch noch ein bisschen im Zweifel darüber, ob sie es wirklich durchzog. Insgeheim rechnete er damit, dass sie auf den ersten Kilometern kehrt machen und zurückfahren würde.

Die Abschiedsdelegation trat ihren Weg ins Haus an. Die Kinder setzten sich an den Tisch, um gemeinsam mit der Volontärin ein paar Ausmalbilder zu kolorieren.

Ruby ging mit Leo in die Küche und fütterte ihm eine Banane, und Johan machte sich mit seinem Werkzeugkoffer bewaffnet auf den Weg zur Schule.

Doch an diesem Morgen konnte sich Johan nicht auf seine Arbeit konzentrieren. Er war mit seinen Gedanken zu Hause bei Leo. Aus irgendeinem Grund erfüllte ihn die Tatsache, dass Ada nicht bei ihrem Sohn war, mit Unruhe.

Was, wenn Leo fremdelte und anfangen würde zu weinen?

Was, wenn die Mädchen zu wild spielten und beim Toben auf Leos Finger traten und ihn verletzten?

Wenn Ada abends zurückkommen würde und irgendetwas wäre schiefgelaufen, würde sie vielleicht bereuen, Leo alleingelassen zu haben.

Von dieser Unruhe getrieben, lief Johan über den Tag verteilt viermal zurück nach Hause, um nach dem Rechten zu sehen.

Er gab vor, sein Cutter-Messer vergessen zu haben, einen Kaffee zu brauchen oder Amelie noch eine wichtige Info wegen ihres Musikunterrichtes geben zu müssen.

Jedes Mal, wenn er mit klopfendem Herzen das Haus betrat, war alles in bester Ordnung. Die Kinder waren zufrieden, und Ruby hatte alles im Griff.

Ada war es tatsächlich gelungen, sich beim Stöbern in den Supermarktregalen zu verlieren und nicht unentwegt nur an Leo zu denken.

Trotzdem beeilte sie sich, ihre To-do-Liste in Nairobi abzuarbeiten, und war bereits am frühen Abend wieder zu Hause.

Wie groß war die Freude und Erleichterung, als sie die Küche betrat, wo Johan mit fünf Kindern zugange war und ein leckeres Abendessen zauberte, während Ruby mit Leo auf dem Arm am Küchentisch saß und die ganze Mannschaft herumkommandierte.

Ada steuerte direkt auf Leo zu, nahm ihn zu sich auf den Arm und drückte ihn fest an sich.

Es hatte geklappt.

Er war ohne sie zurechtgekommen.

Sie durfte darauf vertrauen, dass er es schaffen würde.

Glücklich begrüßte Ada auch alle anderen, die sich in der kleinen Küche herumtummelten.

Ada und Johan beschlossen, zuerst die neun Kinder zu versorgen und erst danach, wenn Ruhe eingekehrt war, gemeinsam gemütlich zu Abend zu essen.

Sie luden Ruby ein, später mit ihrem Mann Carl zum Abendessen dazuzukommen. Ruby freute sich über die Einladung und sagte zu, ohne vorher ihren Mann gefragt zu haben.

Dann gab sie Leo, der im Begriff war, von seiner Mama zu Bett gebracht zu werden, einen schmatzenden Gutenachtkuss auf seine Stirn.

Er strahlte sie an und streckte sein kleines Fäustchen nach ihr aus.

Ruby lief nach Hause, um Carl über die Einladung zu informieren und die restlichen Süßkartoffeln in einen leckeren Auflauf zu verwandeln, damit sie auch etwas zum Abendessen beisteuern konnte.

Um 20 Uhr war es vollbracht. Alle Kinder lagen friedlich in ihren Betten, nachdem Johan und die Volontärin Eva neunzig Minuten lang auf Hochtouren gelaufen waren, um verschüttete Milch aufzuwischen, streitende Kinder zu beruhigen, zum Zähneputzen zu animieren, Schlaflieder zu singen und alles für den morgigen Schultag vorzubereiten.

Ada hatte sich zunächst ausgiebig um Leo gekümmert. Er hatte eine frische Windel bekommen, und bevor sie ihm seinen Schlafoverall anzog, hatte sie ihn mit einer kleinen Rückenmassage verwöhnt und seinen warmen, weichen Körper mit Küssen und Schmatzern übersät.

Wenn man dem kleinen Kerl sanft in die Armbeuge pustete, bekam er jedes Mal einen herzhaften Lachanfall, und Ada konnte nicht genug davon bekommen, ihn zum Lachen zu bringen.

Als Leo um halb acht zu den Klängen eines Wiegenliedes seiner Mama eingeschlafen war, ging Ada in die Küche, um den Tisch zu decken.

Kurz nachdem es still geworden war im Haus und Eva sich verabschiedet hatte, klopften Carl und Ruby an der Türe. Johan schaute Ada an:

«Weißt du, dass das unsere ersten Gäste seit vielen Monaten sind?»

Ada lächelte kopfnickend zu Johan hinüber und wischte sich die feuchten Hände an einem Geschirrtuch ab.

Dann öffnete sie die Türe.

Der Tisch war reichhaltig gedeckt mit Reis und Bohnen, Gemüse, Fladenbrot und dem Süßkartoffelauflauf von Ruby.

Johan öffnete zur Feier des Tages eine Flasche Rotwein. Theoretisch gab es noch nichts zu feiern. Johans Geburtstag war erst morgen.

Eigentlich war es ein ganz normaler Alltag gewesen, mit misslungenen Renovierungsarbeiten, quengelnden Kindern und viel Chaos.

Doch alle spürten, dass dieser Tag einen Durchbruch geschenkt hatte.

Die Sorge um Leo, die wie eine dunkle schwere Wolke über dem Heim der Stratmanns gelegen hatte, war gewichen, und Zuversicht bahnte sich ihren Weg. Die jüngsten Entwicklungen raunten von dem Versprechen, dass alles gut werden würde.

Bevor sie sich über die Leckereien hermachten, bat Johan Carl darum, ein Tischgebet zu sprechen. Es wurde ruhig am Tisch, Carl räusperte sich ein paar Mal und dankte Gott dann ausgiebig für seine Treue und Güte. Er endete sein Gebet mit den Worten: «We entrust our lives into Your loving hands.»

Mit belegter Stimme stimmte Ada in das «Amen» ein.

Carls Worte hatten ihr die Kehle zugeschnürt, und ein eisiger Schauer durchlief ihren Körper. Sie sträubte sich gegen dieses Bild. Vor ihrem inneren Auge sah sie sich selbst mit Leo auf dem Arm. Sie sah, wie Gott seine Hände nach Leo ausstreckte. Doch sie wandte sich ab und drückte Leo schützend fester an sich.

Hämisch erklang das Lachen des furchterregenden Dämons, der sie in jener Nacht im Krankenhaus heimgesucht hatte.

Nervös schob sich Ada eine Locke aus dem Gesicht.

Wie lange es wohl noch dauern würde, bis sie die traumatischen Erlebnisse des letzten Jahres überwunden haben würde und Gott wieder als einen liebenden Vater anerkennen könnte?

Wie durch eine Nebelwand drang Carls baritones Lachen zu ihr durch, und sie kehrte langsam zurück in die Gegenwart.

Johan war gerade dabei, die Teller mit duftenden Köstlichkeiten zu beladen.

Ada nippte an ihrem Wein, schüttelte die quälenden Gedanken von sich und konzentrierte sich auf Rubys Stimme, die ein paar Einzelheiten ihres Babysitting-Nachmittages erzählte.

Amelie hatte die kleine Grace dazu überreden wollen, es ihr nachzutun und ein großes Haus auf ein Blatt Papier zu malen, doch Gracie beharrte standhaft auf ihrem eigenen Wunsch und malte stattdessen eine bunte Blumenwiese.

Etwas später, als die beiden ihre Kunstwerke längst beendet hatten und auf dem Fußboden mit der Holzeisenbahn spielten, schlich Amelie sich zum Basteltisch, schmierte die Rückseite ihres Bildes üppig mit Kleber ein und haftete ihr Haus auf Gracies bunte Blumenwiese.

Als Grace gewahr wurde, was Amelie mit ihrem Kunstwerk getan hatte, fing sie laut an zu weinen.

Amelie eilte zu ihr, setzte das ein Jahr jüngere Mädchen auf ihren kleinen Schoß und erklärte ihr mit einer Überzeugungskraft, die bei Gracie schnell die Tränen versiegen ließ, dass sie ja nun viel reicher und glücklicher sei als vorher, hatte doch ein großzügiger Gönner ein schönes, teures Haus auf ihr Grundstück gebaut.

Obgleich Amelie ihre Missetat hatte schönreden können, zog Ruby sie ein wenig später zur Seite und maßregelte sie mit strengem Blick.

Doch nun, beim Erzählen der Geschichte, musste sie immer wieder unterbrechen, da ihr ganzer Körper vor Lachen bebte, und mit glucksender Stimme beteuerte sie, dass sie selten so viel Kreativität und Eigensinn in einem so kleinen Mädchen gesehen hatte.

Dann schwärmte Ruby davon, wie gewissenhaft und fleißig Talia ihr den ganzen Nachmittag zur Hand gegangen war. Sie hatte, ohne zu fragen, den Maltisch aufgeräumt, alle Stifte gespitzt und die Mülleimer geleert.

Ada entspannte sich. Es wurde ein geselliger Abend. Die Freunde scherzten und alberten bis weit nach Mitternacht. Es wurde herzhaft gelacht, als Ada Anekdoten aus ihren ersten Jahren in Afrika erzählte.

Dorothea Stratmann hatte ja immer schwere Bedenken bezüglich der Afrikapläne ihres einzigen Sohnes angemeldet und bei den sonntäglichen Kaffeekränzchen vor ihrer Ausreise gerne all ihr Wissen über kenianische Raubüberfälle, Entführungen, Elefantenangriffe und Insektenattacken kundgetan.

Normalerweise blieben Ada und Johan unbeeindruckt von den lebhaften Schilderungen der tragischen Todesfälle. Eine Geschichte haftete sich jedoch in Adas Gedächtnis ein und suchte sie sogar einige Male in ihren Träumen heim.

Dorothea berichtete von einem Seniorenehepaar, das in Afrika eine Safari-Tour machte. Es klang so, als würde sie die beiden persönlich kennen, doch in Wirklichkeit verbrachte Dorothea ihre Woche damit, alle möglichen Klatsch- und Tratschblätter nach ebendiesen Schicksalsberichten zu durchkämmen und diese dann durch Hinzuziehen der eigenen Phantasie noch hier und da gravierend auszuschmücken.

Egon und Hilde Schmidt gaben also beinahe all ihre Ersparnisse aus, um sich den Lebenstraum eines Afrika-Urlaubes zu erfüllen.

Beim gemütlichen Mittagessen unter einem Affenbrotbaum wurde der Mann plötzlich und unerwartet von irgendetwas ins Gesicht gespritzt. Er wischte sich die Flüssigkeit aus den Augen, schaute seine Frau verwundert an und fiel im selben Moment mausetot zu Boden. Die Frau schaute hoch in den Baum und sah direkt in das Gesicht einer bösartigen Schlange. Es handelte sich um eine afrikanische Speikobra, die sie mit blutrünstigen Augen anfunkelte …

Johan übernahm die Erzählerrolle:

«Jaja, und dann wurde die Kobra von einem Gorilla gepackt und fest zusammengeknotet. Doch auf der Flucht vor dem Gorilla verirrte sich die arme orientierungslose Deutsche im Dschungel und wurde schließlich von Tarzans Bruder, einem dickbäuchigen, stark alkoholisierten, komplexbeladenen Neurotiker, aufgefunden und zu einer Zwangsehe genötigt.»

Dorothea blieb ernst:

«Nun mach dich mal nicht darüber lustig, Johan. Ich habe meine Informationen aus seriösen Quellen und bitte euch ernsthaft, dass ihr euch mit den Risiken eures Vorhabens auseinandersetzt.»

Aus unersichtlichen Gründen ging die Speikobra Ada nicht mehr aus dem Kopf.

Und so kam es einige Tage nach Ankunft des jungen Paares auf dem Gelände des Waisenhauses zu einem aufsehenerregenden Zwischenfall.

Es war noch früh am Morgen. Ada kam schlaftrunken durch die Diele geschlurft und bemerkte, dass sie am Abend vorher vergessen hatte, einen Eimer mit Süßkartoffelschalen und Maniokabfällen zum Hühnergehege gleich neben ihrem Haus zu bringen.

Sie überlegte kurz und entschied sich dann, diese Aufgabe schnell und unkompliziert zu erledigen, bevor sich Ameisen und andere unbekannte afrikanische Insekten in ihrem Zuhause breitmachten.

Einen Moment hielt sie noch inne, denn sie trug nur ihr kurzes Nachthemd, und noch gestern hatte Benjamin mit ihnen darüber geredet, dass das Bedecken der Knie für die kenianische Kultur so wichtig ist wie das Tragen eines Oberteiles für die europäische Frau.

«Wenn ich also jetzt mit kurzem Nachthemd raus zu den Hühnern gehe, ist das wohl so, als ob ich in Deutschland oben ohne zum Bäcker laufe», dachte Ada.

Aber da es noch sehr früh am Morgen war, ging Ada davon aus, dass die Afrikaner, von denen man ja in Deutschland munkelte, dass sie einen Hang zum Easy Living hatten, noch tief und fest schliefen.

Mutig öffnete Ada die Haustüre und huschte hinüber zum Hühnergehege, um den Eimer mit Speiseresten über dem Zaun auszukippen. Auf dem Weg zurück nahmen ihre Augen eine Bewegung neben der Türe wahr.

Und tatsächlich, dort schlängelte sich etwas.

Etwas Großes!

Etwas Langes!

Etwas Furchteinflößendes!

Eine Speikobra!

Ada konnte nicht anders. Sie stieß einen markerschütternden Schrei aus, sprang mit einem Satz auf einen Mauervorsprung neben dem Haus und vergrub ihr Gesicht in ihrer Armbeuge. Sie musste verhindern, dass die Schlange ihr todbringendes Gift in ihre Augen spritzte.

Von ihrem Schrei waren mehrere Teammitglieder aus der Nachbarschaft aufgewacht.

Zuerst stürmte eine europäische Volontärin aus ihrem Haus,

nur um im gleichen Atemzug, in dem sie Ada «Kobra» schreien hörte, ebenfalls angsterfüllt mit einem Satz auf die Mauer zu springen.

Johan erschien in der offenen Tür, rannte dann aber panisch zurück ins Haus, um, gemäß eigenen Angaben, «nach einer geeigneten Waffe zu suchen».

Schließlich trat Carl dem Schreckensszenario bei.

Er folgte Adas Fingerzeig und fand auf der Wiesenfläche rechts von der Haustüre den Grund der allgemeinen Erregung.

Er hob die verschüchterte kleine Schlange auf und trug sie sachte zu den beiden in Schockstarre verharrenden Frauen, die immer noch mit angezogenen Beinen und verborgenen Gesichtern auf den Ziegelsteinen kauerten.

«*Liebe* Schlange! *Liebe* Schlange!»,

rief er immer wieder in gebrochenem Deutsch, als auch Johan mit einem Küchenmesser bewaffnet vor dem Haus eintraf.

Erst als Carl die liebe Schlange, deren Art der europäischen Blindschleiche ähnelt und die auf afrikanischen Feldern etwa so häufig zu sehen ist wie in deutschen Schrebergärten der Regenwurm, in der hintersten Ecke des Geländes ausgesetzt hatte, trauten sich die beiden Frauen langsam aus ihrer Verteidigungshaltung heraus.

Die Kinder, die inzwischen bereits neugierig auf dem Hof und an den offenen Fenstern standen, wurden von Carl auf Swahili über den Vorfall unterrichtet und lachten lauthals und herzhaft über ihre neuen Hauseltern.

Ada ging gebeugten Hauptes in ihr Schlafzimmer und bedeckte sich unverzüglich die Knie mit einem knöchellangen Rock.

Noch lange hatten sowohl die Kinder als auch die Mitarbeiter ihren Spaß daran, alle Strumpfbandnattern, die sie auf dem Außengelände fanden, zu Ada zu bringen und persönlich vorzustellen.

Ada tat noch nach Jahren empört und angewidert.

Obwohl sie die Angst schon lange verloren hatte, ließ sie den anderen den Spaß, sich über sie lustig zu machen.

Spott und Häme ließ sie tapfer über sich ergehen.

Bis zu dem Zeitpunkt, als Carl sie, in Absprache mit ihrem Mann Johan, heimlich mit einer Wasserpistole anspritzte, während die kleine Nadia ihr mit unschuldigem Blick eine ungefährliche Natter vors Gesicht hielt.

Lachend erinnerten sich die zwei Paare an die Racheaktion, die Ada auf diesen Streich hin mit Unterstützung von Ruby in die Tat umgesetzt hatte.

Während laut durcheinander geredet wurde, beobachtete Johan seine Frau von der Seite. Er hatte einen Arm auf ihre Stuhllehne gelegt und berührte ihre Schulter, wann immer es zwischen ihren ausladenden Gesten und pantomimischen Einlagen möglich war.

Er freute sich so sehr an dem Funkeln in ihren Augen, an dem Grübchen an ihrem Kinn und den wippenden Locken. Das war die Frau, die er geheiratet hatte.

So liebte er sie.

Gelöst und fröhlich verabschiedeten Johan und Ada an diesem Abend ihre Gäste. Ruby umarmte Ada lange und fest. «It was good to be with you, my friend!» Rubys Blick war vielsagend.

Ada war seit Leos Geburt beinahe unerreichbar für ihre Freundin gewesen.

Auch Ruby und ihr Mann Carl gingen durch eine schwere Zeit.

Ruby war vor einigen Monaten mit Darmkrebs diagnostiziert worden. Der Tumor hatte vollständig entfernt werden können, doch die Angst vor Metastasen und einem erneuten Ausbruch der Krankheit war noch allgegenwärtig.

Ada hatte versucht, für Ruby da zu sein. Sie hatte sich regelmäßig nach ihrem Befinden erkundigt, war sie im Krankenhaus besuchen gekommen und nahm Anteil, so gut sie konnte.

Doch oft drehte sich bei ihren Zusammenkünften schon nach kurzer Zeit alles um den kleinen Leo: wie er aß, wie er schlief, wie er zunahm, welche Entwicklungsschritte er machte.

Es mag an Rubys Persönlichkeit gelegen haben oder an ihrer kulturellen Prägung, dass sie nur wenige Worte über sich selbst und ihre Nöte und Sorgen verlor.

Doch es mag auch sein, dass Ruby gespürt hatte, dass sie Ada nicht noch mehr aufbürden konnte und dass sie genug mit ihren eigenen Herausforderungen beschäftigt war.

Was auch immer es war: Beide spürten, dass ein Ungleichgewicht in ihrer Freundschaft entstanden war.

Und obwohl Ruby gut darin war, nicht viel von Ada zu erwarten, und Ada immer wieder ihr schlechtes Gewissen mit kleinen Aufmerksamkeiten in Form eines Blumenstraußes oder einiger lieber Worte auf einer Karte beruhigte, entfernten die beiden Freundinnen sich allmählich voneinander.

Dieser Abend hatte Hoffnung geschenkt, dass die Zeiten wieder leichter werden würden.

Ruby und Carl verschwanden in der Dunkelheit, und Johan und Ada verrichteten die letzten Aufgaben vor dem Zubettgehen.

Ada fütterte den kleinen Leo noch mit seiner Abendmilch. Auf Anraten des Arztes weckten sie ihn immer noch einmal zu einer späten Mahlzeit.

Zufrieden lag Leo in den Armen seiner Mutter und saugte mit kräftigem Zug an der Trinkflasche. Seine kleine Hand umklammerte ihren Finger.

Ada blickte ihrem Sohn tief in die Augen und summte ihm leise ein Lied: *Von guten Mächten wunderbar geborgen, erwarten wir getrost, was kommen mag, Gott ist bei uns am Abend und am Morgen, und ganz gewiss an jedem neuen Tag.* Sie war erfüllt mit Dankbarkeit und Frieden.

Nachdem Leo seine Flasche ausgetrunken hatte, legte Ada ihn

behutsam zurück auf das weiche Fell in seinem Babybett, das sich direkt neben dem Ehebett von Ada und Johan befand.

Dann legte sie sich hin und machte es sich in Johans Armen bequem.

«Gute Nacht, Ada. Gute Nacht, mein kleiner Philosoph», flüsterte Johan schlaftrunken und war im selben Moment eingeschlafen.

Mitten in der Nacht bemerkte die kleine Talia im Halbschlaf, dass sie ihr abendliches Gebetsritual vergessen hatte. Sie murmelte die vertrauten Worte im wohlbekannten Rhythmus und schlief friedlich weiter.

✦ ✦ ✦

Talia und Johan waren nun schon eine Weile schweigend nebeneinander hergelaufen. Jeder hatte seinen eigenen Gedanken nachgehangen. Jeder hatte die eigenen Erinnerungen durchforstet: manche schon ganz verblasst und kaum noch erkennbar, andere farbenfroh und dazu in der Lage, alle Sinne zu stimulieren. Manche der Realität entsprechend, andere durch spätere Erlebnisse, Träume und Erzählungen verfälscht und umgeformt.

«Lass uns nach Hause gehen, Mäuschen.»

Johans sanfte Stimme durchschnitt die Stille.

Sie bogen scharf rechts ab und machten sich auf den Heimweg.

Kurz bevor sie die Dorfmitte erreichten, erklang Talias Handy.

Es war kein gewöhnlicher Klingelton, sondern die Aufnahme eines Live-Mitschnittes eines Liedes von Coldplay. Anton und Talia hatten sich vor der Geburt der Zwillinge einen Traum erfüllt und Tickets für ein Konzert ihrer damaligen Lieblingsband erstanden. Talia hatte eines der Lieder aufgenommen und ihr Telefon so eingestellt, dass bei einem Anruf ihres Mannes immer dieser Song ertönte.

When you try your best but you don't succeed
When you get what you want but not what you need
When you feel so tired but you can't sleep
Stuck in reverse
When the tears come streaming down your face
'Cause you lose something you can't replace
When you love someone but it goes to waste
Could it be worse

Anton machte sich Sorgen und wollte wissen, wo Talia steckte. Sie beschwichtigte ihn und versicherte ihm, dass sie mit ihrem Vater auf dem Heimweg sei.

Und ob ich schon wanderte im finstern Tal,
fürchte ich kein Unglück;
denn du bist bei mir,
dein Stecken und Stab trösten mich.
– Psalm 23

— 11 —

Johan und Talia kehrten am frühen Abend nach Hause zurück. Die Zwillinge waren völlig überdreht, und so entschlossen sich die erschöpften Eltern dazu, nach Hause zu fahren, um gemeinsam ein einigermaßen normales Abendprogramm durchführen zu können. Talia wollte später zurück zu ihrem Vater kommen.

Nun saß Johan gemeinsam mit Markus im Wohnzimmer. Johan hatte sich im Ohrensessel niedergelassen und Adas Decke über seine Knie gelegt. Sanft streichelte er die flauschige Wolle.

Markus schenkte ihnen an der Hausbar einen Drink ein und ließ sich dann auf dem Sofa nieder.

Sie schauten aus dem Fenster in den Garten. Die Blätter der Birke wiegten sich sachte im Wind. Durch das erleuchtete Fenster des Nachbarhauses konnten sie Herrn Meier an seinem Küchentisch sitzen sehen. Er schälte sich gerade einen Apfel, den er allabendlich verspeiste.

«Johan, hör zu …»,

begann Markus mit sich selbst und seinen Worten ringend. «Wir haben hin und wieder über Leo gesprochen. Aber offensichtlich haben wir in diesen Gesprächen immer nur mehr oder weniger an der Oberfläche gekratzt. Wahrscheinlich waren wir beide nicht dazu in der Lage, in die Tiefe zu gehen. Aber heute Abend wüsste ich gerne mehr. Wenn du möchtest, kannst du es mir erzählen.»

Lange betrachtete Johan schweigend seine Fußspitzen. Markus war sich nicht sicher, ob er ihm überhaupt zugehört hatte.

Doch dann begann er, stockend zu erzählen.

✦✦✦

Ada erwachte schweißgebadet. Sie schaute auf den Wecker auf ihrem Nachttisch. Es war 4.17 Uhr.

Sie hatte einen schlimmen Traum gehabt, konnte sich jedoch nicht mehr an den Inhalt erinnern.

Neben ihr atmete Johan in tiefen Zügen.

Sie schaute auf und hin zum Gitterbettchen, in dem Leo lag.

Ein ungutes Gefühl überkam sie. Eine Sorge, die tief in ihrem Innersten festsaß. Eine Heimsuchung des Dämons, mit dem sie im letzten Jahr Bekanntschaft gemacht hatte.

Häufig wachte sie nachts mit dem dringenden Bedürfnis auf, zu überprüfen, ob es Leo gut ging. Nur selten hatte sie diesen Impuls bei den Mädchen gehabt, doch seit Leo da war, gab es kaum eine Nacht, in der sie nicht ein bis zwei Mal nach dem Rechten schaute.

Es war fast halb fünf. So lange schaffte sie es selten, ruhig zu schlafen. Wahrscheinlich war dies auf die beruhigende Wirkung des Rotweines am Vorabend zurückzuführen.

Ada hasste dieses Gefühl, das sie manchmal überkam, wenn sie sich dem Babybett näherte. Sie befürchtete das Schlimmste. Sie hatte solche Angst, dass mit Leo etwas nicht in Ordnung sein würde.

Wenn sie ihren Blick dann langsam und angsterfüllt in das Bett gleiten ließ und Leo friedlich schlafend vorfand, entglitt ihr die ganze innere Anspannung in einem tiefen Seufzer.

Sie musste diese Angst loswerden, doch es war so schwierig, Herrin über ihre Gefühle zu sein. Sie wusste nicht, wann dieser Film in ihrem Kopf angefangen hatte und warum sie immer wieder dieses Horrorszenario vor Augen hatte, dass Leo etwas Schreckliches passierte.

Ada richtete sich langsam auf, nahm ihren ganzen Mut zusammen und freute sich auf den Moment, in dem die dunklen Befürchtungen von ihr abfallen würden. Ängstlich schaute sie in das Babybett hinein.

Leo lag da.

Sein Mund war offen, seine Haut bläulich.

Genau diesen Anblick kannte sie aus ihren schlimmsten Träumen.

Dieser Anblick gehörte nicht in die Realität, sondern in die Welt ihrer bösesten Sorgen und Befürchtungen.

Langsam ließ Ada ihre Hand in das Bett gleiten und berührte seine Wange.

Sie war kalt und leblos.

«Leo», murmelte Ada leise.

Leise und immer wieder.

«Leo. Kleiner Leo. Lieber, kleiner Leo.»

Johan erwachte und kniete sich neben Ada. Innerhalb von Sekunden wich die Erstarrung der Panik.

Johan nahm den kleinen leblosen Körper auf seinen Arm, schüttelte ihn erst sanft, dann fester, legte ihn auf die Matratze und begann verzweifelt mit Reanimierungs-Maßnahmen.

Er drückte den kleinen Brustkorb mit seinen Handflächen und blies Luft in die winzigen Nasenlöcher. Sein Verstand gelangte bereits nach kurzer Zeit zu der Erkenntnis, dass es zu spät war.

Er würde durch all seine Kraftanstrengungen die Situation nicht ändern können. Es stand nicht in seiner Macht, seinen Sohn zurückzuholen.

Doch Johans Körper gehorchte ihm nicht. Immer wieder beugte er sich über Leo, um seinen Atem in ihn hineinzugeben. Immer wieder pressten sich seine Handflächen auf die leblose Brust.

Irgendwann brach er schluchzend zusammen und kauerte sich an Leos Seite.

Ada hatte die ganze Zeit wie erstarrt am Bettrand gesessen. Nun kroch sie langsam auf die Matratze und legte sich auf die andere Seite von Leo.

Sie schaute ihn an, streichelte die kleinen Hände und das zarte Gesicht.

Johan schaute ein letztes Mal in die leeren Augen seines Sohnes, bevor er sie zärtlich mit seinen Fingerspitzen schloss.

Dann hob er den Blick, und seine verzweifelten Augen trafen die seiner Frau. Er erschrak bis ins Mark, denn in ihren Augen lag die gleiche Ausdruckslosigkeit und Leere wie in denen seines toten Sohnes.

Er nahm ihre Hand und drückte sie fest, doch ihr Blick änderte sich nicht. Sie war nicht bei ihm.

Es schien, als hätte sie mit Leo diese Welt verlassen.

Die nächsten Stunden und Tage erlebten die schockierten Eltern und auch die restlichen Bewohner von «better future» wie in Trance.

Um 5.30 Uhr stand Johan auf und benachrichtigte Benjamin im Nachbarhaus.

Ruby, Carl und Eva wurden aufgeweckt, und alle gemeinsam gingen sie zum Haus der Stratmanns.

Noch schliefen alle Kinder, aber schon bald würden die ersten kleinen sockenlosen Füße durchs Haus tappen und im Wohnzimmer nach Papa rufen.

In den Zeiten, in denen es Leo richtig schlecht gegangen war, hatte Johan den eigenen Töchtern und den Pflegekindern das Verbot erteilt, morgens nach dem Aufwachen in das elterliche Schlafzimmer zu kommen. Stattdessen sollten sie ins Wohnzimmer gehen und bei Bedarf nach ihm rufen. Dieses Vorgehen hatte sich eingebürgert.

Eva setzte sich in den Wohnzimmersessel, um alle Kinder in Empfang zu nehmen, die ausgeschlafen hatten. Sie war aschfahl und zitterte am ganzen Körper, und das ganze Team war sich darüber im Klaren, dass die junge Frau, die erst im letzten Jahr ihr Abitur gemacht hatte, total überfordert mit ihrer Aufgabe war.

Aber im Moment konnte auf solche Befindlichkeiten keine Rücksicht genommen werden.

Ruby ging mit Johan ins Schlafzimmer, in dem Ada mit Leo immer noch auf dem Bett lag.

Benjamin hatte entschieden, dass es das Beste wäre, Leos Leichnam in die Klinik zu fahren. Dort konnte ein Totenschein ausgestellt werden, und man würde ihn in der Leichenhalle verwahren, bis alle Formalitäten für die Beerdigung erledigt wären.

Johan ging zum Fenster und lehnte sich gegen das Fensterbrett.

Ruby setzte sich, nachdem sie Leos Gitterbettchen etwas zur Seite geschoben hatte, auf den Rand der Matratze und streichelte sanft die Schultern von Ada, deren Oberkörper sich auf diese Berührung hin anspannte.

Ada lag auf der Seite, mit dem Gesicht zur Wand, und hatte schützend die Arme um den toten Körper ihres Kindes gelegt.

Leos Kopf lag auf Adas Arm.

Obwohl Ruby Adas Ablehnung spürte, verweilte ihre Hand auf der Schulter. Eine ganze Weile, vielleicht eine halbe Stunde, saß Ruby so da und weinte und gab wehklagende Geräusche von sich.

Ada lag ganz still.

«We need to bring Leo to the hospital.»

Leise hallte Rubys Stimme im Halbdunkel.

Adas Körper versteifte sich, und obwohl sie nichts sagte, war klar, dass sie mit dieser Information nicht einverstanden war.

Irgendwann stand Ruby auf, nickte Johan zu und verließ das Zimmer. Johan begleitete sie.

«Give her some time to say goodbye», sagte Ruby zu den Männern. Ihre Stimme war so entschlossen, dass auch Benjamin es nicht wagte, ihr zu widersprechen.

Ruby ging zu Eva, um ihr mit den Kindern zu helfen.

Amelie war bereits wach. Sie saß in einer Ecke auf dem Fußboden und spielte mit ihrer Modelleisenbahn. Ruby schaute Eva, die immer noch blass und zitternd im hellbraunen Ledersessel zu verschwinden schien, fragend an.

Sie brauchte die Frage nicht laut auszusprechen. Eva wusste, dass es darum ging, ob Amelie Bescheid wusste.

Sie nickte unmerklich und zuckte gleichzeitig mit den Schultern.

Amelie war vor etwa zehn Minuten noch ziemlich schlaftrunken auf Evas Schoß gekrabbelt gekommen.

«Wo ist Papa?», hatte sie geflüstert und dabei herzhaft gegähnt.

Eva hatte sich keinen Plan zurechtgelegt, was sie den Kindern erzählen würde oder was sie ihnen besser verheimlichen sollte.

Zu groß war der Schock, unter dem sie stand.

Als Amelie sich aufrichtete, Eva ansah und misstrauisch «Was is'n los?» nuschelte, brach es einfach aus Eva heraus.

«Oh Amelie, es ist etwas passiert. Mit Leo. Gott hat deinen kleinen Bruder so lieb, dass er ihn zu sich geholt hat.»

Einige Sekunden hatte Amelie Eva mit großen Augen angestarrt. Dann war sie von ihrem Schoß gesprungen und hatte mit Karacho die Kiste mit den Bahngleisen ausgeschüttet, die sie nun ungeduldig mit zitternden Händen zusammensetzte. Wenn zwei Gleisteile sich ineinander verkeilten, schlug sie so lange mit ihrer kleinen Faust darauf herum, bis sie richtig lagen.

Ihre kindlichen Gedanken überschlugen sich.

Was hatte Eva gesagt: Gott hat Leo zu sich geholt, weil er ihn so lieb hat?

Hatte er ihn lieber als die anderen?

Amelie war noch hier, also hatte Gott sie nicht lieb?

Amelie hatte Leo auch lieb und wollte, dass Leo hier ist. Aber Gott war das egal?

Ruby setzte sich neben Amelie auf den Teppich und legte auch ihr die Hand auf die Schulter. Sie bekam die gleiche Reaktion wie kurz vorher bei Amelies Mutter.

«Amelie», begann Ruby flüsternd.

«Ich geh hoch in mein Zimmer. Ich will was machen.»

Amelie sprang auf und rannte die Treppen hinauf in ihr Zimmer, das sie mit Talia teilte.

Ruby schickte Eva zurück in ihr Wohnheim.

«You can leave now, Eva. You look tired.»

Ruby versorgte alle Pflegekinder mit Frühstück und schickte sie anschließend zur Schule. Talia sollte unter einem Vorwand zu Hause bleiben.

«Warum soll ich heute nicht zur Schule gehen?», fragte sie und witterte ein Unheil nahen.

«Your dad needs to talk to you», sagte Ruby und wandte dann Talia den Rücken zu, um hingebungsvoll eine schmutzige Pfanne zu schrubben.

Talia spürte, wie sich ein Knoten in ihrer Magengegend bildete, der ihr den Appetit verdarb, doch sie traute sich nicht, Ruby erneut zu fragen, was los ist. Vielleicht machte sie sich unnötig Sorgen, und der Morgen war nur deshalb so außergewöhnlich, weil es Papas Geburtstag war und sie etwas Besonderes vorhatten.

Aber warum wirkte Ruby dann so traurig?

Und auch Amelie hatte sich vorhin komisch verhalten. Als Talia aufwachte, hatte sie am Schreibtisch gesessen und ein Blatt mit schwarzer Wachsmalkreide vollgeschmiert. Talia hatte mehrere Anläufe genommen, mit Amelie ins Gespräch zu kommen, doch ihre Schwester hatte sie einfach ignoriert und weitergemalt.

Was konnte nur los sein?

Wo waren Papa und Mama?

Nach dem Abwasch ging Ruby ins Schlafzimmer, um Johan zu

holen, der wieder am Fenster stand, diesmal den Blick nach draußen gewendet. Er hatte seine Stirn gegen die noch kühle Fensterscheibe gepresst.

Eine Tränenlache hatte sich auf dem hölzernen Fensterbrett gebildet.

Ruby flüsterte Johan zu, dass sie die Mädchen ins Wohnzimmer bringen würde, damit er mit ihnen sprechen könnte. Sie informierte ihn auch darüber, dass Eva Amelie bereits etwas gesagt hatte.

Johans Fäuste ballten sich, so dass seine Handknöchel ganz weiß wurden, doch er nickte tapfer. Die vor ihm liegende Aufgabe schien ihm unmenschlich schwer.

«Ich komme!»

Als Johan ins Wohnzimmer trat, saß Talia auf dem Sofa und kaute nervös auf ihrer Unterlippe. Johan setzte sich neben sie und legte seinen Arm um ihre Schulter. Talia legte ihren Kopf auf seine Brust und flüsterte leise:

«Herzlichen Glückwunsch zum Geburtstag, Papa.»

Oh, mein Gott. Das hatte Johan ganz vergessen.

Grausamer geht's nicht, dachte er in einem Anflug von Bitterkeit.

Doch er schob alle Gefühle zur Seite, lächelte seine Tochter an und bedankte sich.

Ruby führte Amelie widerstrebend die Treppe hinunter.

«Muss ich wirklich mitkommen? Ich mach grade was Wichtiges.»

Ruby ließ keine Widerrede gelten und zog Amelie zu ihrem Vater. Dort angekommen, legte sie Amelies Hand in die von Johan und verschwand in der Küche.

Johan rang um Worte. Talia starrte ihn mit schreckerfüllten Augen an. Sie wusste nicht, was kommen würde, doch sie wusste, dass es furchtbar war.

Amelies Blick konnte Johan nur schwer deuten. Sie wirkte teilnahmslos und gelangweilt.

Im Nachhinein konnte sich Johan nicht mehr daran erinnern, was er seinen Töchtern an diesem schrecklichen Morgen gesagt hatte.

Amelie war, sobald die Wahrheit auf dem Tisch lag, zurück auf ihr Zimmer gegangen.

Talia hatte noch lange bitterlich weinend in seinen Armen gelegen und zahlreiche Fragen über das Wann, Wie und Weshalb gestellt.

Nachdem diese Aufgabe, die Johan sich niemals im Leben zugetraut hätte, erledigt war, wurde es nicht leichter.

Eva war inzwischen zurückgekommen und begleitete Talia und Amelie in ihr Zimmer.

Es war bereits Mittag, und Ada weigerte sich noch immer, Leo freizugeben, damit er in die Klinik gefahren werden konnte.

Ruby versuchte Benjamin zu überzeugen, dass eine Trennung von Mutter und Sohn nicht unbedingt notwendig sei.

Nach afrikanischem Brauch blieb ein totes Familienmitglied bis zur Beerdigung im Haus.

Doch Benjamin blieb in seiner Meinung fest, dass es das Beste sei, Leo nach europäischer Tradition beizusetzen und dazu in die Klinik zu fahren.

Insgeheim machte er sich auch Sorgen darum, dass irgendjemand entweder der Organisation oder ihnen als Privatpersonen etwas anlasten würde, wenn sie nicht korrekt nach westlichen Maßstäben handelten.

Zu viert gingen sie ins Schlafzimmer.

Nachdem ein finaler Versuch Johans, Ada zur Übergabe Leos zu bewegen, erfolglos blieb, mussten Johan, Carl und Benjamin sie mit körperlichem Einsatz von Leo wegziehen, damit Ruby diesen vorsichtig aufnehmen und nach draußen bringen konnte.

Carl hatte ein Beruhigungsmittel für Ada dabei, das er ihr unter Protest einflößte.

Als sie von Ada abließen, brach sie schluchzend auf dem Bett zusammen und flüsterte den Männern zu, sie sollten sie alleine lassen.

Johan versuchte sich noch einmal Ada zu nähern, nachdem Carl und Benjamin das Zimmer leise verlassen hatten, doch Ada wiederholte ihre Bitte.

«Geh weg. Lass mich allein!»,

wiederholte sie immer und immer wieder, bis Johan keine andere Möglichkeit sah, als das Zimmer zu verlassen.

Ruby trug den kleinen Leo vorsichtig ins Badezimmer und legte ihn auf die Wickelkommode.

Ruby war mit dem Tod vertraut.

Mit vierzehn Jahren hatte sie ihre kleine Schwester an Malaria verloren. Gemeinsam mit ihrer Mutter hatte sie den leblosen Körper der einstmals so quirligen Selma gewaschen und eingeölt.

Bevor Ruby zu «better future» kam, hatte sie als Hilfskraft in der Missionsklinik gearbeitet. In den letzten Jahren hatte man gute Ergebnisse darin erzielt, die Kindersterblichkeitsrate in Kenia zu reduzieren, doch noch immer war es nicht selten, dass Babys und Kleinkinder einen Infekt nicht überlebten oder wegen mangelnder Versorgung durch die Eltern verstarben.

Ruby hatte viele kleine Mädchen und Jungs auf ihrem letzten Weg begleitet.

Die Angst vor dem Tod hatte sie dabei verloren. Aber das Abschiednehmen fiel jedes Mal unendlich schwer.

Ruby entkleidete den kleinen leblosen Körper und zog ihm eine neue Windel und einen frischen Strampelanzug an. Dann wickelte sie ihn in eine kuschelige Decke ein. Während sie dies tat, sprach sie mit warmer Stimme einen Psalm über Leo aus.

The Lord is my shepherd;
I shall not want.
He makes me to lie down in green pastures;
He leads me beside the still waters.
He restores my soul;
He leads me in the paths of righteousness
For His name's sake.
Yea, though I walk
through the valley of the shadow of death,
I will fear no evil;
For You are with me;
Your rod and Your staff, they comfort me.
You prepare a table before me
in the presence of my enemies;
You anoint my head with oil;
My cup runs over.
Surely goodness and mercy shall follow me
All the days of my life;
And I will dwell in the house of the Lord
Forever.

Gedankenverloren schaute Ruby den kleinen Jungen an. Gestern noch hatte er sie mit bananenverschmiertem Gesicht freundlich angelacht. Nun war er fort.

«Bin ich schuld?»

Wie ein Blitz durchfuhr es Ruby. Ihr Herz fing an zu rasen. Heiße und kalte Wellen liefen ihr gleichzeitig den Rücken hinab. In ihrem Bauch flatterte es, als ob sie übermütig schaukeln würde.

Ruby hatte sich schon immer darüber gewundert, dass ihr Körper bei extremer Anspannung das gleiche Signal aussandte wie in dem Moment, als sie vor vielen Jahren den ersten Kuss von Carl bekommen hatte.

Vielleicht hatte Leo in einem unbeobachteten Moment etwas

Giftiges geschluckt. Oder hatte er sich verletzt, ohne dass sie es mitbekommen hatte? Gab es Anzeichen von Unwohlsein oder Schmerzen, die sie übersehen hatte? Hätte sie das Unglück verhindern können? Oder hatte sie es sogar mitverursacht?

Ruby atmete tief ein und aus. Dann schüttelte sie energisch den Kopf, um die düsteren Gedanken zu verscheuchen.

«Nein!» Sie sprach es laut aus.

Nicht einen Moment hatte sie den Jungen aus den Augen gelassen. Zu jeder Zeit war sie sich ihrer Verantwortung und dem Vertrauen, das Ada in sie setzte, bewusst. Leo war den ganzen Tag wohlauf und zufrieden gewesen.

Aber was dachte Ada? Gab sie Ruby die Schuld für den Tod ihres Sohnes?

Solche Überlegungen sollten Ruby in den kommenden Wochen noch häufig überkommen. Sie sprach mit Carl darüber. Sie brachte ihre Zweifel im Gebet vor Gott. In inneren Monologen versuchte sie, sich selbst davon zu überzeugen, dass es keinen Anlass dazu gab, sich zu verdächtigen oder gar zu beschuldigen.

Und was Ada betraf: Ihre Freundin musste die Geschehnisse deuten, wie sie es für richtig hielt. Ruby hatte keinen Einfluss darauf.

Es würde nie zu einem klärenden Gespräch kommen, doch in Wirklichkeit war Ada so sehr damit beschäftigt, sich selbst die Schuld zu geben, dass sie an Ruby keinen Gedanken verschwendete.

Mit der Zeit lernte Ruby, ihre dunklen Denkspiralen in die Schranken zu weisen. Wann immer sie hochkamen, sprach sie sich selbst die Wahrheit zu, die sie zu glauben entschied: Der Tod passiert uns genauso, wie uns das Leben passiert. Er kommt über uns, und wir müssen ihn akzeptieren.

Als Ruby fertig war, brachte sie Leo zu Johan.

Da Ada seine Anwesenheit ablehnte, hatte er sich dazu entschieden, gemeinsam mit Benjamin in die Klinik zu fahren.

45 Minuten lang saß Johan neben Benjamin auf dem Beifahrersitz und wiegte den leblosen Leo in seinen Armen. Für den Rest seines Lebens würde sich das Bild seines friedlich auf seinem Schoß liegenden Sohnes in seine Erinnerung einbrennen.

Im Krankenhaus angekommen, nahm die ganze Situation einen bizarren Charakter an: Eine Krankenschwester kam und wollte Leo mitnehmen.

Wie zuvor Ada hatte nun Johan den dringenden Impuls, Leo an sich zu klammern und zu beschützen.

Doch er beherrschte sich, küsste Leo ein letztes Mal auf die kalte Wange und übergab ihn an die Schwester.

Leos Tod wurde in einem routinierten Procedere erfasst und dokumentiert. Johan musste einen Fragebogen ausfüllen, in dem er die grauenvollen letzten Stunden protokollierte.

«Todesursache», stand dort in großen, gnadenlosen Lettern.

«Was soll ich da hinschreiben?», fragte er Benjamin verzweifelt.

Warum war Leo gestorben?

Die Krankenschwester, die ihnen gegenüber an der Rezeption saß, räusperte sich und lächelte Johan mitleidig an:

«So wie Sie den Hergang beschrieben haben, ist Ihr Sohn an plötzlichem Kindstod gestorben. Kinder hören während des Schlafens aus nicht ersichtlichem Grund auf zu atmen. Leider ist dies eine häufige Todesursache in den ersten Lebensjahren eines Kindes.»

In den nächsten Tagen tat Johan, was getan werden musste.

Gemeinsam mit Benjamin nahm er Kontakt zu einem Bestattungsunternehmen in Nairobi auf, kontaktierte die Familie in der Heimat und sprach mit Reverend David über die Trauerfeier.

Johan funktionierte.

Ada lag in ihrem Bett und war unerreichbar. Wenn ihre Töchter zu ihr gingen, nahm sie sie in die Arme und küsste sie.

Doch sie war weit weg.

Ruby und den anderen wohlmeinenden Helfern drehte sie den Rücken entgegen, wann immer diese das Schlafzimmer betraten.

Alle sprachen davon, dass Ada unter Schock stehe, dass sie Zeit bräuchte, um diesen Schicksalsschlag zu verkraften.

Am Samstagmorgen, drei Tage nach Leos Tod, fuhr Johan mit Talia und Amelie nach Nairobi, um einen Sarg für Leo auszusuchen.

Die Beerdigung sollte am kommenden Montag stattfinden.

Amelie, die in den letzten Tagen kaum ein Wort gesprochen hatte, erwachte während des Besuches im Bestattungsunternehmen aus ihrer Lethargie und äußerte laut und mit Bestimmtheit ihre Vorstellungen davon, wie ihr Bruder beerdigt werden sollte.

Ein einfacher heller Sarg wurde ausgewählt und in den Jeep getragen, und auf der Rückfahrt vergewisserte sich Amelie mehrmals, dass Leo sein Fell als Unterlage bekommen würde und dass sein Kuschelhase bei ihm sein könnte.

Am Sonntagnachmittag holten Benjamin und Carl den kleinen Leo aus der Klinik ab.

Tatsächlich hatte Johan gemeinsam mit Amelie Leos Fell und Kuschelhase im Sarg zurechtdrapiert.

Die Krankenschwester legte Leo in die kleine Holzkiste, und Benjamin schloss unter Tränen den Deckel.

Dann wurde der Sarg zur Kirche transportiert, wo am nächsten Vormittag die Trauerfeier stattfinden sollte. Benjamin hielt Nachtwache.

Johan hatte beschlossen, einige afrikanische Bestattungsbräuche für die Beerdigung zu akzeptieren, andere lehnte er entschieden ab.

Eigentlich hätte er all diese Entscheidungen gerne gemeinsam mit Ada getroffen, doch diese lag immer noch reglos in ihrem Bett.

Johan bat Benjamin darum, dass der Sarg – anders, als es sonst bei kenianischen Bestattungen gang und gäbe war – während der Trauerfeier geschlossen sein sollte. Auch würde die Bestattungszeremonie für afrikanische Verhältnisse sehr schlicht und kurz gehalten werden.

Johan hatte in der Nacht zum Montag kein Auge zugemacht.

Er war sich nicht sicher, ob er seit dem schrecklichen Moment am Mittwochmorgen gegen halb fünf überhaupt noch einmal geschlafen hatte.

Ada hatte seitdem kaum ihr Bett verlassen.

Ab und zu war Johan zu ihr gegangen und hatte sie in seinen Armen gewiegt. Doch ihr Körper verspannte sich durch seine Berührungen, und ohne es in Worte zu fassen, vermittelte sie ihm, dass sie das Alleinsein vorzog.

Am Sonntagabend wurden die Kinder, wie schon an den Vortagen, von Ruby und Eva versorgt und zu Bett gebracht. Johan ging noch in das Zimmer seiner Töchter und verteilte Gutenachtküsse. Amelie tat so, als ob sie schon schlief, Talia gab Johan eine lange, feste Umarmung.

Nachdem Johan Eva und Ruby gegen 20.30 Uhr verabschiedet hatte, setzte er sich vor dem Haus auf die Veranda. Nicht auf die gemütliche Hollywoodschaukel, auf der er die Abwesenheit Adas schmerzlich spüren würde. Stattdessen kauerte er sich auf den Holzboden.

Er lehnte sich mit dem Rücken an das Veranda-Geländer und schaute zu, wie die Dunkelheit über ihn hereinbrach und mehr und mehr Sterne am Himmelszelt erschienen.

Er konnte sich nicht daran erinnern, jemals so bewusst den Sternen dabei zugesehen zu haben, wie sie langsam den Himmel besiedelten. Wie ein schwaches, kaum wahrnehmbares Glimmen, das in Zeitlupe an Leuchtkraft gewann.

Zwar hatte Johan unzählige Abende genau hier gesessen und in den Himmel geschaut, doch noch nie hatte er so konzentriert das langsame Erscheinen eines einzelnen Sternes in den Blick genommen. Es war mehr das große Ganze, das er bisher wahrgenommen hatte.

Heute hieß er jeden einzelnen Stern liebevoll willkommen. Und mit jedem neuen Himmelskörper, der in Erscheinung trat, fragte er sich, ob irgendwo da draußen ein Licht für seinen Sohn entzündet wurde.

Ob er irgendwo da draußen eine neue Heimat fand. Einen Ort, den er Zuhause nennen konnte.

Einen Raum, der mit viel Liebe und Vorfreude für ihn eingerichtet worden war, so wie es Ada und Johan vor etwas mehr als fünfzehn Monaten für ihn getan hatten.

Johan erinnerte sich an die Sorgfalt, mit der sie damals das kleine Bettchen eingerichtet und an seinen Platz gestellt hatten. Und an alles, was sie um das Bett herum drapiert hatten, um ihn zu erfreuen: das bunte Tier-Mobile an der Decke, das weiche Schaffell, in das er sich kuscheln konnte, die blaue Fleecedecke mit den niedlichen glubschäugigen Elefanten. Die Spieluhr, die die Melodie von «Guten Abend, gut' Nacht» erklingen ließ, wenn man sie aufzog, der flauschige Kuschelhase, den Amelie nach ihrem Lieblingscharakter in Winnie Puuh auf den Namen «Tigger» getauft hatte, das kleine hölzerne Kreuz an der Wand.

Johan stand auf und ging auf Socken ins Schlafzimmer. Er trat zur Wand und hängte vorsichtig das schlichte kleine Holzkreuz, das über dem Kinderbett hing, vom Nagel. Dann entnahm er seinem Nachttisch ein ledernes Etui.

Absichtlich ruckelte er ein bisschen mehr als notwendig an der Nachttischschublade, absichtlich stieß er geräuschvoll gegen das Gitterbett.

Er wünschte sich so sehr, dass Ada sich aufrichtete und ihn fragte, was er vorhatte. Sogar mit einer wütenden Reaktion, dass er nicht so viel Krach machen solle, wäre er zufrieden.

Doch Ada rührte sich nicht.

Johan konnte nicht einschätzen, ob sie überhaupt mitbekam, dass er im Raum war. Ihrem Atem nach zu schließen, war sie zwar wach. Doch wach zu sein bedeutet nicht immer automatisch auch da zu sein.

Johan ging zurück zu seinem Platz auf der Veranda. Er setzte sich unter das inzwischen üppig leuchtende Sternenzelt und ließ das Holzkreuz zwischen seinen Fingern hin und her gleiten.

Vor Leos Geburt hatte Johan in freudiger Erwartung eben dieses Kreuz aus edlem deutschen Zirbelholz selbst angefertigt.

Schnitzen war etwas, das er gerne nach Feierabend tat, während er mit Ada draußen saß und den Tag Revue passieren ließ. Das Schnitzmesser hatte er von seinem Schwiegervater bekommen, und vor einigen Jahren hatte Ada ihm zu Weihnachten eine Auswahl hochwertiger deutscher und afrikanischer Holzblöcke geschenkt, die ihm als Rohmaterial dienten.

Das Kreuz für Leo war im November vor seiner Geburt entstanden. Es waren die ersten Tage, nachdem die Stratmanns nach der Regenzeit wieder draußen gesessen hatten.

Ada klagte über die Wehwehchen, die sich in den letzten Schwangerschaftswochen eingestellt hatten, und nippte missmutig an einem übelriechenden Kräutertee, während Johan sich eifrig an dem Holzblock zu schaffen gemacht hatte.

Das Ergebnis war ein kleines, sehr individuelles Kreuz, dessen Seiten geschwungen und die Kanten abgerundet waren.

Es hatte keine klaren Konturen, und Ada verglich es mit den Kunstwerken von Salvatore Dali. Sie belustigten sich eine Weile darüber, dass der Ausdruck «Dalli, dalli Johan», den Ada jeden Sonntag verwendete, weil sie grundsätzlich zu spät zum Gottesdienst aufbrachen, ein passender Künstlername für ihn wäre.

Ada vergaß vor lauter Lachen und albernen Ideen sogar die schmerzenden Waden und ihre schlechte Laune.

Als Johan das Kreuz mit einem alten Stück Schmirgelpapier poliert hatte, bohrte er ein Loch hinein, so dass man es an einem Lederband befestigen konnte, und platzierte es andächtig an der Wand im Schlafzimmer, wo einige Monate später Leos Bettchen aufgestellt werden sollte.

Johan entfuhr ein klagender Laut, als er an die Zeiten zurückdachte, in denen das Holzkreuz entstanden war.

Er entzündete die Kerosinlampe, die auf der Veranda stand. Dann öffnete er das Lederetui und entnahm vorsichtig sein Schnitzmesser. Nun begann er konzentriert, in kleinen Buchstaben Leos Namen auf die Querstrebe des kleinen Holzkreuzes zu gravieren. In den nächsten Stunden widmete er sich gedankenverloren dieser feinmotorischen Herausforderung und besserte so lange nach, bis er mit dem Ergebnis völlig zufrieden war.

Anschließend ersetzte er das kurze Lederband, das als Wandaufhänger gedient hatte, durch ein längeres. Auch nach getaner Arbeit ging Johan nicht schlafen.

Er saß noch lange da und starrte in die Nacht.

Leo Fallou – der Freund Gottes.

Konnte er das glauben? War Gott Leos Freund?

Und noch weiter gedacht: War Gott *sein* Freund – Johans Freund? Hatte Gott sie nicht alle im Stich gelassen? Wo war Gott in dieser einsamen Nacht?

Johan fühlte eine kalte Leere in seinem Inneren. Die Fragen, die er stellte, verhallten unbeantwortet in der Dunkelheit. Eine eisige Stille umgab ihn. Und er fühlte sich schrecklich allein.

Seine Frau war ihm immer so nahe gewesen. Bis auf die Sache mit der Angst vor der Kinderlosigkeit hatte er ihr niemals etwas vorenthalten.

Doch nun konnte er sie nicht erreichen.

Sie war nicht an seinen Gefühlen und Gedanken interessiert.

Sie hatte genug mit sich selbst zu tun.

Sein Gott war ihm in dunklen Nächten immer Trost und Zuflucht gewesen. «Du kannst nie tiefer fallen als in Gottes Hand» – diese Aussage hatte für ihn in seinem bisherigen Leben immer zugetroffen.

Er hatte Kummer und Leid erlebt, und es hatte Zeiten gegeben, da hatte er das Gefühl, als würde ihm der Boden unter den Füßen weggerissen.

Aber er war immer aufgefangen worden. In den tröstenden Armen Gottes hatte er immer Zuflucht suchen können.

Doch nicht dieses Mal.

Nicht heute Nacht.

Johan befand sich im freien Fall, und es war kein Ende in Sicht. Alles, was ihm sonst Halt gab und eine sichere Landung ermöglichte, war unerreichbar weit weg.

In dieser Nacht entschied sich Johan dazu, entgegen seinen Gefühlen an Gott festzuhalten.

Er würde weiter glauben.

Er würde weiter vertrauen.

Er würde nicht wanken, sondern bleiben, wo er ist.

Wie Hiob würde er alle Verluste akzeptieren und mit fester Stimme verkünden:

Der Herr hat gegeben, der Herr hat genommen. Gepriesen sei der Name des Herrn.

Am nächsten Morgen weckte Johan Talia und Amelie in aller Frühe.

Er wollte mit ihnen zur Kirche, um am Sarg seines Sohnes Abschied zu nehmen, bevor dieser für immer geschlossen wurde.

Johan ging auch zu Ada ins Schlafzimmer. Sie hatte die Augen geöffnet und starrte auf das leere Babybett neben ihr.

Auf die Frage, ob sie bereits mit zur Kirche kommen wolle, kam keinerlei Reaktion, und so entschied er sich, Ruby Bescheid zu geben, sie solle mit Ada zum regulären Gottesdienstbeginn nachkommen.

Talia, Amelie und Johan knieten um den offenen Sarg, der im vorderen Bereich der Kirche aufgestellt war.

Benjamin hatte alle Aufträge gewissenhaft erfüllt und zudem die ganze Nacht in der Kirche verbracht, um auf Leo aufzupassen.

Leo lag auf seinem Schaffell, in seinem Strampler mit dem großen niedlichen Elefanten auf der Brust, und hatte seinen Kuschelhasen im Arm.

Talia saß wie ein Häufchen Elend an einer Seite des Sarges und weinte unablässig.

Amelie saß auf der anderen Seite. Sie hatte Leos Hand genommen und redete tonlos auf ihn ein.

Johan kniete vor dem Kopfende des Sarges und rieb das Holzkreuz, das er seit dem gestrigen Abend bei sich trug, in seiner Hand.

Er schloss die Augen und sprach leise ein Gebet. Dann nahm er das Holzkreuz und legte es vorsichtig seinem Sohn um den Hals. Dort ruhte es auf seiner Brust, gleich neben dem Kuschelhasen «Tigger».

Mit dem Daumen strich Johan dem kleinen Leo ein letztes Mal über die Stirn.

Dann nahm er seine beiden Töchter an die Hand und ging langsam mit ihnen nach draußen, um auf Ada und die Trauergäste zu warten.

✦ ✦ ✦

Durch einen Hustenanfall war Johan unsanft in die Wirklichkeit zurückgeholt worden. Seine Stimme war vom langen Erzählen heiser geworden.

Markus, der ihm bis dahin gebannt an den Lippen gehangen hatte, stand auf und schenkte ihm einen Whiskey ein.

«Trink was. Es hilft.»

Er reichte Johan das Glas.

Dieser nahm einen großen Schluck und musste gleich darauf wieder husten.

«Nichts mehr gewohnt, was?», witzelte Markus.

Dann räusperte er sich und blickte Johan mit einer tiefen Ernsthaftigkeit in die Augen:

«Danke fürs Erzählen, Johan. Ich denke, dass es gut war … für uns beide.»

Johan beugte sich in seinem Sessel nach vorne und klopfte Markus freundschaftlich auf die Schulter.

«Ich wünschte, du hättest Leo kennen gelernt.»

«Dasselbe hab ich auch gerade gedacht»,

sagte Markus und wischte sich mit dem Ärmel eine Träne aus dem Augenwinkel.

Sie saßen noch eine Weile da, und Johan dachte darüber nach, ob er Markus noch weitere Erinnerungen an Leos Todesjahr erzählen sollte. Doch da drehte sich das Schloss in der Haustüre. Talia kam herein. Sie wollte die Nacht bei ihrem Vater verbringen.

Zuvor hatten Anton und Talia gemeinsam die Kinder zu Bett gebracht. Dies hatte deutlich mehr Zeit in Anspruch genommen als gewöhnlich.

Die Zwillinge spürten die Aufregung, die in der Luft lag, und waren kaum zu bändigen. Außerdem hatten sie ihre Mutter den ganzen Tag kaum zu Gesicht bekommen und brauchten eine Extraportion Zuwendung.

Um 21 Uhr schliefen die beiden dann endlich, und Anton überredete Talia, noch ein Glas Wein mit ihm zu trinken, bevor sie sich zu ihrem Vater aufmachte.

Für Talia und Anton gab es so viel zu besprechen, doch sie fanden keine Worte.

So saßen sie nur schweigend nebeneinander. Talia legte ihren Kopf auf Antons Schulter, und sie lauschten den Klängen eines Bach-Konzertes, das Anton als Hintergrundmusik angestellt hatte. Der Augenblick der Selbstvergessenheit währte nur kurz. Die Sorgen und Ängste des Tages drängten sich zurück in Talias Bewusstsein und übertönten die harmonischen Orchesterklänge mit ihren bohrenden Fragen und den unsagbaren Befürchtungen.

Seufzend erhob sich die junge Frau und machte sich auf zum Haus ihrer Eltern.

Morgens früh um sechs kommt die kleine Hex'.
Morgens früh um sieben schabt sie gelbe Rüben.
Morgens früh um acht wird Kaffee gemacht.
– Fränkischer Kinderreim

— 12 —

Während **Ada** in der Dunkelheit des Waldes vor sich hindämmerte, saß in der Kirchstraße 24 eine Mutter am Bett ihres schluchzenden Sohnes.

«Ich hatte einen Albtraum. Ich hab geträumt von der Frau im Wald. Sie hat mich und Lukas gefangen genommen und eingesperrt.»

«Och Hannes, mein Bub. Beruhige dich doch.» Sanft wiegte die Mutter ihr Kind in den Armen. «Das war doch nur ein böser Traum.»

Doch das Weinen des Jungen verstärkte sich, und nur mühsam brachte er sein Geständnis hervor.

«Mama, es tut mir so leid. Lukas und ich sind gestern mit den Rädern in den Wald gefahren. Ziemlich tief rein, aber wir haben uns an jeder Kreuzung einen Pfeil in die Erde gezeichnet. Lukas hatte die Idee. Ich hab ihm gesagt, dass du es mir verboten hast. Aber er hat gesagt, ich bin ein Feigling, wenn ich nicht mitkomme.»

Nun heulte der kleine Hannes jämmerlich und musste minutenlang von seiner Mutter getröstet und beschwichtigt werden, bevor er wieder in der Lage war, einigermaßen ruhig zu sprechen.

«Habt ihr jemanden im Wald getroffen, Hannes?»

Hannes nickte kleinlaut.

«Da war eine unheimliche alte Frau. Sie ist auf uns zugelaufen und wollte uns fangen.»

«Wie sah die Frau aus?», fragte die inzwischen alarmierte Mutter.

Sie hatte am Vormittag mehrmals die Vermisstenmeldung im Radio gehört und hegte nun den Verdacht, dass ihr Sohn der gesuchten Dame begegnet war.

«Sie war alt und hatte Locken auf dem Kopf und dunkle Kleider an. Und sie hatte ein Fahrrad dabei.»

Hannes' Beschreibung bestätigte den Verdacht der Mutter. Sie beruhigte ihren kleinen Sohn, versicherte ihm, dass es keinen Ärger geben würde, und dankte ihm für seine Ehrlichkeit.

Nachdem sie ihn in seine Bettdecke eingemummelt und ihm einen weiteren Gutenachtkuss gegeben hatte, verließ sie das Zimmer.

Hannes lag noch eine Weile wach und versuchte den gruseligen Reim aus seinen Gedanken zu verscheuchen, den seine Großmutter ihm immer aufgesagt hatte:

Morgens früh um sechs
kommt die kleine Hex'.
Morgens früh um sieben
schabt sie gelbe Rüben.
Morgens früh um acht
wird Kaffee gemacht.

Hannes' Mutter ging zu ihrem Mann, der mit einer Flasche Bier vor dem Fernseher saß und das «heute-journal» anschaute.

Sie ignorierte den kurzen Protest, den er verlauten ließ, als sie den Fernseher ausschaltete.

«Hast du gehört, dass im Dorf eine Frau vermisst wird? Hannes hat sie wohl gestern im Wald getroffen.»

Gemeinsam riefen die beiden Eltern die örtliche Polizeistation an. Kommissar Oberschmidt meldete sich nach dem ersten Klingeln. Er hätte eigentlich schon seit 20 Uhr Feierabend gehabt, aber die verschwundene Frau Stratmann ließ ihm keine Ruhe.

Gleich nach dem Telefonat schnappte er sich seine Jacke, orderte seinen Kollegen herbei und fuhr mit quietschenden Reifen in die Kirchstraße 24.

Die Eltern hatten den kleinen Hannes aufgeweckt. Er saß mit einem Bademantel bekleidet in der Küche und schlürfte an einer Tasse heißem Kakao.

Sein kindlicher Verstand arbeitete fieberhaft. Die Polizei wollte die böse Hexe einfangen und brauchte dazu seine Hilfe.

Der Kommissar setzte sich zu Hannes und erläuterte die Situation.

«Hannes, wir suchen nach der Frau, die du gestern mit deinem Freund im Wald getroffen hast. Meinst du, du könntest mir auf der Karte zeigen, wo du mit Lukas unterwegs warst?»

Schnell wurde ersichtlich, dass Hannes gründlich damit überfordert war, sich auf der Karte zu orientieren. Auch die Fragen seiner Mutter, ob er mehr Richtung Tante Gundula oder mehr Richtung Kindergarten gefahren sei, brachten sie nicht wirklich weiter.

«Ich kann es euch ja zeigen», schlug der Junge aufgeregt vor. Und so kam es, dass Hannes gemeinsam mit seiner Mama und den freundlichen Polizisten eine nächtliche Fahrt im Streifenwagen unternahm.

Obwohl es dunkel war, deutete Hannes an jeder Kreuzung mit Bestimmtheit in die Richtung, in die Kommissar Oberschmidt fahren sollte. Sie fuhren in die nördlichen Waldgebiete oberhalb des Dorfes und erreichten schließlich eine Lichtung im Waldesinneren.

«Genau hier war es», rief Hannes aufgeregt. «Hier wollte uns die böse Hexe fangen.»

Etwas verwirrt schauten die Polizisten Hannes von der Seite an.

Doch da die Wiese am Bach exakt mit den Beschreibungen übereinstimmte, die Hannes am Küchentisch gegeben hatte, markierten sie den Ort auf ihrer Karte und machten sich auf den Rückweg nach Elbenraintal.

Nachdem sie Hannes und seine Mutter in der Kirchstraße abgesetzt hatten, eilten sie zum Revier, wo sich Kommissar Oberschmidt sofort ans Telefon setzte, um bei der Zentrale in Göttingen einen Hubschrauber mit Wärmebildkamera anzufordern.

Gestern Abend hatte er dort mit dem gleichen Gesuch schon einmal angerufen, doch seine Anfrage war unfreundlich abgeschmettert worden: Zu wenig Anhaltspunkte über den Verbleib der Frau, ein zu großer Suchradius und zu hohe Einsatzkosten waren der Grund für die Hilfeverweigerung.

Heute würde sich Kommissar Oberschmidt nicht abwimmeln lassen.

Zunächst leitete man ihn von einer zur anderen Behörde weiter.

Dann wurde er von einem diensthabenden Beamten auf den kommenden Tag vertröstet.

Erst als er mit hochrotem Kopf in den Telefonhörer schrie, dass er die Verantwortlichen für ihr Fehlverhalten vor Gericht ziehen würde, falls die gesuchte Dame zu Schaden kommen würde, kam die Sache schleppend in Gang.

Um vier Uhr morgens erschien der angeforderte Hubschrauber am sternenklaren Himmel und begann, die Wälder nördlich von Elbenraintal abzusuchen.

✦ ✦ ✦

Ada nahm ihre Umwelt nur noch bruchstückhaft wahr: das weiche Moos an ihrer Wange, die Dunkelheit, die sie umgab. In der Ferne schrie ein Kauz.

Neben den Umrissen der Schutzhütte tauchte die Gestalt eines Mannes auf. Groß und schlaksig kam er auf sie zu und setzte sich neben sie. Sanft streichelte er ihr übers Haar und sprach leise auf sie ein.

«Leo»,

flüsterte Ada leise, «da bist du ja endlich.»

«Alles wird gut, Ma. Glaub mir: Alles wird gut.»

Ada griff in der Dunkelheit nach seiner Hand.

«Leo», flüsterte sie bewegt.

«Hast du mich sehr vermisst, Leo?», fragte Ada mit undeutlicher Stimme. Sie war zu schwach, um aufzusehen.

«Du hast mir gefehlt, ja! Aber ich war in guten Händen. Und ich wusste, dass es nur ein Abschied auf Zeit ist. Ich habe mich immer auf unser Wiedersehen gefreut.»

Eine Weile herrschte Schweigen zwischen den beiden. Der Kauz schrie noch einmal, diesmal mit mehr Vehemenz.

«Und du?», fragte Leo. «Hast du mich vermisst?»

Ada kicherte. «Unwesentlich!», nuschelte sie, und die Tränen rollten ihre Wangen hinunter. Hinein in den weichen Moosteppich.

Sie nahm ihre letzte Kraft zusammen, um ihren Kopf zu drehen und Leo anzuschauen.

Leo richtete sich langsam auf und klopfte sich die Hosenbeine ab.

«Gehen wir?», fragte er und reichte Ada die Hand.

«Ja, wir gehen.»

✦ ✦ ✦

Der Hubschrauber flog seit einer Stunde die Waldgebiete ab.

Herr Meier, der tatterige Nachbar, stand am Fenster und beobachtete das seltene Schauspiel am Himmel. Seine Seniorenblase hielt die Nächte schon lange nicht mehr durch, und bei einem seiner Toilettengänge hatte er draußen ungewöhnliche Geräusche vernommen.

Kreisförmig und langsam überflog der Helikopter das Waldgebiet. Die Scheinwerfer des Hubschraubers richteten sich kegelförmig auf die schwarzen Tannen. Hie und da flog er langsamer. Dann verharrte er eine Weile in der Luft, wie ein Raubvogel, der reglos seine Beute beobachtet. Schließlich flog er in einem Ruck nach oben und über die Wälder davon Richtung Westen.

Über Funk ging ein Notruf in der Zentrale ein. GPS-Daten wurden übermittelt. Kurze Zeit später ertönte ein Martinshorn, und ein Krankenwagen raste über fast menschenleere Straßen Richtung Elbenraintal. Während die Sonne am Horizont aufging, fuhr er langsam die geschotterten, engen Waldpfade entlang und näherte sich der Stelle, die per Funk übermittelt worden war.

Ein Notarztwagen war bereits eingetroffen. Dr. Busch aus Elbenraintal kniete neben der bewusstlosen Ada. Er hatte eine Rettungsdecke unter ihr ausgebreitet und eine Infusion gesetzt.

Die Sanitäter luden Ada auf eine Trage und transportierten sie vorsichtig zum Krankenwagen. Nachdem sie ihr ein Mittel gespritzt hatten, welches den Kreislauf stabilisieren sollte, setzte sich der Krankenwagen langsam in Bewegung.

When my body won't hold me anymore
And it finally lets me free
Where will I go?
Will the trade winds take me South
Through Georgia grain or tropical rain
Or snow from the heavens?

Will I join with the ocean blue
Or run into the savior true
And shake hands laughing
And walk through the night
Straight to the light
Holding the love I've known in my life
And no hard feelings?
– The Avett Brothers

— 13 —

Familie Stratmann war auf dem Weg in die Klinik.

Das Hospital, in das Ada mit dem Krankenwagen gebracht worden war, lag etwa acht Kilometer von Johans Zuhause entfernt. Die Fahrt ging durch ein serpentinenreiches Waldgebiet.

Als Johan um 6.52 Uhr den Anruf von der Polizei erhalten hatte, dass seine Frau gefunden und zum Elisabeth-Krankenhaus gebracht worden war, schnappte er seinen Autoschlüssel und rannte kopflos zur Türe.

Irene und Talia, die gemeinsam am Esstisch gesessen und lustlos auf einem Toast herumgekaut hatten, mussten sich ihm in den Weg stellen und ihn festhalten, um ihn dazu zu bringen, innezuhalten und sie über den Anruf zu informieren.

«Sie bringen Ada ins Elisabeth-Krankenhaus. Auf die Intensivstation. Ich muss sofort zu ihr.»

Irene machte sich groß und hielt Johan erneut an den Schultern fest. Genau für einen solchen Fall war sie am frühen Morgen zu Johans Haus gekommen.

«Du kannst in deinem Zustand nicht selbst fahren. Und Talia möchte auch mitkommen. Ich bringe euch beide hin.»

Der Tonfall, in dem Irene sprach, ließ Johan wissen, dass jeder Widerstand zwecklos war, und er entschloss sich, dass er die kostbare Zeit nicht mit Diskussionen vergeuden würde.

So drückte er auf den Autoschlüssel, um per Zentralverriegelung die Türen zu öffnen, warf Irene den Schlüsselbund zu, schob die etwas überforderte Talia zum Auto und öffnete ihr die Türe zur Rückbank.

Dann setzte er sich selbst auf den Beifahrersitz und klatschte nervös in die Hände.

«Los geht's.»

Irene ließ nicht auf sich warten und manövrierte den Volvo geschickt im Rückwärtsgang aus der Einfahrt.

Johan hatte sein Gesicht in den Händen vergraben und schaukelte aufgewühlt auf seinem Sitz hin und her. Er schien seine Umgebung vergessen zu haben und war in einem Zwiegespräch mit Gott. Immer wieder erschütterten einzelne Satzfetzen das Innere des Fahrraumes.

«Nimm sie mir nicht weg. Ich flehe dich an. Ich kann sie nicht verlieren. Nicht jetzt. Nicht ausgerechnet jetzt.»

Zwischendurch seufzte und stöhnte Johan laut auf.

Vielleicht malte er sich aus, wie es sein würde, für immer Abschied von Ada nehmen zu müssen.

Vielleicht konnte seine Seele diesen Gedanken nicht aufnehmen und stieß ihn in einem kräftezehrenden Kampf hinaus.

Dadurch, dass Johan so mit sich, seiner eigenen Welt und Gott beschäftigt war, nahm er nicht wahr, dass Irene minutenlang leise vor sich hin lamentierend vor einer roten Baustellenampel warten musste und anschließend einen besonders vorsichtig fahrenden Rentner in einem gewagten Überholmanöver auf der kurvenreichen Strecke überholte.

Talia saß zusammengekauert auf der Rückbank und schaute teilnahmslos aus dem Fenster.

Um Viertel nach sieben erreichten sie die Klinik.

Irene ließ Johan direkt am Haupteingang hinausspringen und instruierte Talia, sitzen zu bleiben.

Sie wollte mit ihr gemeinsam einen Parkplatz suchen und sie dann auf dem schweren Weg zu ihrer Mutter begleiten und stützen.

Johan lief zur Rezeption und erkundigte sich nach seiner Frau.

Die Rezeptionistin, deren Name gemäß ihrem messingfarbenen Namensschild Frau Müller war, tippte eine gefühlte Ewigkeit auf ihrer Computertastatur herum, bis sie sich endlich etwas träge, aber freundlich an Johan wandte:

«Ada Stratmann liegt auf der Intensivstation. Ich lasse die Schwestern wissen, dass Sie da sind. Es kann aber noch eine Weile dauern, bis Ihre Frau soweit erstversorgt ist, dass Sie zu ihr können. Bitte setzen Sie sich in den Wartebereich, bis Sie aufgerufen werden. Einmal den Gang bis zum Ende durch, und dann nach rechts.»

Johan versuchte die Informationen, die die nette Empfangsdame herunterspulte, in seinem aufgewühlten Kopf aufzunehmen. Als sie ihren Monolog beendet hatte, nickte er etwas übereifrig, bedankte sich und ging dann zielstrebig den Gang entlang.

Doch er kam nicht weit, bis die Dame ihn erneut ansprach, diesmal mit einem leicht genervten Unterton:

«Herr Stratmann. Das ist die falsche Richtung. Sie müssen da lang.»

Mit ihrem rechten Arm wies sie ihm den richtigen Weg. Wortlos drehte Johan sich um und eilte den Gang hinunter.

Schon bald bog auch Talia, bei Irene untergehakt, in die Empfangshalle ein und folgte Frau Müllers Wegbeschreibung.

Sie fanden sich im Wartebereich zusammen. Die beiden Frauen setzten sich auf die quietschgelben Plastikstühle.

Irene legte einen Arm um Talia, und diese lehnte dankbar ihren Kopf gegen die beste Freundin ihrer Mutter.

Auf einem Schild über der Tür stand in großen roten Lettern das Wort «Intensivstation».

Johan stand vor dem Schild und betrachtete es lange. Das war doch wirklich der richtige Ausdruck für die vergangenen Tage, die er erlebt hatte.

So intensiv wie gerade hatte er wohl noch niemals zuvor empfunden, gedacht, gelebt und geliebt.

Sein ganzes Erwachsenenleben hatte er in den letzten Tagen Revue passieren lassen.

Seine Liebe zu Ada, die, wie er inzwischen wusste, noch immer so stark war wie an dem Tag, an dem er ihr das große Versprechen gegeben hatte.

Die großen Gnadengaben, die er aus Gottes Hand hatte empfangen dürfen.

Die seelenzerstörenden Kräfte, die sich durch den Verlust von Leo – und damit auch von Ada – in ihm breitgemacht hatten.

Die Nähe Gottes, derer er sich nun wie nie zuvor bewusst war.

Und jetzt wünschte er sich, mehr als alles andere auf der Welt, eine neue Chance.

Er wollte so gerne intensiv leben und intensiv lieben, jenseits der Pforten dieser Intensivstation, gemeinsam mit seiner geliebten Ada.

Während sie warteten, hörten sie plötzlich, wie eine wohlbekannte Stimme sich näherte.

Gebannt horchten sie auf.

«Ach, kommen Sie schon! Sie wollen mir doch nicht weismachen, dass Sie nicht noch mehr wissen. Ich sehe Ihnen doch an, dass Sie etwas verschweigen.»

«Entschuldigen Sie mich bitte. Mehr kann ich Ihnen momentan nicht sagen. Bitte gedulden Sie sich.»

Der große Mann im Arztkittel beschleunigte bewusst seinen Gang, so dass die Verfolgerin kaum noch Schritt mit ihm halten konnte. Die Vehemenz, mit dem diese junge energische Frau ihn bestürmte, machte ihn doch ein wenig nervös. Flink verschwand er hinter einer weißen Türe, auf der in gebieterischen Buchstaben «KEIN ZUGANG» stand, und ließ die Besucherin allein zurück.

«Pissnelke»,

zischte die Frau aufgebracht und täuschte mit der rechten Faust an, gegen die Türe zu donnern, bremste aber rechtzeitig ab und atmete stattdessen einmal tief durch.

«Amelie!»,

rief Talia erfreut aus und stürmte auf ihre kleine Schwester zu.

Lange hielten sich die beiden fest in den Armen und rührten sich nicht. Ein ungleiches Paar, wie sie dort standen: Talia in einem knöchellangen Rock mit Blumenmuster und dunkelblauen Birkenstock-Sandalen. Die langen Haare zu einem Zopf geflochten. Amelie mit ihren zerrissenen Jeans, den weinroten Doc-Martens-Stiefeln und der schwarzen Lederjacke.

Doch das, was sie in diesem Moment verband, war stärker als alles, was sie jemals trennen könnte.

Johan ging auf Amelie zu, als diese sich aus Talias Umarmung löste.

Vater und Tochter standen sich gegenüber.

«Wo kommst du her, mein Kind?», fragte Johan sanft.

«Aus Heidelberg. Bin gestern nach deinem Anruf los. Musste in Bad Hernburg schlafen. Markus war bei euch zu Hause, als ich vorhin ankam. Er hat mich hergefahren.» Sie wandte sich an Irene:

«Du sollst zu ihm rauskommen. Er will dich mitnehmen, um ein paar Sachen zu erledigen.»

Irene verabschiedete sich mit belegter Stimme und feuchten Augen. Dann atmete sie tief durch, straffte ihre Schultern und steuerte eilig auf den Ausgang zu.

Johan wandte sich seiner jüngsten Tochter zu. Etwas zögerlich breitete er seine Arme aus, und Amelie rannte schluchzend hinein.

Wie war das möglich? War es denn so einfach?

Musste nicht die Mauer der Anklagen, Vorwürfe und Verletzungen erst einmal in mühsamer Schwerstarbeit abgetragen werden?

Sie verstanden es beide nicht, doch sie genossen es.

Es war fast acht Uhr, als endlich ein Arzt erschien und der wartenden Familie Stratmann Einlass zur Intensivstation gewährte. Mit seiner Key Card öffnete der Mann im weißen Kittel das Sprechzimmer und führte sie hinein.

«Herr Stratmann»,

begann der Doktor in geschäftsmäßigem Ton und blickte dabei nur Johan an.

Talia und Amelie ignorierte er geflissentlich.

«Ihre Frau war zwei Tage und zwei Nächte lang extremen Bedingungen ausgesetzt. Sie wurde bewusstlos aufgefunden und unverzüglich von unseren Rettungssanitätern erstversorgt und ins Krankenhaus transportiert. Frau Stratmann ist in völlig unterkühltem und dehydriertem Zustand bei uns aufgenommen worden. Der Ultraschall hat ergeben, dass sie eine Lungenentzündung hat. Ihr Puls ist sehr schwach. Um es auf den Punkt zu bringen: Ihre Frau befindet sich in einem sehr kritischen Zustand, und die Überlebenschancen sind gering.»

Aus dem großen Fenster konnte Johan einen prächtig blühenden Magnolienbaum sehen. Ob dieser wohl auch von Adas Bett aus sichtbar war?

«Wann kann ich zu ihr?», fragte er mit belegter Stimme.

«Sie dürfen jetzt zu ihr, aber bitte nur zehn Minuten, dann müssen unsere Schwestern sie weiter versorgen.»

Johan trat zu Talia und Amelie, die sich im hinteren Teil des Zimmers gegen eine Behandlungsliege gelehnt hatten. Er nahm sie in den Arm und wusste, dass ihr Schmerz dem seinen in nichts nachstand. Die Mädchen liebten ihre Mutter, und ihr Herz war in dieser schweren Stunde aufs Tiefste erschüttert.

Aber Johan wusste auch, dass er diese nächsten zehn Minuten mit seiner Frau alleine sein musste.

Er flehte zu Gott, dass es noch ganz viele zukünftige zehn Minuten geben würde, dass diese Zeitspanne schon bald wieder selbstverständlich hingenommen und routinemäßig verschwendet werden würde.

Johan flüsterte seinen Töchtern ins Ohr:

«Talia, Amelie. Ich brauch die Zeit allein mit eurer Mutter, okay?»

Die beiden Schwestern nickten kaum merklich, und Amelie drückte Johans Hand. Kurz, fest und bestimmt.

Dankbar über dieses wortlose Einverständnis folgte Johan dem Arzt, der schon Hufe scharrend in der geöffneten Tür stand.

Amelie und Talia gingen auf den Flur der Intensivstation, um auf ihren Vater zu warten. Auch hier gab es gelbe Plastikstühle für bangende Angehörige. Auf dem grauen Linoleum-Boden standen Zeitschriftenkörbe mit den neuesten Enthüllungen aus dem Königshaus.

Talia trat zum Fenster und drückte ihre Stirn gegen die kühle Fensterscheibe. Amelie steckte sich wortlos ihre Kopfhörer in die Ohren. Die Musik hüllte sie ein und ließ sie für einen Moment in eine andere Welt eintauchen.

When my body won't hold me anymore
And it finally lets me free
Where will I go?
Will the trade winds take me South
Through Georgia grain or tropical rain

Or snow from the heavens?
Will I join with the ocean blue
Or run into the savior true
And shake hands laughing
And walk through the night
Straight to the light
Holding the love I've known in my life
And no hard feelings?

Amelie überkam eine furchtbare Vorahnung.

Johan wurde in das Krankenzimmer seiner Frau gebracht. Da lag sie, zart und zerbrechlich, umgeben von piepsenden und klickenden Geräten, verkabelt und verdrahtet. Sie hatte die Augen geschlossen und wirkte so, als ob sie friedlich schlafen würde. Der Arzt war schon weiter den Flur hinuntergeeilt und tadelte gerade lautstark einen Pfleger auf dem Gang.

Leise schloss Johan die Tür des Krankenzimmers. Dann schlich er auf Zehenspitzen zu seiner Frau. Wie sie so dalag, konnte sich Johan beim besten Willen nicht vorstellen, sie verlieren zu müssen.

Er spürte, wie das Leben in ihren Venen pulsierte, auch wenn ihr Gesicht blass und ein wenig eingefallen wirkte.

Ada lebte, sie atmete, sie war da.

Johan zog einen Hocker neben ihr Bett, setzte sich darauf und griff zärtlich nach ihrer Hand. Ganz sanft massierte er ihre zarten, schlanken Finger. Dann begann er, leise auf sie einzureden.

Es wunderte ihn nicht, als Ada langsam die Augen öffnete und ihn lächelnd ansah. Es schien ihm das Natürlichste der Welt zu sein, obwohl der Arzt ihm kurz vorher erklärt hatte, dass sie nicht bei Bewusstsein war.

Es wunderte ihn ebenso wenig, dass Ada leise seinen Namen flüsterte. Die Möglichkeit, dass sie ihn nicht erkennen würde, war ihm gar nicht in den Sinn gekommen, obwohl diese Option doch nun schon seit Jahren seine Lebenswirklichkeit bestimmt hatte.

Lange sahen sich die beiden in die Augen, und er streichelte ihr die lockigen Haare aus dem Gesicht. Dann begann Ada, langsam zu sprechen. Es fiel Johan sehr schwer, sie zu verstehen. Er beugte sich nah an ihr Ohr und versuchte, die nervigen Geräusche der Überwachungsgeräte aus seinem Kopf auszublenden.

«Johan, weißt du noch … kennst du noch diesen Spruch: ‹Du kannst nie tiefer fallen als in Gottes Hand.› Ich hatte ja keine Ahnung, wie unglaublich lange man sich im freien Fall befinden kann. Aber jetzt … jetzt bin ich gelandet.»

Eine tiefe Freude wurde wie ein Kieselstein in Johans Mitte geworfen. Von dort zog sie ihre Kreise und breitete sich in seinem ganzen Körper aus. Nicht nur er hatte in den vergangenen Tagen Gottes Heilung erlebt. Auch Adas Seele war gesund geworden.

Leos Tod hatte Ada den Boden unter den Füßen weggerissen. Er hatte es immer gewusst, ging es ihm selbst doch genauso. Aber er hatte nie Verständnis für Adas Umgang mit der Trauer gehabt. Er wollte, dass sie sich zusammenriss, dass sie darüber hinwegkam, dass sie funktionierte.

Und es hatte ihn zornig gemacht, dass sie all das nicht tat.

Ada hatte niemals aufgehört zu fallen.

Sie hatte nach den Dingen gegriffen, die ihr vor der Tragödie Halt gegeben hatten, aber alles war ihr aus den Händen geglitten.

Bis jetzt!

Johan hatte zahlreiche Bücher zum Thema Trauerbewältigung gelesen. Er hatte viele Predigten über die Standhaftigkeit im Leiden gehört. Er wusste von all den biblischen Charakteren, die jahrzehntelange Durststrecken durchlaufen hatten.

Das Volk Israel war vierzig Jahre in der Wüste gewesen. Abraham und Sarah warteten bis ins hohe Alter auf den ersehnten Nachkommen. David verbrachte viele Jahre seines Lebens auf der Flucht …

Doch es war Johan niemals in den Sinn gekommen, dass Gott in Adas Leid präsent war. Für ihn war ihre Seelennot immer ein Zeichen für ihren Unglauben und ihre Gottesferne gewesen.

«Es tut mir so leid!», flüsterte er ihr zu.

«Alles ist gut!», raunte sie leise.

Und er wusste, dass es stimmte.

Ada hatte die Augen wieder geschlossen. Johan schaute sie an. Seine Seele war der ihren nahe. Sie war seine Frau.

In diesem Moment gab es keine Angst um Adas Gesundheitszustand.

Es gab keine Sorge, ob sie ihren kritischen Zustand überwinden würde.

Verstummt war die Frage, wie es wohl weitergehen würde. Da waren nur er und Ada und dieser Augenblick. Er würde für immer dankbar für diesen Augenblick sein.

Behutsam legte sich eine Hand auf Johans Schulter. Er blickte nach oben und schaute in Amelies Gesicht. Talia hielt sich hinter ihrer kleinen Schwester versteckt.

Amelie hatte versucht, dem Wunsch ihres Vaters Folge zu leisten. Sie hatte es wirklich mit aller Macht versucht. Während Talia reglos am Fenster stand, lief sie zunächst eine Weile im Wartezimmer auf und ab, pfefferte sich gelegentlich auf einen der gelben Plastikstühle, nahm sich eine der Zeitschriften vom Stapel und blätterte so lange motorisch überengagiert darin herum, bis Prinz Charles ein Riss durch das teure Sakko ging.

Dann stampfte sie zum Kaffeeautomaten, welcher – wahrscheinlich nur, um sie zu ärgern – ihr 50-Cent-Stück schluckte, ohne den erbärmlichen lauwarmen Cappuccino herauszugeben.

Nachdem sie eine Weile vergeblich auf den Automaten eingedroschen hatte, zog sie erneut ihre Runden durchs Wartezimmer und wiederholte mantraartig zwei Sätze in ihrem Kopf. Sie wollte dem Wunsch, der in ihr immer größer wurde, mit der Bitte ihres Vaters Einhalt gebieten.

«Ich will zu Mama.»

«Ich soll nicht zu Mama.»

«Ich will zu Mama.»

«Ich soll nicht zu Mama.»

«Ich geh jetzt zu Mama!», rief sie und steuerte zielstrebig auf das Zimmer zu, in dem ihr Vater vor einigen Minuten verschwunden war.

Talia eilte ihr hinterher. Eigentlich, um sie von ihrem Vorhaben abzuhalten. Doch auch ihre Sehnsucht nach der Mutter war so groß, dass ihre halbherzigen Hinderungsversuche keinen Erfolg hatten.

«Ada», flüsterte Johan seiner Frau zu. «Deine Töchter sind hier.»

Schwerfällig öffnete Ada die Augen und blickte zu den beiden jungen Frauen auf.

In ihren trüben Augen blitzte reine Freude auf.

Für einen kurzen Augenblick versank Johan in der Vergangenheit. Er sah seine junge Verlobte auf dem Steg am Wannsee stehen. Ihre Augen funkelten, als er ihr das Haargummi um den Finger wickelte. Dann rannte sie den Steg hinab, streifte sich im Laufen ihr Sommerkleid vom Körper und sprang, einen lauten Freudenschrei ausstoßend, ins Wasser.

Während die Erinnerung langsam verblasste, begannen die Monitore im Krankenzimmer zu piepsen. Johan kannte dieses Geräusch aus unzähligen Fernsehfilmen.

Die rote Linie, die sich von links über den Bildschirm zu ziehen begann.

Der penetrante Alarm.

Die aus allen Richtungen heraneilenden Ärzte und Pflegekräfte.

Die Kommandos des unfreundlichen Oberarztes.

Die Herzmassage. Der Defibrillator.

Johan stand mit offenem Mund in der Tür. Die Situation erschien ihm so unwirklich.

Er wartete darauf, dass der Abspann der Schwarzwaldklinik ertönen würde und die Namen der Schauspieler in alphabetischer Reihenfolge erschienen.

Doch stattdessen sickerte die Realität in Johans Bewusstsein, und sein Verstand begriff, dass das Leben Ada verließ. Ihr Herz hatte aufgehört zu schlagen. Der Puls war weg. Noch dreimal versuchte das Team, Ada zurückzuholen. Dann gaben sie auf.

Immer hatte Johan Adas Anwesenheit in einem Raum gespürt. Nun spürte er ganz deutlich, dass sie diesen Raum verlassen hatte. Ada war tot.

Johan ging zurück zu Adas Bett. Eine Krankenschwester wollte sich ihm in den Weg stellen, doch der Oberarzt hielt sie zurück und bedeutete seinem Team, Johan gewähren zu lassen.

Johan setzte sich erneut auf den Hocker, von dem er vor nicht mal sechs Minuten aufgestanden war, und nahm Adas Hand.

Das Krankenhauspersonal verließ leise den Raum.

Johan legte seinen Kopf an ihre Schulter und weinte lautlos.

Irgendwann nahm er wie durch einen Schleier wahr, dass auch Talia und Amelie mit tränenüberströmten Gesichtern an Adas Bett knieten.

Vielleicht waren es Minuten, die so vergingen.

Vielleicht waren es Stunden.

Irgendwann trat eine Krankenschwester von hinten an Johan heran und legte sehr vorsichtig eine Hand auf seine Schulter.

Johan ließ sich von ihr aufhelfen. Er schaute Ada ein letztes Mal an. Er wusste, wenn er nun den Blick von ihr abwendete, würde er sie nie wieder sehen.

Nicht in dieser Welt.

Aber er hatte keine Wahl. Es war vorbei. Es waren die letzten Minuten gewesen. Es würden keine weiteren mehr kommen. Johan ließ sich von seinen Töchtern aus dem Zimmer führen.

Sie zogen ihre Jacken an, die sie in einem anderen Leben im Wartezimmer aufgehängt hatten.

Sie machten sich auf den Weg zum Ausgang, wurden dann aber von einer Krankenschwester zurückgerufen.

Die Schwester eilte ihnen entgegen, lächelte die drei mit unbeholfenem Blick an und ließ nach einem Räuspern vernehmen:

«Ihr Verlust tut mir sehr leid.»

Dann stellte sie eine blaue Plastiktüte auf einen Stuhl am Rande des Ganges.

«Dies sind die Dinge, die Ihre Frau bei sich und an sich trug, als sie aufgenommen wurde.»

Johan ging auf die Tüte zu, zog mit beiden Händen die Griffe leicht auseinander und lugte vorsichtig hinein. Auf Adas ordentlich gefalteten Klamotten und dem Rucksack lag eine kleine Schatulle, in die das Klinikpersonal wahrscheinlich Adas Ehering und ihre Kette hineingelegt hatte.

Am Abend würde Johan Adas goldenes Amulett aus der Schatulle entnehmen, und beim Öffnen würde ein altes schwarzes Haargummi an vergangene Tage erinnern.

Seitlich neben dem Rucksack sah man ein braunes Lederband herausstehen. Johan zog daran, und ein geschnitztes Holzkreuz kam zum Vorschein. Erstaunt nahm er das Kreuz in seine Hände und inspizierte es von allen Seiten.

«Leo», war in Großbuchstaben kunstvoll auf die Querstrebe eingraviert.

Johan schüttelte verwundert den Kopf.

«Ist das nicht das Kreuz, das du …», begann Amelie.

Aber Johan unterbrach sie mit einem resoluten «Schhhhh…!» und legte zärtlich den Zeigefinger auf ihre Lippen.

Dann steckte er das Kreuz in seine Jackentasche und hakte sich bei seinen beiden Töchtern unter. Talia schnappte sich die Tüte, und gemeinsam schritten sie den weiß gekachelten Krankenhausgang hinunter, durch die hallenden Gänge, an der geschäftigen Rezeptionistin vorbei.

Frau Müller hatte Feierabend gemacht, nun saß Frau Weber auf dem wuchtigen Drehstuhl. Die großen, gläsernen, automatischen Schiebetüren des Klinikausgangs öffneten sich vor ihnen, und sie traten hinaus.

In eine Welt, die sich weiterdrehte.

Epilog

April 2018

Über ein Jahr war seit Adas Tod vergangen.

Ein Jahr voller Asche.

Ein Jahr voller Schönheit.

Ein Jahr, in dem Asche zu Schönheit wurde.

Amelie war über die Semesterferien nach Kenia geflogen, um ihrer Vergangenheit auf die Spur zu kommen. Mark wäre gerne mitgekommen, doch er wurde nicht gefragt. Inzwischen kannte er seine Freundin und wusste, dass sie viele Dinge mit sich selbst ausmachen musste. Umso erstaunter war er, dass sie ihn allabendlich anrief und … erzählte.

Ja, Amelie erzählte. Sie erzählte von ihren Erlebnissen, ihren Begegnungen, ihren Hochs und ihren Tiefs. Die Worte sprudelten nur so aus ihr heraus. Und Mark lauschte. Mucksmäuschenstill. Aus Angst, dass sie aufhören würde zu erzählen, sobald ihr klar wurde, dass sie belauscht wurde.

«Ammie?», meldete er sich am Ende des Telefonates zu Wort.

«Ja?»

«Denk dran, dass man in Kenia ins Gefängnis kommen kann, wenn man einem Staatsbediensteten den Mittelfinger zeigt.»

«Hä?»

«Ach … nur so. Pass auf dich auf. Ich liebe dich!»

Talia kauerte auf dem obersten Ast des Apfelbaumes in ihrem Garten. Sie steckte sich die Faust in den Mund, um nicht laut loszuprusten, als Louis zum vierten Mal unter ihr vorbeilief, ohne auf die Idee zu kommen, den Blick zu heben.

In einem Anflug jugendlicher Leichtigkeit hatte sie sich trotz des teuren Satinrockes, den sie trug, den Baum hinaufgehievt und war mutig in die Krone geklettert, nicht ohne jeden Ast, auf den sie trat, zweimal auf seine Sicherheit zu prüfen. Sie hatte sich ein Versteck ausgewählt, das ihr Sohn nicht von ihr erwartete. Ein Versteck, das er ihr nicht zutraute. Ein Versteck, das ihrer Art nicht entsprach.

Das fühlte sich gut an. Heilsam und befreiend, beinahe ein wenig rebellisch. Sie würde ihrer Therapeutin von diesem Gefühl erzählen, und gemeinsam würden sie sich freuen, dass Talia ein gutes Stück Weg hinter sich gebracht hatte. Talia schaute gen Himmel und warf ihrer Mutter eine Kusshand zu.

Johan wagte sich auf sein Hollandrad und fuhr zur Kullerwiese. Nach einem langen dunklen Winter war der Frühling eingekehrt. Die Tulpen und Magnolien standen in voller Pracht. Er setzte sich an den Bach und ließ seine nackten Füße im Wasser baumeln.

Den Rest des Tages verbrachte er damit, ein kunstvolles Herz in den Baumstamm einer alten Linde zu schnitzen.

In das Herz hinein ritzte er die Buchstaben A und J.

Dann fuhr er nach Hause.

In seinem Herzen war Frieden eingekehrt.

Zumindest für diesen Moment.